CAUCHEMAR BRÉSILIEN

DU MÊME AUTEUR

KENYA. *Les séismes du Rift*, Nevicata, 2018.

BRUNO MEYERFELD

CAUCHEMAR BRÉSILIEN

BERNARD GRASSET
PARIS

Bande : © Diego Bresani

ISBN : 978-2-246-82871-6

À Sarah M.

« *A noite desceu. Que noite !* »
(« La nuit est tombée. Quelle nuit ! »)

A noite dissolve os homens,
Carlos Drummond de Andrade (1940)

PROLOGUE

Il m'a vu. Ou plutôt reconnu. Démasqué. Noyé au milieu de la troupe des fidèles, je pensais pourtant pouvoir aisément passer inaperçu. C'était mal connaître Jair Bolsonaro. Les cheveux humides et l'air mal réveillé, vêtu d'un costume sombre et d'une cravate verte mouchetée de blanc, le président du Brésil s'extraie en ce petit matin de novembre 2021 de sa voiture de fonction pour s'adonner à son exercice favori : celui du *cercadinho*. Le « petit cercle », ce bain de foule quotidien pris auprès de ses plus fervents partisans, qui chaque jour et très tôt, l'attendent à la sortie du palais de l'Alvorada, est l'occasion rêvée de s'approcher au plus près du « Mythe » au pouvoir. De lui poser quelques questions. Ou, au moins, de croiser son regard.

Mes amis journalistes brésiliens m'avaient conseillé de ne pas me faire trop d'illusions : le maître de Brasília ne reçoit sous aucun prétexte la presse internationale, et encore moins si le reporter en question est français, une nationalité dont il se méfie par-dessus tout… Des mois durant, j'ai fait des pieds et des mains afin d'obtenir un rendez-vous. Pour ce livre, j'aurais voulu l'interroger. Revenir avec lui sur ce mandat tempétueux, cette vie invraisemblable, cet intrigant destin. Évoquer ses rêves, ses angoisses, ses peurs et, pourquoi pas, quelques secrets. En vain. Vite, on m'a fait comprendre qu'une telle entrevue était inenvisageable. À défaut, il fallut se rabattre sur le *cercadinho*. Et, de bon matin, sous un soleil déjà brûlant, faire la queue comme tout le monde sur le parking de l'Alvorada.

Après une fouille en règle et un passage aux rayons X, nous voilà parqués derrière de petites barrières au bord des pelouses. Malgré une fatigue bien visible, Jair Bolsonaro donne le change. En bon politique, le président a un sourire et un mot pour chacun, il serre toutes les mains qu'on lui tend et ne refuse aucun selfie. Au sein de son *cercadinho*, où se croisent pieux évangéliques, policiers à gros bras et militants d'extrême droite, venus de tout le pays, il est parmi les siens. L'atmosphère est joyeuse, guillerette… Quand soudain, son regard croise le mien. Et s'y plante comme un couteau. Dans les yeux du « Mythe », je lis de la méfiance, du courroux, mais aussi comme une pointe d'ironie et quelque chose qui ressemble à de la malice. Le « Mythe » aurait-il démasqué le journaliste étranger sous couverture ? Cela ne fait aucun doute.

« Bolsonaro a une qualité : il peut "scanner" n'importe qui d'un seul coup d'œil et deviner instantanément à qui il a affaire », m'a confié l'un de ses proches. Mais ce président haut en couleur, qui l'a « scanné » ? Qui l'a réellement compris ? Les observateurs se sont le plus souvent contentés de mots creux et contradictoires pour tenter de le qualifier, lui et son pouvoir. Est-il, comme certains le prétendent, un dangereux militaire néofasciste, un « nouveau Mussolini » ou un « *Hitler do Brasil* » ? Ou bien plutôt un simple avatar tropical du populisme mondial, ersatz sans originalité, un « Trump des tropiques » ou un « Le Pen brésilien » ? Serait-il un fou furieux, un psychopathe schizophrène, un monstre démoniaque ? Un bouffon, une marionnette, un grand guignol, un « Bozo le clown », aussi ridicule qu'insignifiant ? Ou, au contraire, un politique rusé, habile timonier et animal politique à sang froid, passé maître dans les règles du grand jeu brésilien ?

Au final, depuis quatre ans, rares sont ceux à avoir osé s'attaquer à la complexité d'un homme, à la singularité de son parcours ou tout simplement à la spécificité d'un pays, le Brésil. La tâche n'est certes pas aisée. Créature aussi extravagante que protéiforme, Jair Bolsonaro est insaisissable. Militaire de formation, il fut parlementaire durant l'essentiel de sa vie ; grande gueule au langage ordurier, c'est aussi un négociateur de talent, rompu aux petites combines parlementaires ; macho-viriliste assumé en public, il a le corps et la santé fragiles ; de caractère solitaire et paranoïaque, il éprouve sans cesse le besoin d'être entouré… Intrigant personnage que ce président, qui se prête à toutes les caricatures mais n'entre dans aucune case. Pas étonnant, dès lors, si, depuis des années, chacun le connaît au Brésil par son surnom de *Mito*, le Mythe :

soit un personnage surnaturel, fantasmagorique, oscillant entre imaginaire et réalité, dans lequel chacun peut projeter à l'envi tous ses rêves, tous ses désirs, mais aussi toute sa rage et toutes ses peurs…

Une chose est certaine : jamais dans l'histoire moderne grande démocratie n'avait porté pareil personnage au pouvoir. En comparaison, des personnalités aussi polémiques que Viktor Orbán, Nigel Farage, Éric Zemmour, Matteo Salvini ou Donald Trump ont des airs de pâles sociaux-démocrates. Dans quel autre pays a-t-on entendu un leader déclarer son souhait de fusiller 30 000 opposants et fermer le Parlement ? Regretter que la cavalerie brésilienne n'ait pas « exterminé » tous les Indiens ? Affirmer que les Noirs ne servent plus à rien depuis la fin de l'esclavage, « pas même à procréer » ? Recommander le « lance-flammes » contre les paysans sans-terres ? Dire préférer voir son fils mort plutôt qu'homosexuel ? Lancer à une femme que jamais il ne la violerait « car elle ne le mérite pas » ? Moquer ouvertement les victimes de la dictature militaire et celles de l'épidémie du Covid-19 ?

Jair Bolsonaro est effrayant et fascinant car il donne l'impression d'être sans limite. Il est la démonstration concrète de ce que peut faire aujourd'hui en pire le populisme d'extrême droite. Et pourtant, qui le prend vraiment au sérieux ? Pour quantité d'observateurs, le Brésil demeure un exotisme folklorique, baroque, sinon carnavalesque, son chef réduit à un comique général Tapioca. Certes, force est de reconnaître que par bien des aspects, Jair Bolsonaro est un personnage romanesque, ou plutôt théâtral, hésitant entre Ubu et Richard III. Dans sa geste et ses obsessions, il incarne jusqu'à la caricature la figure éculée du caudillo latino-américain. Il partage quantité de points communs avec les héros de Gabriel García Márquez, en premier lieu celui de *L'Automne du patriarche*. Ce généralissime suant, délirant, déclinant, « grand chef des tremblements de terre » assis sur son « trône d'illusions », pour qui « l'existence réelle est la plus élémentaire des énigmes ».

Mais Jair Bolsonaro est bien plus que ce « tyran pour rire » sorti de l'imagination fertile du maître colombien. Loin d'être un simple clown gesticulant, le « Mythe » est à l'origine d'une liste aussi conséquente que sinistre de crimes, forfaits et abjections ayant mis à genoux l'un des plus grands pays du monde. Ce sont ces millions de Brésiliens qu'on a laissés sombrer dans la misère absolue ; ces dizaines de milliers de kilomètres carrés de forêt amazonienne rasés à jamais ; ces centaines de paysans sans-terre, de militants de gauche, de personnes trans et de caciques indigènes assassinés. Et puis, enfin, ces plus de 650 000 décès provoqués par l'épidémie du Covid-19, plus grave catastrophe humanitaire de l'histoire du Brésil. Sur ce total, les experts évaluent à au moins 400 000 le nombre de victimes directement imputables à l'action de Jair Bolsonaro. Ce dernier a d'ores et déjà gagné sa place parmi les plus grands criminels du XXIe siècle. Et pourrait, un jour, terminer son existence en prison.

Mais il existe d'autres raisons, plus essentielles encore, de prendre au sérieux ce dirigeant aux apparences fantasques.

Car, au Brésil, Bolsonaro est tout sauf une parenthèse. Tout sauf une fièvre tropicale, vite attrapée et vite guérie. Tout sauf un passager clandestin du pouvoir, dont l'ascension ne serait due qu'à un alignement bienvenu et momentané des planètes. Son arrivée aux responsabilités est en réalité le fruit d'une stratégie politique mûrie de longue date. Le « Mythe », dans ses outrances et ses crimes, est le miroir d'un pays au profil inquiétant, trop longtemps célébré comme un indépassable horizon de foot, de fête et de plage. Il vient rappeler que cette terre de magnificence environnementale est aussi, depuis des siècles, vouée à l'exploitation et à la destruction implacable de la nature. Que dans ce supposé royaume de sensualité règne d'abord un obscurantisme religieux et moral des plus intolérants. Que cette société métissée repose d'abord sur un racisme odieux, hérité de longs siècles d'esclavage.

On aurait enfin bien tort de ne voir dans l'expérience brésilienne qu'un délire tropical lointain et inoffensif. Car la vie de Jair Bolsonaro raconte une histoire qui va bien au-delà de sa seule personne ou de son seul pays. Elle suit les écueils du progrès, les faiblesses de la politique, les dérives de l'argent, de la religion, d'Internet et du système médiatique. Elle parle de violence, de pouvoir, de passion, de folie. À bien des égards, elle est universelle. D'ailleurs, cette grande démocratie moderne, métissée, surconnectée, inquiète, électrisée, polarisée, vulnérable aux *fake news* et autres appels de pied du populisme, n'est-elle pas sans rappeler les nôtres, en France et en

Europe ? L'histoire du Brésil de Jair Bolsonaro, laboratoire de l'« extrême extrémisme », devrait ainsi nous servir de leçon, et même, d'avertissement. Comme un cauchemar, qui, aussi terrifiant, extravagant et insensé soit-il, en dit long sur les maux de notre époque et sur les pulsions secrètes tapies en chacun de nous.

« Faites attention. Il y a deux erreurs à ne pas commettre sur Bolsonaro : penser qu'il est fou ou idiot. Il n'est ni l'un ni l'autre ! », m'a confié un autre proche de Jair Bolsonaro. En ce même mois de novembre, quelques jours après mon passage au *cercadinho*, me voilà en haut de l'une des deux tours du Congrès de Brasília. Autour de 18 heures, le soleil se couche et le Cerrado, cette vaste savane recouvrant le plateau central, rougeoie sous les derniers rayons du jour. Le Brésil, « pays de braise », n'a jamais si bien mérité son nom. Mais ce fugace incendie ne dure qu'un bref instant. Vite, la lune et les étoiles apparaissent. La plaine se pare d'un beau bleu d'encrier. Au loin, à quelques kilomètres, dans l'obscurité naissante, on devine les lumières du palais de l'Alvorada. À cet instant, je pense à son locataire. À son passé fulgurant. À sa fin de règne crépusculaire. J'imagine que cette nuit, comme toutes les nuits, il ne trouvera pas le sommeil.

Le palais de l'Alvorada (« l'Aurore », ou « l'Aube », en portugais) est la résidence officielle des chefs d'État brésiliens. Il fut le premier édifice inauguré à Brasília, nouvelle capitale du pays alors en pleine construction, le 30 juin 1958, par le président Juscelino Kubitschek.

Œuvre de l'architecte moderniste Oscar Niemeyer, c'est un édifice monumental de plus de 7 000 mètres carrés, parallélépipède de marbre et de verre, de 110 mètres de long et 30 de large, orné de colonnades, sur trois niveaux. Au rez-de-chaussée se trouvent les luxueux et vastes salons officiels du palais ; au premier étage, les appartements privés du président et de sa famille ; le sous-sol abrite quant à lui une aire de loisirs, comportant cinéma et salle de jeux, ainsi qu'un garage.

Rares sont pourtant les présidents brésiliens à avoir apprécié leur séjour à l'Alvorada. Situé sur une presqu'île dominant le lac Paranoá, entouré d'un jardin, d'immenses pelouses et de zones de protection, le palais de l'Aurore est incroyablement isolé et presque coupé du reste du monde. La nuit, le silence y est total. Les présidents y dorment mal, beaucoup y font des cauchemars.

Certains disent y avoir croisé des fantômes.

PREMIÈRE PARTIE

I

La nuit recouvre le palais de l'Aurore. Plus un bruit, plus une âme. Le silence n'est brisé que par le chant des oiseaux et le frisson du vent dans les grands arbres. De temps à autre, on peut distinguer le bruit sourd produit par la chute d'un fruit au sol ou le claquement sec d'un poisson prédateur à la surface du lac. Enivrée par les arômes de la savane, la capitale du Brésil plonge dans les voluptés des songes. Le pays s'endort. Un continent s'apaise. Vu d'ici, le monde entier paraît s'assoupir. Le monde entier, sauf lui.

Chacun à Brasília sait le « Mythe » insomniaque. Les employés du palais de l'Aurore ont pris l'habitude de le croiser, errant dans les couloirs, en tong, short et maillot de foot. Voilà si longtemps qu'il ne dort plus. Ou si mal. Aussi lui arrive-t-il d'envoyer des messages à ses ministres à 3 ou 4 heures du matin. Au début de son mandat, les médecins du palais l'ont soumis à une batterie d'examens. Résultat : 89 brèves altérations du sommeil par heure. « Je détiens le record brésilien de l'apnée du sommeil ! », a rigolé le chef de l'État. Les docteurs, eux, se sont inquiétés : « Monsieur le président, comment faites-vous pour garder la raison ? »

À l'étage, dans sa chambre blanche longue de près de 10 mètres, tout respire l'apaisement. C'en est suffocant. « La nuit a répandu la peur et la totale incompréhension. La nuit est tombée. Épouvantable, sans espérance... », écrivait en 1940, à l'orée de la Seconde Guerre mondiale, le grand Carlos Drummond de Andrade dans son poème La nuit dissout les hommes. *Avait-il prédit les tourments du futur maître de l'Alvorada ? Ce n'est un secret pour personne : le « Mythe » dort avec une arme à feu, posée sur sa table de chevet. Le revolver, gage de sa tranquillité, du peu de sérénité qui lui reste. Sa seule et dernière ligne de défense, contre ses pires cauchemars. La solitude, l'oubli, le silence.*

⋆

Le coup de feu a été entendu au petit matin. Les domestiques ont accouru. Et la nouvelle s'est répandue. « *O Presidente morreu ! O Presidente se matou !* » Après une nuit de désespoir et d'insomnie, il n'aura fallu au chef de l'État qu'une seule et unique balle, logée en plein cœur, pour mettre fin à ses jours. Au côté du cadavre, vêtu d'un pyjama de soie rayé, on ramasse avec précaution l'arme du suicide – un petit colt calibre 32, à l'élégante crosse de nacre – et sur la table, une lettre en forme de testament : « Ce peuple dont j'ai été l'esclave ne sera plus jamais l'esclave de personne, dit-elle. Je vous ai donné ma vie. Maintenant, je vous offre ma mort. Je ne crains rien. Avec sérénité, je fais le premier pas sur le chemin de l'éternité, et je quitte la vie pour entrer dans l'Histoire. »

Ce 24 août 1954, Getúlio Vargas n'est plus. Le président du Brésil s'est suicidé dans sa chambre à coucher du Catete, le palais présidentiel, au cœur d'un Rio encore capitale. Entre les plages et les pics de granit, les lieux se prêtent magnifiquement au drame. Ancienne propriété d'un riche négociant en café, érigé en 1858 aux abords de la baie de Guanabara, le Catete est un monument baroque, orné de fresques pompéiennes, de lustres en cristal, d'antiques romaines au regard toujours tragique et (malgré la chaleur suffocante) de lourdes tentures vermeilles. La résidence dispose d'un salon style Louis XVI, d'une salle de bal d'inspiration viennoise, d'une pièce mauresque et d'un salon « pompéien » évoquant la lointaine éruption du Vésuve... Cinq harpies aux ailes déployées, au regard courroucé et à l'air germanique ornent sa façade. Seuls les palmiers du jardin rappellent que l'on se trouve bel et bien sous les tropiques. C'est le palais du Brésil d'autrefois. Celui d'un pays en quête d'identité, qui se cherche encore un destin.

Et pourtant, cinq siècles après l'arrivée des Portugais et cent ans après l'indépendance, un homme qui vient de mourir lui en a offert un. Getúlio Vargas, ce gaúcho, fils d'éleveur de bovins des pampas du Sud, homme de petite taille aux allures de fonctionnaire modèle, aura gouverné le Brésil durant près de deux décennies, porté par un coup d'État de 1930 à 1945, puis comme président élu démocratiquement de 1951 jusqu'à sa mort. Il n'y eut pas dans l'histoire du pays de dirigeant plus inclassable et plus tortueux. Un temps proche d'Hitler et de Mussolini, Vargas décréta en 1937 la dictature de l'*Estado Novo* (l'« État Nouveau ») inspirée du modèle fasciste, suspendit le Congrès, embastilla ses opposants et mit en place un intense culte de sa personne. Mais Getúlio fut aussi le père de l'industrialisation, de la journée de travail de huit heures, des congés payés, du salaire minimum, de l'extension de la sécurité sociale, du droit de vote des femmes, de la promotion d'un pays métissé, de la reconnaissance de la capoeira ou de la samba, et celui qui finit par engager l'armée au côté des Alliés durant la Seconde Guerre mondiale... Sans conteste, le père du Brésil moderne.

Qu'importe les contradictions. Un peu plus d'un siècle après l'indépendance, Vargas marque une rupture radicale et historique. Il a arraché le Brésil à la « vieille république » dite « café au lait », dominée par les élites agricoles caféières de São Paulo et bovines du Minas Gerais, qui succéda en 1889 à un Empire rétrograde et esclavagiste. Mieux : il a offert pour la première fois un début de dignité aux millions de misérables du pays. D'ailleurs, ces derniers l'adorent, l'adulent, l'appellent « le père des pauvres », le « vieux » ou carrément « Gegê », lui dédient sambas et *marchinhas* de carnaval. « Oh, m'sieur Getúlio, viens ! / Oh, m'sieur Getúlio, viens !/ là au Catete, seul lui nous convient ! », entonne l'une d'entre elles. Mais, à l'inverse, en ce début de guerre froide, les élites brésiliennes vomissent ce populaire et impétueux gaúcho, revenu au pouvoir par les urnes, qu'ils soupçonnent de velléités socialistes. Les États-Unis en particulier voient d'un mauvais œil la création en 1953 de l'entreprise publique Petrobras, qui dispose désormais du monopole sur l'or noir au Brésil (« le pétrole est à nous ! », proclame alors fièrement Vargas). Pour les généraux et les argentiers, il est temps de mettre un terme à ce « gétulisme » par trop triomphant.

L'occasion se présente le 5 août 1954. Ce jour-là, au petit matin, le journaliste conservateur Carlos Lacerda, l'un des plus virulents opposants à Vargas, échappe de peu à un attentat au revolver devant son domicile du 180 rue Tonelero, à Copacabana. Vite retrouvés et démasqués, les auteurs s'avèrent être des membres de la garde personnelle du président. Ce dernier aurait-il lui-même dépêché des barbouzes pour assassiner son rival ? L'hypothèse est plausible, et relayée à l'envi par la presse et les milieux financiers, provoquant un énorme scandale. L'armée a son prétexte en main : elle exige désormais ouvertement la démission du chef de l'État. Acculé dans son palais néoclassique, Getúlio refuse. Il est entré au Catete par la volonté du peuple et n'en sortira que les pieds devant. À la stupeur générale, il tient parole. À Rio, l'émotion est considérable. Deux jours après son suicide, ils sont des centaines de milliers à suivre en larmes le transfert du corps du « chef le plus aimé de la nation » jusqu'à l'aéroport Santos Dumont, face à cette baie suave et au Pain de Sucre. L'atmosphère est lourde. Les militaires sont aux portes du pouvoir.

Au même moment, dans ce Brésil à la croisée des chemins, une jeune femme hésite entre bonheur et inquiétude.

Habitante de Glicério, petite cité *paulista*, c'est-à-dire de l'intérieur de l'État de São Paulo, posée sur les marges du rio Tietê, à 1 000 kilomètres de la capitale, Olinda voit chaque jour son ventre s'arrondir. C'est son troisième enfant. Un heureux événement, bien sûr, mais aussi une nouvelle bouche à nourrir pour elle et son mari, Percy Geraldo, tous deux âgés de 27 ans et tous deux descendants d'immigrants italiens, débarqués au Brésil fin XIXe. Le pays poursuit alors un double objectif : d'un côté, trouver une main-d'œuvre de substitution bon marché aux Noirs, devenus libres depuis l'Abolition de 1888 ; de l'autre, blanchir cette nation par trop métissée de *vira-latas* (c'est-à-dire de « chiens bâtards », qui « renversent les poubelles » pour trouver à manger dans la rue). Les *italiani*, miséreux, catholiques et de peau blanche, cochent toutes les cases. Le Brésil en « importe » plusieurs centaines de milliers.

À eux de mettre en culture cette *terra rossa*, comme l'appellent les « Ritals », terre rouge et fertile du Sud-Est brésilien, propice à l'exploitation du café. La fève noire fait alors la richesse du Brésil, ce pays colonialo-capitaliste qui n'a jamais eu d'autre vocation que celle d'exporter des matières premières sur le marché international. À l'arrivée des Portugais, en 1500, ce fut le bois, suivi de peu par la canne à sucre, qui fit la richesse de villes du Nordeste, du Pernambouc et de Bahia. Au XVIIe siècle, c'est le tour de l'or et des diamants, découverts dans l'État du Minas Gerais (« Mines Générales »), qui permirent l'exploration de l'intérieur du Brésil et, en 1763, d'un premier transfert de la capitale de Salvador à Rio de Janeiro. Vinrent ensuite, au XIXe, des « fièvres » aussi fugaces que brûlantes : celle du coton, poussé par la Révolution industrielle, qui enrichit le Maranhão nordestin ; celle du cacao sur la côte bahianaise d'Ilheus, contée par le romancier Jorge Amado ; et la plus fameuse, celle du caoutchouc qui provoqua le développement insensé de Manaus l'amazonienne. Au café, qui triomphe par la suite, succéderont bientôt le pétrole et le soja... L'histoire est toujours la même : celle d'une croissance délirante suivie d'un écroulement brutal ; d'un enrichissement des maîtres blancs grâce à l'exploitation des esclaves, anciens ou modernes.

Fin XIXe, le gros des troupes vient de Vénétie. Après avoir débarqué au port *paulista* de Santos, le plus grand d'Amérique latine, on les envoie dans les fermes de l'intérieur de São Paulo. Payés une misère, les « Ritals » travaillent comme des forçats. Mais si loin de leur *madrepatria*, ils s'acharnent et s'accrochent. Fondent des villes et prient saint Antoine. Peu à peu, certains parviennent à quitter les champs pour la ville, se font commerçants, épiciers, et parfois médecins. C'est le cas de « Percy », devenu dentiste « praticien », c'est-à-dire sans diplôme. Son grand-père est né vers 1878 à Anguillara Veneta, petite cité proche de Padoue, et a débarqué au Brésil en famille à l'âge de 10 ans. Son nom : Vittorio Bolzonaro. Vite, le « z » d'origine est troqué pour un « s », plus brésilien.

En 1955, Olinda vit une grossesse difficile. Pour cette petite femme au visage rond et aux yeux doux, l'accouchement s'annonce compliqué. Si son bébé était un mâle, et s'il venait à survivre, cette fervente catholique souhaiterait l'appeler *Messias*, le Messie. Mais Percy, homme d'aspect plus raide, les traits marqués, rêverait pour son fils d'un nom plus gai et plus prometteur. Alors, le 21 mars 1955, lorsque naît à Glicério un petit garçon, il y voit comme un signe. Pourquoi ne pas lui donner le nom de son idole, Jair Rosa Pinto, ce joueur de football qui fête ce même jour ses 34 ans ? Avec sa fine moustache et son jeu élégant, ce milieu gauche est le « crack » du moment. Mieux : il évolue sous les couleurs vert et blanc de Palmeiras, l'une des équipes de São Paulo, l'ancienne Palestre Itália, fondée par des enfants de la Botte en 1914 et devenue depuis le club chéri des Italiens de la région.

Le Brésil n'a certes encore rien gagné à l'international. Mais aux yeux du monde, il est déjà le pays du football. Le sport a été introduit dès le XIXe, par le fils d'un ingénieur écossais travaillant dans les chemins de fer brésiliens. De retour d'un séjour au Royaume-Uni, ce dernier rapporte un ballon rond dans ses bagages. Selon la légende, la première partie aurait eu lieu sur la place du Várzea do Carmo, dans le centre de São Paulo. Les premiers clubs ouvrent leurs portes, certes élitistes, européens et réservés aux Blancs : le Fluminense en 1902, Botafogo en 1904, Corinthians en 1910, Santos et Flamengo en 1912... Une nouvelle ère commence dans les années 1920, lorsque le club de Vasco da Gama, fondé par les Portugais de la périphérie de Rio, se met à recruter des joueurs pauvres, analphabètes et même (suprême offense) noirs. Enfin, le foot se démocratise et vite le Brésil donne naissance à ses premiers génies : « le Tigre » Arthur Friedenreich, premier joueur métis à jouer sous les couleurs de l'équipe nationale. Mais aussi Leônidas, « l'homme élastique », qui enflamme la Coupe du Monde de 1938 à Paris, et en l'honneur duquel la société Lacta lance une tablette de chocolat baptisée « Diamant noir », consommée jusqu'à aujourd'hui. En 1955, Pelé n'a que 15 ans. Trois ans plus tard, grâce à un doublé légendaire en finale face à la Suède, il offre au Brésil son premier titre mondial. Le pays commence à fasciner la planète entière.

Après d'âpres débats, Olinda et Percy se mettent d'accord. Ce sera *Jair Messias*. Un compromis si brésilien. L'alliance du sport et de la religion, du stade et de l'église, du ballon et du goupillon. *Jair*, en hébreu, signifie « celui qui brille » ou « qui illumine ». Un nom parfait pour cette ère qui débute au Brésil. Face à l'émoi populaire ayant suivi le suicide de Vargas, les militaires sont retournés à leurs casernes. En octobre 1955, l'élection présidentielle voit la victoire de Juscelino Kubitschek, un médecin âgé de 53 ans d'origine tchèque, gouverneur de l'État du Minas Gerais et « gétuliste » de cœur, proche soutien de Getúlio Vargas. Avec son long visage toujours souriant et ses beaux costumes sur mesure, « JK » inspire confiance. Il le promet : le Brésil va avancer « de cinquante ans en cinq ans » et édifier à partir de rien une toute nouvelle capitale sur le vaste plateau central du pays. Son nom ? Brasília. Un rêve fou, démesuré… « De ce plateau central, de cette solitude qui sous peu se transformera en cerveau des hautes décisions nationales, je lance les yeux encore une fois sur le matin de mon pays, et j'entrevois cette aube avec une foi inébranlable et une confiance sans limites en son grand destin », lance Kubitschek, lors de la pose de la première pierre de la capitale, le 2 octobre 1956 : une phrase qu'il fera graver dans le hall d'entrée de son futur palais de l'Alvorada. L'époque est à l'espoir et même à l'exaltation. Percy et Olinda, en comparaison, nourrissent pour leur fils des ambitions autrement plus modestes. Avec de la chance, et avec un tel nom, il deviendra un joueur de foot de talent, un buteur. En portugais, on dit « un *artilheiro* ». Un artilleur.

*

Une salve de vingt et un coups de canon tonne sous le ciel nuageux. En ce 1er janvier 2019, il fait lourd et trop chaud sur le plateau central, mais c'est jour de fête à Brasília. L'année débute, et Jair Bolsonaro prend ses fonctions comme président de la République fédérale du Brésil. En milieu d'après-midi, le nouveau maître du pays entame la remontée de l'Axe monumental, cette grandiose artère qui traverse la capitale de part en part.

Peut-on imaginer un cadre plus prestigieux ? La capitale du Brésil, inaugurée en 1960 et érigée à partir de rien, reste un rêve éveillé. Fruit du génie de l'urbaniste Lúcio Costa et de l'architecte Oscar Niemeyer, la cité futuro-moderniste a conservé sa forme d'avion, orienté vers le sud-est. Les ailes nord et sud rassemblent les secteurs d'habitations, traversés d'avenues express et subdivisés en d'innombrables *superquadras*, ces « cellules » résidentielles arborées aux adresses improbables (dans quelle autre ville habite-t-on au « SQN 105 Bloco H » ?), dont chacune comporte des habitations de béton et de verre de six étages, école, espaces verts, commerces, lieu de culture, terrain de sport et églises. Une utopie, une « cité-parc », « capitale des eaux », sans murs ni barrière : chaque bâtiment est en effet construit sur pilotis. À Brasília, on déambule sans rencontrer d'obstacle. Le regard se perd au bout des rues, le long du lac Paranoá et des collines rougeoyantes du Cerrado.

Mais la partie la plus illustre de Brasília demeure son Axe monumental. Seize kilomètres d'asphalte et de pelouse, soit huit fois les Champs-Élysées, où se succèdent certains des bâtiments les plus importants du pays : la tour de Télévision, le Théâtre national, en forme de pyramide précolombienne, la cathédrale, dont la structure rappelle deux mains tendues vers le ciel. Suit l'Esplanade des ministères, élégantes barres de béton et de verre bleuté, alignées au cordeau les unes derrière les autres, comme pour signifier la bonne marche du pays. Et, enfin, tout au bout, la place des Trois Pouvoirs, cœur battant du pays, avec le Congrès, reconnaissable à ses coupoles, le cube de verre du Tribunal suprême fédéral, et le parallélépipède de marbre du Planalto, où se trouvent les bureaux du chef de l'État.

Debout dans la Rolls Royce présidentielle, une rutilante Silver Wraith noire décapotable acquise en 1952 par Getúlio Vargas, escorté par les dragons de l'indépendance à cheval en uniforme rouge et blanc, Jair Bolsonaro exulte. En remportant le scrutin suprême dès sa première tentative, il sait qu'il a accompli un exploit. Sacrée revanche, pour ce fils d'Italiens de l'intérieur de São Paulo. Ce petit capitaine. Ce député d'extrême droite marginal et dédaigné par ses pairs. Les parlementaires, qui autrefois l'ignoraient, désormais l'applaudissent. Les généraux jadis méprisants le saluent maintenant avec soumission. Sur son visage, le nouveau président a ce grand sourire ingénu, presque enfantin, qui a tant fait pour son image d'homme honnête et sincère. À plusieurs reprises, il fond en larmes.

Le long du trajet, ils sont plus de 100 000 venus de tout le pays l'acclamer, parés de maillots de la Seleção et drapés de la *bandeira* nationale, massés jusqu'à la place des Trois Pouvoirs. Pour eux, c'est la fin d'un cycle ; celui de la gauche du Parti des Travailleurs au pouvoir, synonyme de corruption et d'insécurité. Certains ont apporté de gigantesques ballons représentant leur nouveau président. D'autres ont peint son nom sur des panneaux en forme de gros cœur rose. D'autres font l'*arminha*, imitant un pistolet avec les doigts, signe de ralliement de la campagne. Tous sont venus, un smartphone à la main, pour fêter et « éterniser » l'événement à coup d'innombrables selfies. Ils savent tout ce que leur leader doit à la force des réseaux sociaux, si cruciaux pour cette victoire. « WhatsApp, WhatsApp, WhatsApp ! Facebook, Facebook, Facebook ! », entonnent certains dans la foule.

Avant de reprendre en chœur le surnom de leur héros : « *Mito !* », le « Mythe ».

Celui-ci les salue, lève les bras au ciel et joint les mains pour former un petit cœur avec les doigts. À ses côtés, la première dame, Michelle, vingt-sept ans plus jeune, avec son élégante robe de zibeline de soie rose aux épaules dénudées, fait forte impression. Certains voient déjà en elle une Jackie Kennedy ou une Grace Kelly des tropiques... Du monde entier, on accourt pour fêter et complimenter le nouveau « maître » de Brasília. Le Chilien Sebastian Piñera, le Colombien Iván Duque Márquez et même Evo Morales, président de gauche de la Bolivie, ont fait le déplacement, prenant place au côté des très droitiers Viktor Orbán de Hongrie et Benjamin Netanyahu d'Israël. Seule ombre au tableau : l'absence remarquée de Donald Trump, son modèle, son « ami ». Mais le chef de la première puissance mondiale a tenu à donner le change, et dépêché le secrétaire d'État, Mike Pompeo. « Les États-Unis sont avec vous ! », tweetera dans la journée le milliardaire.

Le rituel de passation de pouvoir brésilien est des plus codifié. Avant toute chose, l'heureux élu doit effectuer un passage obligé au Congrès afin de recevoir son titre de président. L'événement se tient dans la Chambre des députés, un intimidant amphithéâtre aux fauteuils gris, décoré de sombres barreaux métalliques, œuvre de l'artiste sculpteur Athos Bulcao. Afin d'égayer un peu la scène, des bouquets de roses blanches ont été installés au pied du long bureau où siègent les chefs de l'Assemblée et où, cet après-midi, prend place Jair Bolsonaro. Debout, entouré des principales figures de l'État et du nouveau vice-président Hamilton Mourão, il prononce face aux parlementaires le « serment constitutionnel », jurant de « maintenir, défendre et appliquer la Constitution, observer les lois, promouvoir le bien commun du peuple brésilien, soutenir l'union, l'intégrité et l'indépendance » du pays. Il est très exactement 15 h 10 quand, à 63 ans, Jair Bolsonaro devient le 38e président du Brésil.

Il est temps d'aller sentir le peuple. Jair Bolsonaro prend le chemin de la place des Trois Pouvoirs. Là, il remonte la rampe du Planalto, et s'installe au *parlatório*, cette grande tribune de marbre en forme d'œuf, depuis laquelle le chef d'État s'adresse à la nation. À ses côtés, son prédécesseur Michel Temer affiche un air réjoui, presque soulagé. Arrivé au pouvoir en 2016 suite à la destitution contestée de la présidente de gauche Dilma Rousseff, ce dernier est victime d'une impopularité record. Avec ses costumes sombres, son sourire sibyllin et ses cheveux blancs plaqués en arrière, ce centriste de 78 ans est surnommé « Nosferatu »... Il se défait de l'écharpe présidentielle *auriverde*, ornée de l'étoile de la République, d'un rameau de café et de tabac, et d'une broche en or massif sertie de 21 diamants... et la passe avec précaution autour du cou de Jair Bolsonaro.

Comment ne pas y voir un signe du destin ? Comme par miracle, à cette heure si symbolique du « sacre », le ciel s'éclaircit. « *Mito ! Mito !* » reprend la foule en liesse. Les yeux humides, Jair Bolsonaro entame son discours :

« Ce moment n'a pas de prix », lance-t-il aux dizaines de milliers de présents, avant d'ajouter : « Le peuple a commencé à se libérer du socialisme, de l'inversion des valeurs, du gigantisme étatique et du politiquement correct ! (...) Vous pouvez compter sur toute ma détermination pour construire le Brésil de vos rêves ! » Mais vite, beaucoup trop vite, la vibrante adresse à la nation s'achève. Elle n'aura duré que huit minutes. Les fans, venus de loin, sont un peu surpris, parfois déçus, et s'interrogent : est-ce le manque d'imagination qui a empêché leur président de faire plus long ? Ou s'agit-il d'abord d'éviter toute exposition inutile, et toute menace sur sa personne ?

De fait, en ce jour de fête, ses amis disent avoir senti « leur » Jair plus tendu que jamais. Quatre mois auparavant, le « Mythe » a réchappé à un attentat au couteau. « Je remercie Dieu d'être vivant et vous tous d'avoir prié pour moi et ma santé dans les moments les plus difficiles », lance le nouveau président sur la place des Trois Pouvoirs. Ce 1er janvier, sur l'Axe monumental de Brasília, plus de 6 000 agents de sécurité ont été déployés. Des tireurs d'élite postés sur les toits, des missiles antiaériens installés à des points stratégiques. Vingt chasseurs de l'armée prêts à décoller pour sécuriser le ciel de la capitale, interdite de survol. Les policiers fouillent tout et tous ceux qui passent. Les parapluies, les poussettes, bouteilles d'eau et même les yaourts sont interdits. On va jusqu'à découper en rondelles des fruits, à la recherche de couteaux ou de petites lames de rasoir...

Vers 18 h 30, le soleil se couche enfin. Une dernière réception est donnée en l'honneur de Bolsonaro au ministère des Affaires étrangères, l'Itamaraty. Les policiers peuvent souffler : tout s'est bien passé… à un détail près. En début d'après-midi, alors que le nouveau président remonte l'Axe monumental, un cheval de la garde des dragons, effrayé par les cris de la foule, soudain prend peur. Apeuré, l'équidé au crin blanc panique, se cabre. Balance la tête, recule. Menace même la Rolls Royce présidentielle. L'espace d'un instant, le convoi s'arrête et la sécurité s'affole. Il faudra plusieurs secondes au cavalier pour reprendre le contrôle de sa monture. Mais certains ont vu dans l'événement un double signe du destin. Celui d'une nature qui se refuse à voir un chef d'État d'extrême droite arriver au pouvoir. Celui, surtout, d'une présidence qui s'annonce déchaînée.

II

Lorsque au milieu de la nuit, il ne sait où aller pour fuir ses démons, le président prend le chemin du dressing. La petite pièce de 30 mètres carrés, en forme de U, jouxte au premier étage sa vaste chambre à coucher. À l'occasion, elle lui sert aussi de lieu de travail. En début de mandat, il y a fait installer un ordinateur, un bureau, une chaise et un pouf. C'est dans ce lieu surprenant, entre caleçons et chaussettes, que le « Mythe » aime à s'isoler pour gouverner son vaste pays. À l'occasion, il y reçoit ses amis les plus intimes. Enfermé dans cette pièce sans issue et sans péril, il peut passer des heures. Voire toute la nuit.

Jeune, il aimait les grandes espaces. Les vastes étendues. Mais la vie lui a appris à s'en méfier. L'Alvorada est un parallélépipède de verre, succession de salons immaculés, longs de dizaines de mètres, dénués de portes et ornés de baies vitrées. Pour toute défense, il ne dispose que de bassins d'eau azur et d'un alignement de piliers en marbre. Révolutionnaires, tridimensionnels, à la fois légers et monumentaux, ces derniers seraient l'« élément architectural le plus important depuis les colonnes grecques », si l'on en croit André Malraux, qui visita Brasília, « capitale de l'espoir », en 1959. Leur forme en losange effilé rappelle tout autant les voiles des caravelles, les hamacs suspendus à l'entrée des maisons coloniales, que les flèches empoisonnées des indigènes.

Mais le « Mythe » les sait inutiles face aux snipers. Ou en cas de coup d'État… Alors, autant se réfugier dans le dressing. En passant devant les miroirs en pied, il le sait et il le voit : la vieillesse approche. Son corps est un naufrage… Sa frange est humide et baladeuse. Ses yeux bleus ont pâli. Sa tête est devenue bizarre. Trop grosse, trop lourde, trop rouge. Elle a gonflé, tout comme son ventre, traversé de cicatrices. Résultat de l'attentat. Mais le pire, c'est sa peau. Écaillée, brûlée, dépigmentée, parsemée de plaques d'eczéma, d'entailles et de griffures. Des petites taches de sang vermeil pigmentent ses tempes. On dirait un lézard en fin de vie. Ou un monstre marin.

⋆

Ses amis se souviennent qu'il n'hésitait jamais beaucoup avant d'enlever ses vêtements et de se jeter à l'eau. Que le rio soit calme ou furieux, que ce soit pour faire trempette, pour raccrocher un filet ou secourir des nageurs en détresse, il était toujours prêt pour un plongeon. Son corps long et mince s'immergeait sans attendre dans la rivière, brassant furieusement les flots à contre-courant, sans jamais dévier de son objectif. Un vrai poisson, le petit « Messie ».

Sa jeunesse, il la passe au grand air. Après avoir migré au gré des circonstances durant une décennie d'une ville à l'autre dans l'intérieur de l'État de São Paulo, *Seu* (« Monsieur ») Percy Geraldo et *Dona* (« Madame) » Olinda s'établissent en 1966 à Eldorado, petite cité *paulista* de quelques milliers d'habitants, édifiée sur une boucle du rio Ribeira de Iguape. Les *Bandeirantes*, ces audacieux et cruels explorateurs portugais, en quête d'or, de diamants et d'indigènes à massacrer ou réduire en esclavage, se sont établis dans la région au début du XVIIe siècle. Mais leur aventure ne fut guère couronnée de succès et très faibles furent les quantités d'or ici dénichées. Trois siècles et demi plus tard, la ville se cherche un début de destin. À la triste monoculture du riz a succédé celle de la banane. Dans la région, le Vale do Ribeira est surnommé le « Val de la Misère ».

La « cité d'or » porte mal son nom. Celui-ci ne lui fut d'ailleurs attribué que tardivement, en 1948. Auparavant, le bourg s'appelait Xiririca, soit « le son de l'eau qui coule » ou de « l'eau qui danse » en langue tupi-guarani. Car Eldorado est aussi un jardin d'Éden. La région est recouverte de *Mata Atlantica*, cette forêt côtière, toute de rivières intrépides, de cascades et de sombres sommets teintés d'émeraude. Elle est aussi connue pour ses grottes, parmi les plus spectaculaires du Brésil : labyrinthes de couloirs et de galeries, parsemées de « salons » aux allures de cathédrale, de stalactites géantes, de champignons de calcaire. L'une d'elles, la plus célèbre, s'appelle la « Caverne du Diable ». Ce n'est pas pour rien qu'Eldorado s'est vu attribuer son surnom d'*Amazonie Paulista*. La nuit, les habitants du coin évitent de pénétrer dans la jungle. Le risque est trop grand de croiser la route des jaguars et d'autres créatures mystérieuses, tapies au fond des bois : loups-garous, vampires « suceurs de chèvres », mules sans tête ou Sací-pererê, ce petit bonhomme farceur, peau noire et unijambiste, fumant la pipe et vêtu d'un bonnet rouge, qui aime tant jouer des tours aux enfants...

Mais pour « Messie », pas question de rester enfermé. Le soir après l'école, il fonce à vélo avec ses copains vers la rivière. Là, ils étendent des filets de 30 mètres à travers le rio Ribeira. Les poissons-chats ainsi attrapés sont lavés, écaillés et revendus le lendemain au marché pour se faire un peu d'argent de poche. On imagine ces compères insouciants, allongés sur une petite plage de sable blanc, enivrés par les arômes de la forêt tropicale... Une « heure exquise », sous cette « lune blanche », digne des poèmes de Verlaine. « Notre jeunesse fut un délice », confiera d'ailleurs João Evangelista, habitant d'Eldorado, participant régulier à ces équipées nocturnes. Mais, plus courageux que les autres, « Messie » s'aventure parfois loin dans la jungle et les champs, histoire de dérober des fruits de la passion, des oranges et surtout des cœurs de palmier aux fermiers du coin. À ce jeu dangereux (le coup de fusil est vite parti), il est de loin le meilleur. Ses amis le surnomment « Palmito ».

On comprend vite ce furieux besoin d'aventure. À Eldorado, jusqu'à aujourd'hui, la vie s'organise pour l'essentiel autour de l'église : une paroisse de vilain ciment, ornée de deux clochers et peinte en sable jaune desséché, où les fidèles honorent la très Sainte Vierge Marie. Sur la place principale, entourée de petites maisons de béton, on trouve une poignée de bosquets, des palmiers, des bancs, quelques taxis, un kiosque au toit oriental, une mairie de style crypto-brutaliste, un buste de la poétesse Francisca Julia Silva – unique gloire locale – au chignon autoritaire… et c'est à peu près tout. Dans ce « Brésil profond », à mille lieues de la sensualité des plages de Rio ou Bahia, ni cinéma, ni théâtre, ni librairie. Encaissée dans sa vallée, Eldorado vit tout à son isolement.

Mais du temps de Palmito, difficile de « se faire la malle ». Les routes sont en terre battue, et on ne compte pas cinq voitures en ville. Les bus sont inconfortables et intermittents. L'électricité ne fonctionne qu'entre 18 et 22 heures et les bals de voisins sont régulièrement interrompus par des coupures de courant. De toute façon, au sein de cette communauté de petits Blancs, l'ambiance est des plus conservatrice. Les femmes célibataires tombant enceintes sont exclues de la société. Les jeunes filles rentrent tous les soirs sagement chez leurs parents. Les rares amoureux vivent leurs ébats secrètement. Pourquoi pas, au bord de la rivière… Palmito est à l'époque un beau brun aux yeux azur, au corps mince et à la peau très claire. Il attire l'attention des jeunes *eldoradensas*. Certains de ses amis de l'époque lui prêtent un béguin pour « une petite brune aux cheveux lisses, bien faite, bien jolie, fille de producteurs de bananes du coin »… Sinon, durant son temps libre, il s'évade aussi dans la lecture ; celle de *Recruta Zero*, *comic strip* de Mort Walker, mettant en scène les aventures d'un soldat américain jovial et paresseux. Ou encore de *Présence des extraterrestres* de l'ufologue suisse Erich von Däniken, publié en 1968. De l'« astro-archéologie », qui voit dans les mystérieuses pyramides d'Égypte, Stonehenge ou les moaïs de l'île de Pâques, la preuve d'un contact entre d'antiques civilisations humaines et des visiteurs venus d'ailleurs… Autant de thèses farfelues qui fascinent au plus haut point ce jeune adolescent à l'imagination fertile.

Coupée du monde, Eldorado est indifférente aux transformations considérables du Brésil de ces années-là. Le géant latino-américain rayonne sur la scène culturelle. Édith Piaf, Ray Charles, Orson Welles et Marlene Dietrich, Frank Sinatra, Brigitte Bardot et le couple Sartre-Beauvoir défilent sur les plages de Rio et s'enivrent dans les salons dorés du Copacabana Palace, tout de marbre de Carrare et cristal de Bohême. C'est le triomphe de la bossa nova, portée par João Gilberto, Vinícius de Moraes et Tom Jobim, puis, à partir du milieu des années 1960, de compositeurs aussi talentueux que Chico Buarque, Caetano Veloso, Gilberto Gil, Elis Regina, Maria Bethania, Tom Zé, Gal Costa… Sans oublier, entre-temps, la révolution du *Cinema Novo* de Glauber Rocha et Ruy Guerra, le succès d'écrivains tels que Jorge Amado, Clarice Lispector, Guimarães Rosa ou l'immense poète Carlos Drummond de Andrade, mais également de peintres aussi talentueux que le moderniste Di Cavalcanti, ou le néo-réaliste Candido Portinari, qui croque les ouvriers des champs de café, les collecteurs de latex ou les pêcheurs du Nordeste, et dont le spectaculaire diptyque, *Guerre et Paix*, orne le siège des Nations unies… Tout à la fois naturel et moderne, lascif et frénétique, nu et élégant, achevé et infini, le Brésilien est un « super-homme », « super-sympa », « super-vivant », « super-chaud » comme le chantera en 1968 Caetano Veloso dans son tube « Superbacana ». Pour la première fois, le Brésil a trouvé sa place au centre du monde.

Mais vu depuis Eldorado, tout cela paraît se dérouler sur une autre planète. Dans les années 1960, rien ne bouge, sur les calmes rives du rio Ribeira. En famille aussi, Palmito étouffe. À la maison, ils sont désormais six frères et sœurs. Après Angelo Guido, l'aîné, Maria Denise et « Messie » ont suivi Solange, Renato et Vânia. En débarquant à Eldorado, Percy a trouvé un travail de gardien de ferme, à trois kilomètres du centre-ville. Au milieu des vertes collines, le labeur des champs est harassant, mal payé et le logement pire encore : une masure de béton vert et blanc, dans laquelle la famille s'entasse tant bien que mal. Les enfants dorment sur des lits superposés dans une pièce de quelques mètres carrés. Prière de faire ses besoins au fond du jardin sous le goyavier en s'essuyant à l'aide de feuilles d'arbres et en prenant garde à ne pas déranger les serpents…

Au bout de quelque temps, Percy retrouve son travail de dentiste « praticien » et la tribu migre vers une maison plus confortable au centre-ville. Le patriarche a bonne réputation. Il obture, soigne les caries et pose de belles dents en or, parfois gratuitement. Mais cet homme d'aspect sévère conserve le plus souvent le visage fermé. Car l'argent manque pour nourrir la famille. Un temps, il est poursuivi en justice pour exercice illégal de la médecine. Il n'est pas condamné, mais son moral en prend un coup. Dévoré par l'angoisse du lendemain, et sans doute pas des tourments plus profonds encore, Percy fume cigarette sur cigarette (des Continental, bon marché) et la nuit venue, il boit. Trop. Tard le soir, ses amis l'aperçoivent, titubant vers le foyer. Avec Olinda, les disputes sont incessantes. Timide, effacée, celle-ci ne sait que faire de ce mari absent. Le rôle de chef de famille est laissé aux soins d'Angelo, l'aîné, qui se charge d'administrer de sévères corrections à ses frères et sœurs, en les battant à l'aide d'un fil de fer. Échaudé, Palmito prend la clef des champs et le chemin de la rivière. Et se jure de ne jamais ressembler à son père. Jamais ou presque on ne le verra toucher à l'alcool.

*

Cet après-midi, il n'a pas fouillé bien longtemps dans son dressing avant de s'habiller. Pourtant, ce 14 février 2019, dans sa résidence du palais de l'Alvorada, Jair Bolsonaro reçoit certains de ses principaux ministres et leaders de la majorité. La réunion doit traiter d'un sujet crucial : la réforme des retraites. Sans cesse repoussée par les gouvernements successifs, celle-ci est devenue une urgence vitale dans un Brésil vieillissant, endetté, embourbé depuis cinq ans dans la crise économique. Plus encore, l'événement a valeur de test pour le gouvernement d'extrême droite, qui souhaite à tout prix rassurer les investisseurs étrangers, échaudés par les manières peu communes du nouveau maître de Brasília. Jair Bolsonaro, de son propre aveu, « ne comprend rien » à l'économie. Mais il mesure parfaitement l'importance du moment.

Aux alentours de 15 heures, le voilà qui reçoit ses invités dans une tenue des plus insolites. Fini les costumes sur mesure et les écharpes brodées d'or. Le président apparaît en claquettes, jogging et maillot de foot vert fluo, sirotant une eau de coco et grignotant des petits biscuits salés, qu'il partage avec ses hôtes. « Le banquet est un peu simple : le gouvernement doit faire des économies ! », s'exclame Bolsonaro entre deux blagues de foot. Face à lui, Paulo Guedes, ministre de l'Économie, affiche un air embarrassé, tout comme Carlos Alberto dos Santos Cruz, secrétaire du gouvernement et général 4 étoiles, qui n'a pas l'habitude d'un tel laisser-aller. Bolsonaro le sait. Et s'en amuse, poussant l'humiliation jusqu'à poser en compagnie des présents pour une photo qualifiée d'« historique », alignés, posture virile et bras croisés. L'image du président en tongs, entouré de ses ministres cravatés et mal à l'aise, fera le tour du Brésil.

Ont-ils conscience, ces snobs habillés et peignés avec soin, que le président joue avec eux tel un chat avec une souris ? Ce jour de février, Jair Bolsonaro a imposé son autorité, à sa manière. Frontale, exubérante, provocatrice. Lors de son investiture, déjà, il avait refusé le stylo très chic qu'on lui tendait pour signer l'acte de nomination de ses 22 ministres, préférant alors un modèle de la sous-marque brésilienne Compactor. Rien de mieux pour remettre tout ce petit monde à sa place… Au poignet, les observateurs ont aperçu une montre Aqua noire numérique waterproof : une camelote, achetée une poignée de *reais*. Populaire et accessible, la « *relógio do presidente* » est devenue un objet culte que ses fidèles s'arrachent, tout comme le stylo, que Bolsonaro a rapidement érigé en symbole de son pouvoir. Il le porte, bien visible, dans la poche supérieure de sa veste, tel un Colt chargé, qu'il n'hésite pas à dégainer pour signer des actes de renvois ou d'implacables décrets. Au Brésil, on appelle ça la *canetada*, c'est-à-dire la politique « du coup de stylo ». « Avec ce stylo, j'ai plus de pouvoir que toi », lance-t-il à l'occasion à ses opposants.

Et pourtant, en ce début de mandat, des opposants, le président d'extrême droite en a peu. Sa popularité se maintient à un niveau élevé et la gauche, toujours sonnée par sa victoire, demeure atone. Les coudées franches, Jair Bolsonaro a pu composer un gouvernement à son image, sulfureux. À la justice, Sergio Moro, juge star de l'opération anti-corruption *Lava Jato* (« lavage express »), vient de condamner sans preuves matérielles l'ancien président de gauche, Lula, à de longues années de prison. À l'Économie, Paulo Guedes, ultra-libéral formé à l'école de Chicago, rêve de privatiser toutes les entreprises publiques brésiliennes, à commencer par Petrobras. Le diplomate Ernesto Araújo, barbu ombrageux, nommé aux Affaires étrangères, est un climatosceptique et antiglobaliste assumé, admirateur éperdu de Donald Trump. L'avocat Ricardo Salles, qui obtient l'Environnement, propose d'armer les fermiers afin de mitrailler les sangliers, mais aussi les paysans sans-terres et les ONG. La pasteure néo-pentecôtiste et fondamentaliste Damares Alves, ministre de la Famille, estime de son côté que les « petits garçons doivent s'habiller en bleu et les filles en rose » et dit avoir croisé Jésus perché sur un goyavier.

« La majorité de mes ministres n'ont aucune compétence politique », assume Bolsonaro. Au Congrès, ce n'est guère mieux. Le Parti social-libéral (PSL), auquel a adhéré le président juste avant son élection, est devenu le premier groupe parlementaire du pays, fort d'une cinquantaine de députés. Mais parmi eux, bien peu de professionnels. Pêle-mêle, on y trouve un héritier de la couronne impériale brésilienne, des chrétiens fondamentalistes, une poignée de néo-fascistes et de nombreux policiers et de militaires nostalgiques de la dictature... L'élu le plus haut en couleur demeure cependant Alexandre Frota. À 55 ans, cet homme à forte carrure et aux bras tatoués, qui porte costumes sombres et barbe poivre et sel, n'a jamais cherché à faire oublier son passé de cocaïnomane et, surtout, d'acteur porno. On le retrouve dans des films aussi aguicheurs que *11 femmes et aucun secret* (durée : 2 h 20, « avec sexe anal », indique l'affiche) ou encore *Pur désir* (en compagnie de la belle « Rita Cadillac »). Engagé dans les mouvements ultra-conservateurs, Frota parvient à la surprise générale à être élu en 2018 député de São Paulo.

Tout cela peut paraître un tantinct déjanté. Mais au Brésil, c'est tout sauf un précédent. La politique est ici un art créatif, parfois loufoque. Dans un pays où le vote est obligatoire, les postulants rivalisent d'originalité pour attirer leurs électeurs. Aux élections locales, on ne compte plus les candidatures Batman, Superman, Bob Marley, Obama, Jésus, Ben Laden... certains vont jusqu'à se déguiser en moustique, en Zorro ou en Père Noël. Et, bien souvent, ils sont élus. Ainsi en est-il allé du clown « Tiririca » (« Grognon ») en 2011, coiffé d'un bonnet rouge, qui l'emporta avec le slogan suivant : « Tiririca : pire que moi, y a pas ! », ou encore, cinquante ans plus tôt, Jânio da Silva Quadros, vainqueur de la présidentielle de 1960. Ancien gouverneur de São Paulo au caractère cyclothymique, ce sosie de Groucho Marx fit campagne contre les élites et la corruption un balai à la main. Arrivé au pouvoir avec le soutien des élites de droite, ce moraliste conservateur (et totalement alcoolique) interdit les concours de beauté, les bikinis, les minijupes et les combats de coqs... mais se rapproche aussi du communisme, allant jusqu'à décorer Che Guevara de l'« ordre national de la Croix du Sud », l'une des plus hautes distinctions du pays. Après seulement six mois au pouvoir, cet excentrique finit par démissionner, accusant d'étranges « forces terribles » de l'avoir poussé vers la sortie...

Bolsonaro n'est donc pas un *presidente sem precedente*. Et son gouvernement est en réalité mûrement pensé. Au sein du pouvoir, les équilibres sont parfaitement respectés entre les quatre piliers du *bolsonarisme,* à savoir l'armée, l'agro-négoce, les évangéliques et l'aile « idéologique » (c'est-à-dire complotiste). En contraste avec son groupe « délirant » au Congrès, Jair Bolsonaro a tenu à respecter un certain équilibre et a placé aux postes clefs des profils plus compétents. Tereza Cristina, petite « dame de fer » d'un mètre cinquante-six, fille de *fazendeiros* du Mato Grosso mais aussi amatrice de littérature et de musique classique, qui a dirigé des années durant le puissant lobby de l'agro-négoce à la Chambre des députés, obtient ainsi le ministère de l'Agriculture. De son côté, le très respecté et discret Fernando Azevedo e Silva, ex-chef d'état-major de l'armée, est nommé à la Défense. Deux noms qui permettront de rassurer les milieux économiques et les casernes, essentiels au maintien au pouvoir du chef de l'État.

Un personnage en particulier s'est avéré central dans l'édification de ce meccano politique. À 64 ans, Onyx Lorenzoni est un « grognard » du bolsonarisme, soutien de la première heure et véritable « architecte » du gouvernement. Avec son crâne rasé et son sourire engageant, ce vétérinaire de formation ne se sépare jamais de son *chimarrão*, cette boisson traditionnelle des gaúchos à base de maté, que l'on boit dans une calebasse à l'aide d'une paille en métal. Comme beaucoup des « hommes du président », ce natif de Porto Alegre est un gaúcho du Rio Grande do Sul. À la frontière argentine, c'est l'État des vastes pampas, des hivers rigoureux, des éleveurs de bœufs et de la viande séchée – le *charque*. Une terre peuplée par des descendants d'immigrants allemands, italiens ou açoriens, qui fondèrent dans l'intérieur de petites communautés autonomes. Mais c'est aussi et surtout une région centrale dans l'histoire du Brésil. Longtemps turbulent, le Rio Grande do Sul tenta entre 1835 et 1840, durant la célèbre guerre des *Farrapo* (des « loqueteux », en français) de prendre son indépendance – aidée alors par un certain Giuseppe Garibaldi, qui traversa l'Atlantique pour venir en aide aux gaúchos révoltés. De cet épisode, la région conservera une tradition d'engagement. Au long de l'histoire, elle donna naissance à quantité de leaders de gauche, à commencer par Getúlio Vargas, natif de la petite cité de São Borja, mais aussi son successeur, João Goulart, ou encore le leader travailliste Leonel Brizola. C'est également à Porto Alegre que fut organisé au début des années 2000 le Forum social altermondialiste.

Mais le Rio Grande do Sul est aussi une terre de clivage. Il produit autant de leaders de gauche que de droite, voire d'extrême droite. L'État est parmi les plus riches du Brésil et peuplé à plus de 80 % de Blancs. Région frontalière, elle accueille quantité de casernes et baraquements, ainsi que les chaînes de montage de l'entreprise Taurus, principal fabricant d'armes d'Amérique latine. Rien d'étonnant, dès lors, si Jair Bolsonaro l'emporta ici avec 63 % des voix, obtenant dans certaines villes de l'intérieur des scores supérieurs à 90 %, et s'il choisit d'y recruter certains de ses principaux collaborateurs. Outre « Onyx », le vice-président Hamilton Mourão, le secrétaire du gouvernement, Carlos Alberto dos Santos Cruz, et les ministres des Affaires étrangères, Ernesto Araújo, ou de la Citoyenneté, Osmar Terra, sont aussi des natifs des pampas du Sud.

Mais de tous ces gaúchos, Onyx Lorenzoni est le plus précieux. C'est d'abord et surtout un parfait connaisseur des arcanes du pouvoir de Brasília. Élu député en 2002, il s'est fait connaître au Congrès comme l'une des principales figures du « lobby de la balle », ce groupe de parlementaires de droite soutenant le port d'arme à feu au nom de la « légitime défense » du *cidadão de bem*, ce bon citoyen, célébré par l'extrême droite brésilienne. Mais c'est surtout l'un des très rares à parvenir à entrer dans la tête du président, qu'il a « pratiqué » durant cinq mandats successifs au Congrès. Arrivé au pouvoir, Jair Bolsonaro le charge de composer son gouvernement. Depuis le centre culturel Banco do Brasil, vaste édifice de béton en marge du lac Paranoá, Lorenzoni prend la tête du cabinet de transition, sélectionne et auditionne les futurs ministres. Passé l'investiture, ce dernier est naturellement nommé chef de la Casa Civil. Un poste clef, équivalent de super-chef de cabinet (ou de « sous-Premier ministre ») ayant pour fonction rien de moins que l'orientation et la coordination du gouvernement. Preuve de la complicité qui règne entre les deux hommes, ce 14 février, lors de la « réunion des retraites » à l'Alvorada, Lorenzoni est l'un des seuls participants à ne pas s'étonner du look peu conventionnel du président. À l'aise, il propose à ce dernier de porter sa veste, ne serait-ce que pour la photo « historique ». Hilare, Jair Bolsonaro finit par accepter. Maigre concession faite à ses ministres outragés.

Ultime provocation : le maillot vert fluo qu'il a porté lors de cette réunion « historique » à l'Alvorada. Il n'aura fallu aux journalistes sportifs qu'un bref coup d'œil pour découvrir qu'il s'agit en réalité d'un vulgaire « fake ». Une grossière contrefaçon du maillot du club de Palmeiras, datant de 2010. Sur Internet, les supporters se sont indignés, dénonçant une « métaphore parfaite » d'un gouvernement de « pirates » et d'« escrocs ». Lui s'en amuse. Depuis le début de son mandat, il s'est affiché avec les uniformes de près de cent équipes différentes – un affront, dans un pays où le président se doit de choisir une *time* de cœur – depuis le « grand » Flamengo, qui compte plus de 42 millions de supporters, jusqu'au minuscule Atlético Tubarão (« Athlétique Requin ») de Santa Catarina. L'important, ce n'est pas la couleur du maillot, mais le numéro inscrit au dos du maillot. Le 10 : meneur de jeu.

III

En réalité, rares sont les présidents du Brésil à avoir réussi à trouver le sommeil à l'Alvorada, ce palais trop froid, trop beau, trop grand, trop silencieux. Trop intimidant. Le prédécesseur du « Mythe » n'y resta qu'une dizaine de jours avant de rentrer dare-dare au Jaburu, la résidence des vice-présidents. Il dit y avoir entendu la nuit des « choses étranges », ressenti des « mauvaises énergies » et entendu des « esprits malins ». Le palais de l'Aurore serait-il hanté ? « Il doit y avoir des fantômes ici... », confiera Michel Temer, après plusieurs nuits sans sommeil. Avant de faire ses valises.

Lui, ses fantômes, ce sont les « rouges ». À sa grande contrariété, toute la palette du vermeil est présente dans les salons de l'Alvorada. Il y a ces escaliers dits en « arête de poisson », qui paraissent flotter au-dessus du vide, moquettés de vermeil. Ces tapis persans, cadeaux du Shah d'Iran, rubis et carmin. Mais aussi et surtout, cette tapisserie, qui doit attirer le courroux du « Mythe », « Flore et faune de Bahia », qui occupe un mur entier, dans le salon de famille, sur une mezzanine du premier étage. Un triomphe extatique de la nature avec palmiers roses, papillons géants, toucans souriants, et soleil éclatant. Le tout, sur fond rouge vif. Comment voulez-vous dormir tranquille dans un endroit pareil ?

Quoi d'étonnant, finalement ? Décédé à l'âge canonique de 104 ans, Oscar Niemeyer fut toute sa vie un fidèle camarade communiste. Mais les couleurs préférées du « Mythe », c'est le vert et l'or. Ceux de cette grande bannière, qu'il aperçoit au loin, flottant dans la nuit sur la place des Trois Pouvoirs. 286 mètres carrés et 90 kilos de tissu, amarrés à un pilier métallique de 100 mètres de haut. Autrefois, comme parlementaire, il proposa l'adoption d'un projet de loi autorisant les applaudissements dans les cérémonies officielles comme hommage solennel au drapeau. Tout lui plaît dans cet étendard. Sauf peut-être sa devise. « Ordre et progrès ». Le « progrès », d'accord. Mais l'« ordre », pour quoi faire ? Le chaos est une arme autrement plus efficace.

⋆

Il est autour de 19 heures, ce 8 mai 1970, lorsque les « rouges » débarquent à Eldorado. Alors que le soleil se couche, Carlos Lamarca, leader de l'Avant-garde populaire révolutionnaire, dite « VPR », fait une entrée fracassante dans la petite ville du « Val de la Misère ». Voilà plusieurs semaines que cet ancien capitaine parcourt la région avec pour objectif d'implanter un foyer de guérilla marxiste sur le modèle cubano-barbudo-castriste au sein des jungles profondes de l'Amazonie *paulista*. À 32 ans, ce déserteur de l'armée est déjà l'un des hommes les plus recherchés du Brésil et vit dans la clandestinité depuis des mois. Afin de tromper les forces de sécurité, il est allé jusqu'à recourir à une opération de chirurgie esthétique, réduisant la taille de son « nez de toucan ». Peine perdue : le « capitaine rouge » est vite repéré et, avec une demi-douzaine de partisans, prend la fuite. Après trois semaines de marche harassante à travers la forêt, le voilà qui déboule à Eldorado à bord d'une camionnette. La police l'y attend de pied ferme. Immédiatement, des coups de feu éclatent sur la place centrale.

En ce début des *seventies*, l'heure est à la résistance contre le régime militaire. Le 31 mars 1964, dix ans après le suicide de Vargas, l'armée a finalement pris le pouvoir, renversant le président de gauche João Goulart, autre gaucho du Grand Sud, lui aussi taxé de « communiste ». Les débuts, sous la présidence du maréchal Humberto de Alencar Castello Branco, sont plutôt pondérés. Du haut de son mètre soixante-quatre, cet homme attaché à la légalité, qui a combattu l'Allemagne nazie au côté des Américains durant la Seconde Guerre mondiale, met en place une dictature dite « molle », laissant ouvert le Congrès, permettant l'expression d'une partie de l'opposition et l'émergence d'artistes contestataires tels que Chico Buarque, Gilberto Gil ou Caetano Veloso… Mais à mesure que le régime s'installe dans la durée, les partisans de la « ligne dure » gagnent du terrain. En 1967, le général Artur da Costa e Silva prend le pouvoir et, l'année suivante, afin de mettre un terme à la révolte étudiante qui embrase le pays, décrète l'« Acte institutionnel numéro 5 », dit AI-5. Les libertés sont suspendues, le

Parlement fermé et la censure généralisée. Une chape de plomb s'abat sur le Brésil. « Chico », « Gil » et « Caetano » s'exilent en Europe.

Victime d'un accident vasculaire cérébral, Costa e Silva meurt à la surprise générale dès 1969. Mais son successeur, le général Emílio Garrastazu Médici, sosie de Béla Lugosi, n'est guère moins tendre, et accentue la répression. À Rio ou São Paulo, dans les abominables centres de torture de l'armée, les prisonniers sont par milliers déshabillés, battus, violés, pendus à un bout de bois, pieds et poings attachés et soumis au supplice de la chaise électrique, sous l'œil de militaires hilares et sadiques. Face à ce déchaînement de violence, plusieurs groupes prônant la lutte armée apparaissent. Parmi eux, le Parti communiste du Brésil (PCdoB), d'obédience maoïste, l'Action de libération nationale (ALN), du Bahianais Carlos Marighella, et enfin l'Avant-garde populaire révolutionnaire, dite VPR, de Carlos Lamarca.

Avec la police d'Eldorado, l'échange de tirs est bref, sept minutes à peine, mais intense, et fait au moins trois blessés… laissant à Carlos Lamarca le temps de s'échapper. À Brasília, l'état-major enrage et déclenche une véritable chasse à l'homme. Plusieurs milliers de soldats seront mobilisés dans la traque du « capitaine rouge ». Les militaires bloquent les routes, arrêtent des dizaines de suspects, survolent la région à bord d'hélicoptères et vont jusqu'à bombarder la forêt au napalm. Peine perdue : Lamarca ne sera débusqué (et assassiné) que l'année suivante, dans le lointain État de Bahia. Mais en ce mois de mai 1970 à Eldorado, la population est sous le choc. C'est la guerre du Vietnam sur les rives du rio Ribeira.

Palmito ? Il a alors 15 ans et aurait assisté de loin à la fusillade. On se figure aisément cet adolescent, amateur d'aventures en forêt et de romans de science-fiction, fasciné par l'arrivée de ces hommes en treillis, véritables « super-héros » qu'on croirait tout droit sortis d'un film d'action américain. Le jeune garçon tient à se donner une place de choix dans la grande Histoire. À qui veut l'entendre, il raconte avoir offert ses services aux soldats de l'armée afin de les guider à travers la jungle dans leur traque de Carlos Lamarca. Le chasseur de cœurs de palmier serait-il devenu un chasseur de « rouges » ? L'histoire est belle, mais difficile à vérifier. Ce 8 mai 1970, aucun de ses amis ne se souvient d'avoir vu le gamin prêter main-forte aux militaires.

À Eldorado, son récit ne suscite au mieux que rire ou haussement d'épaules. Palmito, tout le monde le sait, est un *brincalhão*, un farceur, un fanfaron. L'adolescent a l'imagination fertile et attribue des sobriquets peu flatteurs à ses camarades : « Puduk », « vautour », « gros tas » ou même *negão*, « gros nègre »... Une expression couramment utilisée au Brésil, aussi familière que raciste, reflet d'un pays dont l'histoire reste marquée par le drame de l'esclavage. La Terre de la Sainte Croix n'était encore qu'une très vague colonie portugaise, quand, dès 1539, quelques décennies seulement après la « découverte » de Pedro Álvares Cabral, les premiers navires négriers débarquèrent leurs esclaves sur ces côtes du Pernambouc.

Les Noirs s'épuisent dans les brûlants moulins et champs de canne à sucre. Ils sont traités comme des bêtes. Décimés par les épidémies et les mauvais traitements, suppliciés sur les *pelourinhos* face aux églises de Bahia ou Recife, ils meurent en masse. Rapidement, il faut les remplacer. Un abject commerce se met en place : en trois siècles, près de cinq millions d'Africains seront déportés au Brésil. Dix fois plus qu'aux États-Unis. Près de la moitié de la « traite atlantique ». Nul autre État au monde ne reçut autant d'esclaves. Et nul n'attendit aussi longtemps pour décréter l'Abolition, en 1888. Entre tous, le Brésil est par essence le pays de l'esclavage.

Tout ce sang laisse des traces. Des cicatrices jamais refermées. Au sein des forêts profondes entourant Eldorado, on trouve des dizaines de *quilombos*, ces communautés noires, formées par d'anciens esclaves en fuite. Le plus fameux demeure celui de Palmares, fondé sur les hauteurs de la Serra da Barriga (la « chaîne du ventre ») dans les profondeurs arides de ce qui est aujourd'hui le petit État nordestin d'Alagoas. Une véritable « république libre » des Noirs, cité-cabane, où vécurent jusqu'à 20 000 personnes. Palmares possède sa propre administration, son économie, sa vie culturelle. On y parle les langues bantoues, congolaises ou du lointain Angola. Le *quilombo* résista tout au long du XVIIe siècle aux assauts des colons portugais, mené notamment par un chef légendaire : Zumbi, devenu roi de Palmares… avant d'être finalement écrasé et rasé en 1694. À la tête d'une sinistre milice armée, le *sertanista de contrato* Domingos Jorge Velho (« vieux George »), imposant *paulista*, portant barbe fournie et chapeau à large bord, fut selon les témoins de l'époque un monstre de cruauté. Ses victimes sont jetées aux flammes, violées ou enterrées vivantes. Des centaines de Noirs eurent les yeux crevés, les oreilles découpées par les « soldats » de Jorge Velho pour s'en faire des colliers. Zumbi, lui, eut la tête tranchée et exhibée en public. Il devint un saint martyr des Noirs du Brésil, symbole de la résistance face à l'oppression. Sa mémoire est célébrée dans les cultes afro-brésiliens du candomblé et de l'umbanda, chanté par les sambas et fêtée chaque 20 novembre, journée officielle de la conscience noire.

Mais dans les années 1970, pour les *quilombolas* d'Eldorado la dignité est un rêve lointain, voire inaccessible. Pauvres, ostracisés, victimes d'un racisme constant, ces derniers sont accusés de fainéantise et de délinquance, observés avec mépris et suspicion lorsqu'ils se rendent en ville… Petit Blanc de l'intérieur de São Paulo, Palmito est imprégné des préjugés de son milieu. Mais plus que des « nègres », il se méfie d'abord des « rouges ». À Eldorado, il est une famille en particulier qu'il soupçonne ainsi de sympathies communistes : celle des Paiva. Paradoxe, c'est aussi l'une des plus riches de la région. Le patriarche, Jaime, né en 1904, a fait fortune sur le port de Santos, avant de racheter d'énormes quantités de terre dans la région d'Eldorado. En marge de la ville, il se fait construire une somptueuse résidence, avec piscines, chevaux, belvédère, fontaines, lac artificiel et colonnades

Renaissance… Les chiens de la famille logent dans une niche géante en forme de château.

« Docteur Jaime » incarne jusqu'à la caricature la figure du *coronel*, ce propriétaire terrien tout-puissant, régnant sur ses paysans comme sur des serfs. Sur ses terres, Paiva est à deux reprises élu maire de la ville et préside le club Caraíta, du nom de sa ferme, réunissant la crème de l'élite locale (et où les Noirs ne sont évidemment pas admis). Durant les fortes chaleurs, ses enfants se rafraîchissent dans les piscines et s'achètent de délicieux sorbets : autant de plaisirs inaccessibles aux enfants du coin, et notamment Palmito. Vert de jalousie, le fils de dentiste « praticien » prétendra avoir plus d'une fois couru à toute allure pour récupérer les petits bâtonnets jetés par terre par les fils Paiva, dans l'espoir de se régaler des derniers restes de glace fondue…

Pourtant, malgré ses mœurs aristocratiques, c'est bien cette famille que Palmito taxe de communiste. En cause : l'engagement à gauche de l'un des descendants du clan, Rubens Paiva. Moustache en pinceau et regard tendre, cet ingénieur de formation est un ancien député du Parti travailliste brésilien, le PTB, qui vit son mandat cassé par la dictature en 1964. Un temps exilé en France et en Yougoslavie, il rentre finalement au Brésil, et s'engage dans la résistance contre le régime militaire, avant d'être arrêté à Rio de Janeiro, le 20 janvier 1971. Torturé sauvagement, Rubens Paiva meurt sous les coups de ses geôliers. Son corps ne sera jamais retrouvé.

Qu'importe si ce martyr de la démocratie n'a jamais été communiste. Qu'importe si le « docteur Jaime » fut un conservateur acquis aux vues des militaires, membre de l'Alliance rénovatrice nationale, l'ARENA, parti au pouvoir sous la dictature. Qu'importe, enfin, si le propre père de Palmito, Percy Geraldo, sera un temps fiché par la dictature pour s'être présenté en 1976 aux élections municipales sous les couleurs du Mouvement démocratique brésilien, le MDB, seule formation d'opposition autorisée par le régime. Palmito soutiendra toute sa vie que les Paiva auraient aidé le « capitaine rouge » Lamarca à s'implanter dans le Vale do Ribeira, lui fournissant équipement et moyens financiers, avant de faciliter sa fuite. Pour lui, l'ambition et la jalousie justifient tous les mensonges, toutes les fausses nouvelles.

Surtout, durant cette période, l'armée devient un rêve pour Palmito. Elle seule est venue animer sa jeunesse trop tranquille pour lui offrir un peu d'ailleurs, d'aventure et pourquoi pas un projet de vie. Elle seule paraît pouvoir l'arracher à cette famille étouffante, à ce père alcoolique et à cette petite ville sans destin. Durant des semaines, en 1970, après le départ de Lamarca, des militaires stationnent sur le pont de béton de la ville. Effrayés par ces hommes en armes, la plupart des gamins n'osent pas s'approcher. Mythe ou réalité ? Palmito affirmera à ses amis avoir eu l'audace d'entamer la conversation avec l'un des soldats. Ce dernier lui aurait alors remis un prospectus, siglé ICAM. Les initiales du concours d'admission à l'armée.

*

Ce jeudi 3 janvier 2019, un mystérieux camion stationne devant l'entrée du palais de l'Alvorada. Et lorsque s'ouvre finalement sa porte arrière, c'est pour décharger une bien curieuse cargaison : une quarantaine de chaises bleues sont acheminées vers l'intérieur du bâtiment. Quelques minutes plus tard, les déménageurs reviennent, embarquant prestement tout autant de sièges, mais cette fois de couleur rouge, avant de repartir. L'opération a été exécutée avec soin. Car l'ordre vient tout droit de Jair Bolsonaro. Hors de question de laisser la couleur du communisme polluer sa résidence officielle.

La réalité rattraperait-elle la fiction ? Lors de son arrivée dans la petite cité amazonienne de Macondo, le nouveau *corrégidor* Don Apolinar Moscote du *Cent ans de solitude* de Gabriel García Márquez prend sur-le-champ une première disposition : qu'on peigne en bleu toutes les maisons. Décision aberrante, ubuesque, vouée à rester de l'ordre du roman… Jusqu'à 2019, et Jair Bolsonaro.

À Brasília, la décision n'a surpris personne. « Notre drapeau ne sera jamais rouge, sauf si notre sang doit être versé pour le maintenir vert et jaune ! », proclamait le nouveau président dès son discours d'investiture. Arrivé au pouvoir, Bolsonaro tient donc parole. Dès les premiers mois, une véritable « chasse aux sorcières », digne du maccarthysme, est ordonnée, afin de bannir du pouvoir tous les cadres et fonctionnaires soupçonnés de sympathies socialo-communistes. Particulièrement visés : ceux ayant exercé des fonctions entre 2003 et 2016, sous les administrations de gauche du Parti des travailleurs, le PT, lors des présidences successives de Lula et Dilma Rousseff. « Il faut "déPTiser" le gouvernement fédéral », assume sans fard le chef de la Casa Civil, Onyx Lorenzoni.

Pas question de laisser des « traîtres » au cœur de la machine : tous les ministères doivent être passés au peigne fin. La tâche est confiée à Hélio Lopes. À 50 ans, ce colosse d'un mètre quatre-vingt-douze est un ancien sous-lieutenant de l'armée et ami personnel de Bolsonaro. Né dans la lointaine, pauvre et violente périphérie de Queimados, au nord de Rio, il parvient à être élu député en 2018 grâce au soutien du leader d'extrême droite. Depuis, il ne quitte plus le président et l'accompagne dans tous ses déplacements, en particulier à l'étranger. Car Hélio *Negão*, « gros nègre », comme aime à l'appeler Bolsonaro, est l'un des rares Noirs évoluant dans le cercle intime du chef de l'État et est utilisé sans vergogne comme un brevet d'antiracisme. En juin 2019, au G20 d'Osaka, Jair Bolsonaro va jusqu'à présenter fièrement « son » *Negão* à Donald Trump. « Il valait mieux que j'amène Hélio ou Obama ? », se gausse le président brésilien.

Jair Bolsonaro est un habitué des sorties racistes. « Si votre fils tombait amoureux d'une Noire, que feriez-vous ? », l'interroge la chanteuse Preta Gil, fille de « Gilberto », lors d'une émission télévisée en 2011. Réponse de celui qui est alors un obscur député d'extrême droite : « Je ne cours pas ce risque : mes fils ont été très bien éduqués. » Six ans plus tard, de retour d'une visite dans un *quilombo* proche d'Eldorado, la ville de son adolescence, lors d'une réunion face à trois cents personnes, il lâche ce commentaire : « Franchement, l'afro-descendant le plus maigre que j'ai rencontré là-bas, il pesait sept "arrobas" [une unité de poids servant pour le bétail]. Là-bas, ils n'en foutent pas une ! Je pense qu'ils ne sont même plus bons à procréer ! »

Rien d'étonnant à le voir donc traiter son « ami » Hélio Lopes de « gros nègre ». Ce dernier ne semble d'ailleurs pas s'en offusquer. Il sait qu'il doit tout à Jair Bolsonaro et se fait fort de débusquer les « PTistes » du gouvernement. Il mandate ses assistants parlementaires afin de fouiller les profils Facebook ou LinkedIn des hauts fonctionnaires de Brasília et de trouver photos ou liens compromettants. Des listes de « suspects » sont établies et transmises aux ministres responsables, avec ordre de démettre ou placardiser les « rouges » ainsi repérés. « Maintenant, le gouvernement a une ligne. Et celui qui ne la suit pas dégage », répète Hélio Lopes. Une version modernisée du slogan de la dictature militaire, « Le Brésil, tu l'aimes ou tu le quittes ».

Mais le « coup de balai » va bien au-delà du seul Parti des travailleurs. Pour Jair Bolsonaro et ses alliés, il s'agit en effet de mettre un terme à la domination des *esquerdopatas* (« gauchopates ») et des *chiites* socialistes qui ont pris le pouvoir au cœur même de l'éducation et la culture. En découdre une bonne fois pour toutes avec ses ennemis : militants antiracistes, féministes, LGBT, adeptes de la « théorie du genre » ou des œuvres du pédagogue de gauche Paulo Freire… tous soupçonnés d'avoir mené le Brésil à sa perte. Il faut « combattre les ordures marxistes qui se sont installées dans les institutions d'enseignement », lance-t-il à la veille de sa prise de fonction. Une véritable déclaration de guerre.

Mais Jair Bolsonaro, malgré ses outrances, s'inscrit en droite ligne de l'histoire du Brésil. Ce « pays du futur », où l'on pense toujours pouvoir tout recommencer à zéro. Où la « table rase » est une constante de l'histoire nationale. Un État qui changea trois fois de capitale, troqua douze fois sa monnaie et treize fois son drapeau… L'acte le plus fort et le plus symbolique fut sans conteste la construction de Brasília. En cinq ans, Juscelino Kubitschek fait ériger au milieu de rien, d'un désert de brousse et de terre ocre, la cité la plus moderne et la plus futuriste de la planète. Il s'en donne les moyens : 10 % du PIB est consacré à cette folle entreprise. Toute la production industrielle du pays est mise à contribution, tandis que des milliers de *candangos*, ces ouvriers illettrés d'origine nordestine, font route vers le plateau central. Fini les statuaires romaines, les meubles français et les aigles germaniques : l'urbaniste Lúcio Costa et l'architecte Oscar Niemeyer rompent avec les lourds canons esthétiques du Brésil postcolonial. Le béton, le verre et le marbre deviennent les symboles d'une nouvelle ère. « Qu'est-ce que Brasília, sinon l'aube d'un nouveau jour pour le Brésil ? », s'exaltera « JK ».

Pour sa propre « table rase », le capitaine Bolsonaro place mois après mois ses meilleurs soldats aux avant-postes. Ricardo Velez, théologien ultra-conservateur de

75 ans, né en Colombie, obtient le ministère de l'Éducation, où il promet de défendre « la famille et l'Église ». À la présidence de la Bibliothèque nationale, Rafael Nogueira, monarchiste convaincu, rend Caetano Veloso responsable de l'analphabétisme. Du côté de la Fondation nationale des arts (Funarte), le chef d'orchestre Dante Mantovani estime que le rock « active » la drogue, l'avortement ou le satanisme et voit en l'Unesco une « machine de propagande en faveur de la pédophilie ». Le pasteur Edilásio Barra (dit « Tutuca »), ancien chroniqueur télé, se voit quant à lui nommé à la direction de l'Ancine (équivalent du Centre national du cinéma, le CNC français) et serait capable (selon le président) de réciter de mémoire « 200 versets bibliques ». Autre personnage : le journaliste Sérgio de Camargo, « Noir de droite » assumé, à qui l'on offre la direction de la Fondation Palmares, chargée de la promotion de la mémoire de l'esclavage, assure qu'il n'existe « aucun racisme réel » au Brésil, vomit le mouvement noir et ses grandes figures, tel l'esclave Zumbi (un « fils de pute ») ou le chanteur Gilberto Gil (un « parasite ») qu'il faudrait selon lui « ramener de force en Afrique ».

Arrivés aux manettes, tous ces personnages se montrent des plus actifs. À l'Éducation, Velez ordonne une évaluation « idéologique » du baccalauréat et une modification des manuels scolaires afin d'en expurger les parties relatives à la culture afro ou aux violences faites aux femmes. Une directive va jusqu'à intimer aux professeurs de se filmer avec leurs classes chantant l'hymne national et répétant en chœur le slogan de campagne de Jair

Bolsonaro, « Le Brésil au-dessus de tout. Dieu au-dessus de tous ». De son côté, Camargo fera retirer 5 300 livres et revues « marxistes » des archives de la Palmares tandis qu'à l'Ancine, la direction impose désormais de privilégier des productions « qui intéressent la population dans son ensemble, et pas seulement les minorités ». Fini les films à thématique LGBT. En décembre 2019, l'ensemble des affiches de films brésiliens exposées dans les couloirs de son siège de Rio sont décrochées. Au placard, les grands cinéastes Glauber Rocha, Rogério Sganzerla ou Eduardo Coutinho. Il fallait, dit-on, garantir « l'impersonnalité et l'isonomie » des lieux. Autrement dit, faire table rase. Afin de protester contre la « censure » en cours, la grande actrice Fernanda Montenegro, 89 ans, héroïne mondialement connue de *Central do Brasil*, va jusqu'à se faire photographier pour un magazine, ligotée face un bûcher de livres. Elle est alors traitée de « sordide » et de « menteuse » par les membres du gouvernement.

Après quelques mois, le président peut se montrer satisfait : près de 4 000 fonctionnaires ont été démis de leur poste. Le coup de balai a été efficace et aucune chaise rouge n'a survécu. Le fond de sa pensée, il le livrera le 17 mars 2019, lors d'un discours prononcé à l'occasion d'un dîner offert à l'ambassade du Brésil à Washington, et qui fera date. « J'ai toujours rêvé de libérer le Brésil de l'idéologie néfaste de la gauche, dit alors le président. Le Brésil n'est pas un terrain vague sur lequel nous pouvons espérer construire des choses pour notre peuple. Nous devons d'abord déconstruire beaucoup de choses, défaire beaucoup de choses pour ensuite commencer à faire. Si j'arrive au moins à pouvoir être un point d'inflexion là-dessus, je serai très heureux. » Considère-t-il le but comme atteint ? Ce soir-là, les convives se souviennent d'avoir vu un Bolsonaro radieux.

IV

Bâti en marge de Brasília sur les rives du lac Paranoá, l'Alvorada est un lieu des plus isolés. Le bâtiment le plus proche est à plus d'un kilomètre. C'est une île dans la ville, à l'écart du monde et de ses fracas. La solitude favorise la paix intérieure, disaient les fondateurs, selon lesquels l'isolement est aussi gage de sécurité. Dans ce palais solitaire, situé en marge d'une capitale elle-même esseulée, perdue au milieu des savanes d'un pays-continent, le Brésil, lui-même cerné de forêts impénétrables et d'océans profonds, les présidents se sont toujours sentis invincibles.

Mais le « Mythe » le sait : l'Alvorada est un bunker de verre, qui ne dispose ni d'abri antiaérien ni de vitres teintées. De toute façon lui-même ne prend aucun risque. Jamais ou presque on ne le voit parcourir les jardins. Trop peur d'être pris pour cible par un « drone » ou un « missile balistique ». Ces précautions sont anciennes. Autrefois, député, il évitait de boire l'eau qu'on lui servait en bouteille ou en pichet, préférant se servir directement au robinet. Avant de prendre le volant, il inspectait soigneusement le châssis de sa voiture, afin de s'assurer qu'un « terroriste » n'y avait pas installé une bombe.

Depuis son arrivée, le président a fait renforcer les contrôles aux abords de la résidence et équipé des plongeurs afin de patrouiller sur le lac. Ses gardes du corps sont désormais équipés de dispositifs anti-drones et de mallettes pare-balles, sacoches en fibre d'aramide, que l'on peut déployer pour faire rempart au chef de l'État. Sa sécurité est assurée par des policiers de Rio, de vieilles connaissances. Hors de question de laisser cette tâche à la seule armée. Et encore moins à la garde présidentielle : ce bataillon de pacotille armé de baïonnettes. Ce régiment d'opérette paré de blanc et de bleu.

⋆

Comme ils sont beaux, les cadets du Brésil ! Revêtus de leur uniforme *azulão* bleu nuit, avec gants blancs, boutons dorés et shako à visière surmonté d'un plumet vermillon, ils sont plusieurs centaines, ce 24 août 1974, alignés dans l'imposante cour du Maréchal Mascarenhas de Moraes (dite « P3M »). Droits et fiers, pour cette cérémonie de « remise du sabre », marquant leur entrée dans l'Académie militaire des Aiguilles noires, les futurs officiers se voient offrir une réplique de l'arme portée, il y a un siècle, par le duc de Caxias, fondateur de l'armée nationale. « Nous sommes les cadets du Brésil, au poitrail viril ! En nous, il y a l'espoir, la puissance, la vigueur et l'amour sincère de l'âme et de la fibre militaire, héros dévoués sur le grand autel de la patrie brésilienne ! », hurlent les jeunes hommes en chœur.

Parmi eux, un garçon aux yeux azur et aux sourcils froncés. À 19 ans, Palmito a quitté Eldorado pour la voie des armes. Il n'est déjà plus ce petit brun au corps gracile. C'est désormais un grand gaillard aux épaules carrées doté d'une arcade sourcilière marquée et d'un nez prononcé, l'expression constamment crispée. Après avoir réussi des concours difficiles, il est désormais le « cadet 531 ». Un choix qui fut finalement tout sauf évident, le jeune homme ayant un temps caressé le rêve d'une carrière sportive. Signe d'une certaine impréparation, le jour de son arrivée à l'Académie, le gamin des champs n'a rien à se mettre. Par chance, un oncle lui prête un costume. Mais ce dernier est de deux tailles trop petit : les manches de la veste s'arrêtent au milieu de l'avant-bras. Pour dissimuler son problème vestimentaire, Palmito pénètre dans les lieux les bras repliés et collés le long du corps.

L'Académie, de son accronyme AMAN, a de quoi impressionner. Elle est située à l'ombre des sommets de granit de la Serra da Mantiqueira, où culmine à 2 790 mètres d'altitude le pic des Aiguilles noires, cinquième plus haut sommet du Brésil. À seulement 170 kilomètres de Rio, les charmes de la « ville merveilleuse » sont déjà bien loin. La végétation est rase, les étés humides et orageux tandis qu'en hiver la température descend parfois sous les 5 degrés. Bâtie dans les années 1940 dans un style stalino-mussolinien, l'AMAN fut conçue et pensée pour éprouver le moral des futurs officiers. Derrière ses deux gigantesques guérites de béton, elle s'étend sur 67 kilomètres carrés et contient dortoirs, restaurants, salles de cours, hôpital, système d'épuration, chapelles, bibliothèque de 50 000 volumes, terrains de sport et d'entraînement. 12 000 personnes étudient, habitent ou travaillent au « Saint-Cyr du Brésil », dont 1 800 cadets, suivant une formation ultra-exigeante, alliant théorie et exercices pratiques.

Loin de la plage, il s'agit de discipliner une troupe brésilienne turbulente, voire insurrectionnelle. Très politisées, les casernes nationales furent longtemps le théâtre de débats fiévreux et d'incessantes rébellions, parfois au nom d'idéaux de gauche ou progressistes. Dès 1910, la « révolte de la Chibata » (du fouet) vit les marins noirs et métis de Rio se mutiner contre les mauvais traitements et les punitions corporelles infligés aux Noirs au sein de l'armée. Dans les années 1920, le mouvement du Tenentismo (de *tenente*, « lieutenant ») réclame la fin de la « Vieille République » oligarchique. Son leader charismatique est le capitaine Luis Carlos Prestes, petit brun au visage anguleux et à l'enthousiasme communicatif, surnommé le « Chevalier de l'espérance » par le grand écrivain bahianais Jorge Amado. À la tête d'une colonne « rouge » de centaines de soldats déserteurs, il parcourt plus de 25 000 kilomètres lors d'une « longue marche » à travers le Brésil, de 1925 à 1927, tentant de soulever, en vain, la population sur son passage. Plus tard, entre 1943 et 1980, il deviendra l'indéboulonnable secrétaire général du Parti communiste du Brésil, le PCB.

Un bref moment, l'élite militaire brésilienne eut des tendances progressistes. Le 15 novembre 1889, l'*Exercito nacional* renverse l'empereur Dom Pedro II, qui régnait depuis six décennies sur un Brésil esclavagiste et rétrograde. C'est elle qui impose la devise nationale *Ordem e progresso* (« Ordre et progrès »), empruntée au philosophe positiviste français Auguste Comte, et qui fournit au pays son premier président, le maréchal Deodoro da Fonseca. Au pouvoir, il décrète la séparation entre l'Église et l'État, crée le premier ministère de l'Instruction... Mais vite, l'armée retourne à son conservatisme rigide et développe une obsession « anti-rouge ». « Si nous n'éduquons pas nos enfants et petits-enfants, c'est les communistes qui le feront. Ils sont notre grand ennemi. (...) Il y a de la poussière rouge dans les yeux du peuple », résumera Milton Tavares de Souza, influent général sous la dictature militaire. Les « socialistes », cet ennemi intérieur, fort utile à une armée qui n'en a aucun à l'extérieur, et qui ne compte en réalité que de très rares faits d'armes glorieux. La guerre de la « Triple Alliance » menée entre 1865 et 1870 contre le Paraguay de Solano Lopez fut un effroyable bain de sang, entraînant la mort de la moitié de la population paraguayenne (l'un des pires bilans humains jamais enregistrés lors d'un conflit). En juillet 1944, 25 000 *pracinhas* (petits troupiers) sont certes envoyés par Vargas combattre aux côtés des Alliés, remportant plusieurs batailles dans les Apennins italiens contre l'Allemagne nazie. Autant de victoires réelles, mais somme toute modestes, et pourtant célébrées comme de véritables Sadowa ou

Austerlitz. Le tout, pour un engagement bien tardif dans le conflit mondial… « Il serait plus facile pour un serpent de fumer que pour le Brésil de se battre en Europe ! », plaisantait-on alors à Rio. Ironie de l'histoire : l'état-major choisira un reptile à la pipe au bec comme symbole officiel de la force expéditionnaire.

Qu'importe cette histoire contrastée, qu'il ne connaît probablement pas : l'armée demeure un rêve pour Palmito. Mais au pied des froids sommets des Aiguilles noires, les débuts sont difficiles pour le cadet 531. La géométrie descriptive l'épouvante, tout comme les cours de psychologie ou d'économie. Mais le jeune homme s'accroche. Ses instructeurs saluent sa « ténacité » et son « zèle ». En deuxième année, il finit 48e de sa promotion et choisit l'artillerie comme spécialisation. Mais là où Palmito se distingue, c'est d'abord dans le sport. Athlétique, endurant, combatif, en mini-short et marcel, il pratique la course, la natation, le foot, le basket, la *bola militar* (proche du rugby) et, en 1976, intègre l'équipe de pentathlon de l'armée : un privilège rare. Impressionnés, ses camarades lui donnent un nouveau surnom : « Cavalão » (Gros Cheval).

Mais à l'AMAN, le quotidien est rude, sinon spartiate. « Même les franciscains ne connaissent pas une telle simplicité », s'amusent les cadets. Ces derniers logent à six dans la même chambre et se lavent souvent à l'eau froide. Debout aux aurores, ils subissent les brimades, cris et insultes de leurs instructeurs. Les uniformes doivent être maintenus impeccables, sous peine de punitions sévères : privation de repas, de sorties ou « mise au trou ». Sur les terrains d'entraînement, les exercices pratiques ne sont pas dénués de danger : les apprentis artilleurs tirent au canon de 155 mm sans protection auditive, au risque de se déchirer le tympan. La projection d'éclats d'obus et le recul d'armes lourdes de plusieurs tonnes peuvent également être fatals. Quatre camarades de promo de Cavalão trouvent la mort entre 1974 et 1977.

Pour survivre dans cet environnement hostile, les cadets n'ont d'autre choix que de se serrer les coudes. Peu à peu, une « famille militaire » se forme, avec ses rituels de passage, ses bringues inoubliables et ses amitiés indéfectibles. Accueillis par les anciens, les nouveaux élèves artilleurs doivent prendre un bain purificateur, parfumé à la luzerne et aux plantes fourragères. Le soir, un curieux carnaval se déroule dans les dortoirs. Un cadet, de petite taille, est déguisé par ses camarades en caricature de général sud-américain, tel le Tapioca d'Hergé, avec grosse moustache et cigare. Un autre est désigné pour lui servir de « fiancée », et accoutré en femme. Le reste des élèves joue à l'armée mexicaine, chante et se marre jusqu'au petit matin.

Mais tandis qu'à Rio et São Paulo, la jeunesse vit à plein sa révolution sexuelle, aux Aiguilles noires, l'ambiance est lourde. Aucune déviance idéologique n'est tolérée. Pas question pour les cadets de suivre l'exemple des officiers « gauchistes » de l'ancienne métropole portugaise, où triomphe, le 25 avril 1974, la révolution des Œillets. À l'AMAN, les élèves sont dressés à la « chasse aux cocos » et reçoivent une formation pratique en guerre contre-insurrectionnelle. Parmi les instructeurs, plusieurs officiers ont participé à la répression féroce de la guérilla de l'Araguaia, en Amazonie, où de 1967 à 1974, une poignée de maquisards maoïstes firent face à l'assaut de milliers de soldats de la junte, avant d'être pour la plupart abattus. Dans leurs cours, les « professeurs » détaillent leurs méthodes d'interrogatoire « musclées » et projettent sur un écran des photos de corps de guérilleros suppliciés. Cavalão a les yeux qui brillent. Depuis l'épisode Lamarca, la traque des rouges est son obsession.

Est-ce paradoxalement entre ces tristes murs de béton que serait aussi né son caractère de rebelle ? Cavalão l'affirmera. À ses copains, il raconte s'être violemment opposé, en 1977, à un colonel-dentiste qui souhaitait le priver de saut en parachute. En cause : une carie non traitée sur une prémolaire. Indigné, le cadet 531 se serait alors insurgé et aurait lancé un « Mon colonel, vous mentez ! » à son officier supérieur. Un acte d'insubordination gravissime, qui aurait dû provoquer son expulsion *manu militari* de l'armée… mais qui, à la surprise générale, produit l'effet inverse. Impressionné par la fougue du jeune homme, le commandant de l'AMAN aurait décidé de réintégrer le cadet à ses cours de parachute.

Mythe fondateur ou mythomanie précoce ? Cavalão ajoute que, par la suite, les instructeurs de l'Académie lui auraient fait payer cher son insolence, le forçant à effectuer des pompes supplémentaires ou à boire son maté dans son casque plutôt que dans un verre. Autant de détails jamais véritablement confirmés par ses camarades d'Académie, qui ont gardé le souvenir d'un cadet 531 plutôt réservé, sérieux, voire effacé. La morale de l'histoire est cependant des plus limpides : jamais Cavalão n'hésitera à tenir tête à ses supérieurs, aussi haut gradés soient-ils. Et tant pis s'il faut pour cela sortir du rang.

*

Rien n'a changé. Ni la vaste cour de ciment. Ni l'alignement parfait des cadets. Ni leur serment, entonné d'une voix grave, qui résonne fort entre les murs gris. « Il n'existe pas d'émotion ou d'honneur plus grand, dans ma condition de chef suprême des armées, que de présider à cette cérémonie », proclame Jair Bolsonaro, ce 17 août 2019. Pour rien au monde il n'aurait manqué cette édition de la « remise du sabre » à l'Académie des Aiguilles noires. « Comme vous, en 1974, j'ai aussi reçu mon sabre dans ce P3M sacré », rappelle-t-il, entouré d'une demi-douzaine de ses ministres, tous militaires, généraux ou capitaines et « anciens » des Aiguilles noires. « Mes cadets, un jour, vous serez à notre place ! », lance le président, s'adressant à « ses » troupes au possessif, tel un père face à ses enfants.

Et de fait, dans son gouvernement, l'armée est chez elle. Jamais depuis la fin de la dictature les militaires n'ont occupé autant de postes à Brasília. Outre Jair Bolsonaro et le vice-président et général Hamilton Mourão, les hommes en treillis détiennent un tiers des postes ministériels (défense, énergie, infrastructures, sciences et technologies, services secrets…) et la tête de nombreuses entreprises publiques (la Poste, la Monnaie, la Fondation pour l'Indien et les instituts de météorologie et de recherche spatiale et, à partir de 2021, le géant pétrolier Petrobras). En tout, plus de 6 000 soldats occuperont un poste dans l'administration : le double du mandat précédent. « L'Axe monumental a été repeint en vert olive », s'inquiètent les journalistes.

Les haut gradés sont particulièrement nombreux au sein du Planalto. Situé sur la place des Trois Pouvoirs, au cœur de Brasília, il est le siège du pouvoir exécutif et le lieu de travail des présidents du Brésil. Jair Bolsonaro peut s'y sentir comme chez lui : les lieux furent occupés de 1964 à 1985 par les généraux de la dictature, qui s'accommodèrent fort bien de cette capitale de verre et de larges avenues, si facile à contrôler... Si l'Alvorada est sensuel et délicat, le Planalto, lui, est tout en puissance et en grandeur. Avec ses 36 000 mètres carrés distribués sur quatre étages, le palais des chefs de Brasília est sept fois plus vaste que la Maison Blanche. Outre sa rampe et son *parlatório*, il se caractérise lui aussi par ses colonnes de marbre : des voiles de bateau, toujours aussi majestueuses, mais cette fois projetées vers l'avant, vers l'horizon.

Le « cœur nucléaire » des lieux se situe au troisième étage, où se trouvent les bureaux du président. Une succession de pièces, plutôt laides et impersonnelles, meublées de fauteuils de cuir, de tapis aux motifs floraux et de bureaux de bois tropical. Là encore, Jair Bolsonaro a tenu à imprimer sa marque. À côté des tableaux de maîtres, le président a fait accrocher une gravure à son effigie et une photo en noir et blanc prise lors de son mariage avec son épouse Michelle. Fervente chrétienne évangélique, cette dernière l'a convaincu de faire retirer du Salon noble du rez-de-chaussée une toile baptisée *Orixás* de la grande artiste Djanira da Motta e Silva. Celle-ci représentait en effet les principales divinités du *candomblé* et de l'*umbanda*, ces cultes afro-brésiliens que la première dame considère purement et simplement comme du satanisme. Début 2020, Michelle exige également de faire démonter la bibliothèque du Planalto afin de pouvoir y installer son bureau. Des dizaines de livres précieux, appartenant à la collection présidentielle, sont alors empilés par terre et sans protection dans les couloirs du Planalto. Face au scandale, Michelle finit par renoncer…

Qu'importe les quolibets. Jair Bolsonaro n'a que faire du jugement de l'élite. Le président du Brésil n'ignore rien non plus du mépris des généraux de l'armée à son endroit. Ces haut gradés, il les côtoie depuis des décennies. Certains furent des camarades d'Académie militaire, et même des amis, avec qui il partagea virées en moto et barbecues au bord de la plage. Il sait que la plupart voient d'abord en lui une opportunité de revenir au pouvoir et rêveraient de le réduire au rang d'excentrique marionnette. Mais dans un pays instable, où un président sur trois n'a pu finir son mandat pour cause de putsch ou de destitution, Bolsonaro sait sa position fragile. Plus que tout, il a besoin de l'appui de l'armée pour se maintenir au pouvoir. En offrant de belles positions aux militaires, et en les associant à son destin, il prend une assurance politique sur la mort. Un mariage de raison, en somme, qui justifie toutes les cajoleries. « La démocratie et la liberté n'existent que lorsque les forces armées sont d'accord », déclare-t-il en début de mandat, avant d'appeler à la célébration du coup d'État de 1964, qualifié de « révolution ».

Mais, sans attendre, les escarmouches se multiplient déjà entre les ministres « vert olive » et le clan présidentiel. Les généraux obsédés par l'ordre et la discipline ne supportent pas l'influence prise par les fils du chef de l'État, devenus de véritables conseillers de l'ombre, accumulant scandales et polémiques. Un violent conflit oppose en particulier Carlos, deuxième rejeton du clan, au propre vice-président Hamilton Mourão. Ce général sexagénaire d'origine indigène, gaúcho issu de l'État du Rio Grande do Sul, franc-maçon et fou d'équitation, a pourtant longtemps été classé à l'extrême droite. Passé dans la réserve en 2018, il prend alors la direction du Club militaire de Rio, où, depuis plus d'un siècle, se retrouve la fine fleur des officiers pour discuter politique (et où se prépara en particulier le coup d'État de 1964...). Une position influente, qui convainquit Bolsonaro de le choisir comme « numéro 2 ».

Mais en ce début de mandat, Mourão tient à améliorer son image – et pourquoi pas, à se poser en recours. Il multiplie les voyages à l'étranger, les tête-à-tête avec les diplomates et les interviews dans la presse internationale, se présentant à l'envi comme le « visage respectable » de cet excentrique pouvoir brésilien. Le général n'hésite pas à faire étalage de son indépendance vis-à-vis de Bolsonaro (dont il n'a jamais été proche). Par exemple, en prônant une position pondérée au sujet de l'avortement (« un choix personnel », selon lui), ou même en corrigeant carrément le chef de l'État, début avril 2019, lors d'un nouveau dérapage effectué à l'occasion d'un voyage en Israël. Le président définit le nazisme comme « un mouvement de gauche »... « À gauche, c'est le communisme », réplique Mourão.

Toutes ces sorties et provocations révulsent Carlos au plus haut point. À 36 ans, le « pitbull » du président, proche des milieux complotistes, soupçonne le vice-président de vouloir organiser un « putsch interne » afin de prendre la place de son père. En avril 2019, déterminé à donner un avertissement au général factieux, Carlos mobilise ses réseaux. Un député proche du clan, le pasteur Marco Feliciano, dépose une demande de destitution contre le second personnage de l'État. De son côté, l'essayiste Olavo de Carvalho, « gourou » de l'extrême droite, se met à moquer « les cheveux teints et la voix hypocrite » du vice-président. Une offensive parfaitement coordonnée. « Quel fils de pute que ce gamin ! », enrage alors Mourão en privé.

Pour Bolsonaro, le choix entre les deux camps est vite fait. Pas question de se laisser impressionner, ni de laisser ses fils seuls en première ligne. Ces orgueilleux officiers ont besoin d'une leçon. En fusillant un mutin pour l'exemple, pourquoi pas ? La cible idéale se présente, le 5 mai 2019, en la personne du général Carlos Alberto dos Santos Cruz, secrétaire général du gouvernement, qui a rang de ministre. Dans une interview publiée en ligne, ce dernier estime nécessaire que l'usage des réseaux sociaux par les fonctionnaires soit « discipliné » afin d'éviter les « distorsions ». Il n'en faut pas plus pour enflammer la fachosphère. Immédiatement, un hashtag *#DehorsSantosCruz* est repris sur Twitter. « C'est l'Internet "libre" qui a permis à Bolsonaro de devenir président ! », s'enflamme Carlos sur le réseau social. « Contrôler l'Internet, Santos Cruz ? Contrôle d'abord ta bouche, sale merde ! », poste de son côté Olavo, traitant au passage le ministre de « politicard » et de « lavette ».

Les ministres « vert olive » sont pris de court et décident de répliquer. Car Santos Cruz n'est pas n'importe qui. À 66 ans, cet officier brillant, issu d'un milieu modeste (il dit avoir enfilé pour la première fois une paire de chaussures à l'âge de 10 ans), est une légende vivante, qui a successivement commandé la mission de pacification de l'ONU en Haïti, la Minustah, mais aussi et surtout celle du Congo, la Monusco, avec sous ses ordres 14 000 casques bleus prêts à en découdre avec les rebelles du Nord-Kivu. Le 7 mai, c'est donc le très respecté général Villas Bôas qui monte au front pour sauver le soldat Santos Cruz. Chef de l'armée entre 2015 et 2019, ce conservateur de 67 ans est atteint d'une sclérose en plaques et ne se déplace plus qu'en chaise roulante, équipée d'un masque respiratoire. Respecté par la troupe, il sait qu'il a l'oreille du président, dont il a favorisé la victoire, en plaidant publiquement en avril 2018 en faveur de l'incarcération de son principal opposant, Lula. Une ingérence politique jamais vue de la part d'un haut gradé depuis la fin de la dictature. « Général Villas Bôas, vous êtes l'un des responsables de ma présence ici », salua publiquement Bolsonaro, le lendemain de son investiture.

Sur ces réseaux sociaux transformés en champ de bataille, Villas Bôas fait feu de tout bois et compare Olavo à un « Trotski de droite » dénué des « principes basiques d'éducation, de respect et d'un minimum d'honnêteté et de modestie ». Un coup de semonce directement adressé au chef de l'État… Mais, à la surprise générale, ce dernier décide de répliquer. Dès le 5 mai, il a pris fermement parti sur Twitter en faveur de ses fils, recommandant « un stage en Corée du Nord ou à Cuba » à ceux qui souhaiteraient « discipliner » les réseaux sociaux. Deux jours plus tard, faisant fi de Villas Bôas, il publie en ligne un éloge appuyé d'Olavo, qualifié d'« icône », et appelle les militaires à cesser les hostilités (« page tournée pour les deux camps », écrit-il). Chez les généraux, c'est la stupeur. Le petit capitaine oserait-il leur tenir tête ? Et faut-il dès lors quitter le gouvernement ? Des conciliabules de couloir ont lieu, chacun pèse le pour et le contre… Mais vite, décision est prise de rentrer dans le rang. Impossible de partir au milieu de la tempête, estiment les haut gradés, au risque de perdre les précieuses positions acquises… Rapidement, le drapeau blanc est levé. « Rien, il ne va rien se passer », se résigne le général Villas Bôas en privé.

Jair Bolsonaro triomphe. Il ne sera la marionnette de personne. La puissante armée brésilienne est forcée de l'accompagner jusqu'au bout de son mandat et d'assumer son action et son bilan. Sûr de lui, le président pousse son avantage. Mi-juin, trois généraux perçus comme des « fortes têtes » sont remerciés : Santos Cruz, bien entendu, mais aussi Franklimberg Ribeiro de Freitas, président de la Fondation pour l'Indien, la FUNAI, et Juarez Aparecido de Paula Cunha, directeur de la Poste. Devant ses proches, le chef de l'État se fait désormais menaçant : « Si j'exige qu'on s'habille en bleu, il faut s'habiller en bleu. Ceux qui ne sont pas d'accord dégagent ! » L'un de ses proches confie : « Il n'est plus un militaire, depuis longtemps. Il a passé dix ans dans l'armée et trente en politique. Ce qu'il cherche, c'est le pouvoir. »

V

Au premier étage, outre les appartements privés, l'Alvorada possède trois chambres pour les invités, décorées par les plus grands designers du Brésil. Mais à quoi bon ? Ils sont si peu nombreux à lui rendre visite. Dans ce lieu d'apparat, tout est pourtant fait pour impressionner le visiteur, en particulier étranger. Ses salons immaculés accueillent tapis orientaux, porcelaines chinoises, natures mortes flamandes, cartes françaises, sculptures espagnoles, mais aussi une sculpture, « Édification », faite de petits prismes dorés grimpant vers le plafond. L'œuvre est signée André Bloc, Français né à Alger et décédé à New Delhi, dont les œuvres sont visibles à Téhéran, Dakar, en Italie et aux États-Unis. Un authentique citoyen du monde.

Tout l'inverse du « Mythe », né et grandi dans l'intérieur profond, qui ne parle aucune langue étrangère, n'est sorti que trois fois du Brésil avant son arrivée au pouvoir, et enchaîne les gaffes dès qu'il se rend à l'étranger. « Je suis dans un pays capitaliste », déclare-t-il en Chine communiste. « On peut pardonner, mais pas oublier l'Holocauste », affirme-t-il lors d'une visite à Jérusalem. Il confond le Qatar et le Koweït, John Kerry et Jim Carrey, la Tour de Pise et une imaginaire « Tour de Pizza ». À mi-mandat, lorsque son avion se pose à Séville, la police découvre 39 kilos de cocaïne dans la soute. Son propriétaire, un sergent des forces armées, n'avait même pas pris soin de camoufler les briques de poudre blanche...

Les affaires étrangères, il n'y comprend rien et l'assume. Ses blagues sont rarement prises avec humour. Parfois, il préfère se taire qu'en dire trop. En particulier quand il s'agit de commerce et d'économie. En début de mandat, poussé par ses ministres, le « Mythe » se rend au Forum économique mondial de Davos, en Suisse. Reçu avec tous les honneurs, il ne s'exprimera finalement que six minutes face au public, contre vingt à quarante-cinq pour ses pairs. Face aux grands argentiers de ce monde, il enchaîne banalités et platitudes sur un ton martial. À plusieurs reprises durant le sommet, les journalistes l'aperçoivent alors, l'air ennuyé, le regard perdu, fixant le mur ou le plafond.

⋆

Pour Cavalão, l'étranger, l'ailleurs n'a jamais été aussi proche. On se le représente, prenant un peu de repos assis au milieu d'un champ, le visage en sueur et les muscles gonflés par l'effort, contemplant cet horizon blanchâtre écrasé de chaleur. Depuis Nioaque, minuscule cité située tout au sud du grand État rural du Mato Grosso do Sul, la frontière avec le Paraguay n'est qu'à une centaine de kilomètres et une poignée d'heures de route. Une broutille, dans ce pays-continent, long de plus de 4 000 kilomètres et plus vaste que l'Europe.

Sorti de l'Académie militaire en 1978, le cadet 531 effectue d'abord un bref passage à Rio de Janeiro, où il se forme à la conduite de véhicules militaires. Mais, dès 1979, il fait le choix d'intégrer le 9e groupe d'artillerie de campagne, dit « 9° GAC », basé à Nioaque. La même année, le grand État du Mato Grosso, vaste comme deux fois la France et trop difficile à administrer, est scindé en deux par le régime militaire : au nord le Mato Grosso (capitale : Cuiabá) et au sud – logiquement – le Mato Grosso do Sul (capitale : Campo Grande). Mais le territoire demeure totalement sous-administré. À Nioaque, loin des côtes et des centres de pouvoir, les lieux sont des plus inhospitaliers. Poussiéreuse, dénuée d'asphalte ou de distractions, la petite ville ne compte que 9 000 habitants et survit vaille que vaille sous la chaleur étouffante. La température dépasse régulièrement les 40 degrés. Une certaine idée du bout du monde.

Le Mato Grosso, c'est cet autre Brésil. Celui de l'intérieur. Une « vaste brousse », comme l'indique la traduction de son nom en français. Ou plutôt, une « morne plaine », entre, au nord, les jungles amazoniennes et, au sud, le Pantanal – cette gigantesque zone humide grande comme deux fois le Portugal, où se perdent les eau du rio Paraguay, royaume des jaguars, des tamanoirs, des anacondas géants et des échassiers *tuiuiu* à collerette vermeille. La région fut il y a moins d'un siècle le terrain d'exploration de l'un des plus grands intellectuels français, qui, pourtant ne haïssait rien tant que « les voyages et les explorateurs » : Claude Lévi-Strauss. Enseignant dans les années 1930 à la prestigieuse université de São Paulo, l'anthropologue explora les contreforts de cet État inhospitalier, à la rencontre des peuples caduveo, bororo et nambikwara. De ses souvenirs du Mato Grosso, il tirera son chef-d'œuvre, *Tristes Tropiques*.

Mais la jungle a vécu. Les terres indigènes sont aujourd'hui des îlots de verdure et de vie au milieu de champs déforestés. De fragiles forteresses assiégées par les fermiers. Dans les années 1970, poussé par la demande mondiale en huile et en grains, le Centre-Ouest se convertit à la culture du soja. Succédant au bois, à l'or, au sucre, au caoutchouc et au café, un nouveau cycle économique débute, aussi destructeur que ses prédécesseurs. Avec 139 millions de tonnes de soja produites chaque année sur 36 millions d'hectares (l'équivalent de la superficie de l'Allemagne), le Brésil répond pour moitié à la demande mondiale. Cultivés pour l'essentiel au Mato Grosso grâce au triptyque « gagnant » déforestation-monoculture-pesticides, les grains prennent la route BR-163, où circulent près de 3 000 camions par jour : direction l'Amazonie, et le port de Miritituba sur le grand rio Tapajós, plus de 1 000 kilomètres au nord. Embarqués sur des bateaux, les sacs de légumineuses voguent ensuite sur l'Amazone puis partent vers le grand monde, et en particulier la Chine, principale acheteuse de soja brésilien. De quoi nourrir les appétits d'une nouvelle riche élite : celle de « cow-boys » de l'intérieur, *rednecks* tropicaux, amateurs de 4 × 4, de rodéos, d'armes à feu et de musique *sertaneja* – la country brésilienne. Et de transformer chaque année davantage la forêt amazonienne en un vaste désert.

Mais en 1978 ce mouvement n'en est qu'à ses balbutiements. Le(s) Mato Grosso(s) demeure(nt) des terres pauvres et inhospitalières. Qu'est-ce qui a bien pu pousser un ambitieux officier de 23 ans à rejoindre cet enfer ? Jusqu'à aujourd'hui, les amis de Cavalão s'interrogent. Est-ce le désir d'aventure ? Ou un défi ? À ses supérieurs, ce dernier expliquera son choix par le devoir patriotique et l'ardent désir de défendre les frontières du pays. Sur place, il est fait « sous-lieutenant » et « chef de la ligne de feu », commandant à la deuxième batterie d'obus. Un destin digne du *Désert des Tartares* de Dino Buzzati. L'attente vaine d'une guerre qui ne viendra jamais. Le dernier conflit contre le Paraguay date de plus d'un siècle…

La chasse au rouge s'achève. En 1974, un nouveau général, Ernesto Geisel, prend la tête du Brésil. Luthérien et fils d'immigrants allemands, cet homme d'ordre veut remettre son pays sur les rails de la légalité et entame une lente « décompression » du régime. La junte n'a plus les moyens de ses ambitions : les chocs pétroliers ont mis fin au « miracle économique » qui avait permis au pays de connaître des taux de croissance à deux chiffres. En 1975 et 1976, l'assassinat du journaliste et dramaturge Vladimir Herzog et de l'ouvrier métallo Manoel Fiel Filho, torturés à mort à São Paulo, finit de jeter le discrédit sur l'armée. Progressivement, les centres de torture sont désactivés et la censure allégée. L'opposition « légale » du Mouvement démocratique brésilien, le MDB, parvient à remporter la victoire aux sénatoriales de 1974. Après quinze ans de pouvoir sans partage, la dictature sent sa fin venir.

À Nioaque, c'est la curée. Le jeune officier comprend qu'il a raté sa guerre contre le communisme. Frustré dans ses sentiments patriotiques et jusque dans ses rêves de jeunesse, il s'occupe comme il peut. Fidèle à sa réputation de « Gros Cheval », il multiplie les entraînements sportifs et se fait un temps agriculteur, anticipant les mouvements économiques à venir… Il acquiert un peu de terre et, avec l'aide de quelques camarades, sue sang et eau pour semer 30 hectares de riz. Pas de chance : la première récolte est détruite par de fortes pluies. L'apprenti paysan ne renonce pas, et se met à planter des pastèques. L'expérience s'avère cette fois-ci concluante et le produit du labeur est partagé avec ses copains de caserne. À l'occasion, le sous-lieutenant aurait aussi pratiqué des activités autrement moins glorieuses. Certains de ses camarades se souviendront de l'avoir vu se rendre à plusieurs reprises au Paraguay pour acheter des produits de contrebande et peut-être même des armes…

Heureusement pour lui, Cavalão n'est pas tout à fait seul dans son exil. À son bras, les habitants de Nioaque remarquent une jolie brune d'à peine 20 ans, aussi élégante que discrète. Native de Rio, Rogéria Nantes Braga devient à partir de 1979 l'épouse du sous-lieutenant. Le couple s'est rencontré lors d'une fête à Resende, cette ville qui borde l'Académie des Aiguilles noires. Pour les jeunes femmes de la région en quête d'un bon mariage, les futurs officiers de l'armée brésilienne, à l'avenir brillant et aux muscles saillants, sont des cibles de choix. De son côté, le cadet 531 ne résiste pas longtemps aux charmes de cette demoiselle. Vite, les deux tourtereaux se marient. Elle, habillée de blanc, lui en uniforme militaire, convolent ensemble vers les marges du Brésil.

★

Pour briser la glace, rien de tel qu'une bonne petite blague machiste. Assis dans le Bureau ovale face à Donald Trump, Jair Bolsonaro se tourne vers son interprète. « Dites-lui qu'il fait très jeune et que nous avons beaucoup en commun : nous avons tous les deux l'âge de la femme que nous aimons ! » À 72 ans, le président des États-Unis est effectivement marié à Melania, vingt-quatre printemps plus jeune que lui ; tandis que vingt-sept années séparent Jair Bolsonaro de sa troisième épouse, Michelle. Mais on imagine la moue impériale du très susceptible chef de la première puissance mondiale… pas sûr qu'il ait apprécié d'être ainsi ramené à son grand âge.

En ce 19 mars 2019, Jair Bolsonaro est dans le saint des saints. Face aux journalistes massés dans l'*Oval Office*, les deux hommes prennent la pose, comme symétriques, costumes sombres, jambes écartées et mains jointes. « Le Brésil et les États-Unis n'ont jamais été aussi proches », s'enthousiasme le chef de la première puissance mondiale. « Nous avons, oui, beaucoup en commun. Monsieur Trump veut une grande Amérique et je veux un grand Brésil ! », enchaîne un Bolsonaro radieux, qui remet en cadeau à son homologue un maillot de football de la Seleção, flanqué du numéro 10 – celui du Roi Pelé. « C'est le maillot qui symbolise le meilleur joueur de tous les temps ! », insiste le président du Brésil.

« Je l'ai toujours admiré, je ne vais pas le nier ! Je ne suis pas un caméléon ! », assure alors Bolsonaro, qui a toujours revendiqué avec fierté son surnom de « Trump des tropiques ». En son voisin du Nord, le président du Brésil voit tout à la fois une référence, un modèle, un phare dans un monde trop compliqué pour lui. Mais avec le chef de la première puissance mondiale, il souhaiterait plus qu'une relation entre chefs d'État : une amitié vraie et sincère, digne de deux grands « cousins des Amériques ». « Je suis prêt à lui ouvrir mon cœur », s'emballe Bolsonaro sur Fox News durant son voyage aux États-Unis, avant, quelques mois plus tard, d'avouer sa flamme pour le locataire de la Maison Blanche, affirmant être « chaque fois un peu plus amoureux de Trump ».

Pour l'élu de son cœur, Bolsonaro est prêt à toutes les humiliations. En septembre 2019, telle une groupie attendant une rockstar après un concert, il patiente durant plus d'une heure dans un couloir de l'Assemblée générale de l'ONU afin de pouvoir croiser son « idole » Donald (qui ne lui accordera qu'une poignée de main et un *small talk* de 17 secondes). Cinq mois plus tard, le 6 février 2020, il se fait filmer dans son bureau, écoutant religieusement un long discours du président américain à la télévision. Apparaît-il aux yeux du monde comme un vulgaire caniche des États-Unis ? Le milliardaire n'aurait en réalité que faire de cet excentrique capitaine des tropiques, auquel il ne rendra aucune visite officielle ? Bolsonaro n'en a cure. L'appui des Américains lui est nécessaire pour mener à bien ses politiques controversées, en particulier en Amazonie. Et quel meilleur parapluie que celui du chef de la première puissance militaire mondiale ?

Mais s'il est un lieu où cet alignement inconditionnel est vécu comme une irréparable humiliation, c'est bien au sein du ministère des Affaires étrangères brésilien, l'Itamaraty. Le palais des « pierres libres » en langue indigène tupi, placé sur l'Axe monumental, est de loin le plus prestigieux et le plus somptueux de tous les ministères de Brasília. Le seul aussi – avec celui de la Justice – à avoir son architecture propre, Oscar Niemeyer signant ici l'un de ses chefs-d'œuvre en créant un véritable temple de béton, ceint de colonnes et d'arcs circulaires, entouré d'un jardin aquatique d'eau purificatrice, hommage aux plantes du Cerrado et de l'Amazonie, œuvre du grand paysagiste Roberto Burle Marx. Mais la pièce maîtresse de l'ouvrage demeure cet escalier en marbre d'exception, placé dans le salon d'entrée. En forme d'hélice, celui-ci s'élève vers l'étage supérieur, sans poutre ni rambarde. Comme par magie.

La puissance de l'Itamaraty n'est pas qu'affaire d'architecture. Avec 222 représentations à l'étranger, le Brésil dispose du huitième service diplomatique de la planète, devant l'Italie, l'Espagne ou même le Royaume-Uni. Depuis plus d'un siècle, le pays voue un culte à ses diplomates, et d'abord au premier d'entre eux, José Maria da

Silva Paranhos Junior, baron de Rio Branco, ministre des Relations extérieures de 1902 à sa mort, en 1912, et véritable saint patron des ambassadeurs. Personnage raffiné, ce diplomate *carioca* à la moustache taillée à l'anglaise, qui séjourna des années durant en Europe, fit la paix avec une dizaine de voisins du Brésil, sécurisa les frontières, agrandit pacifiquement le territoire de 190 000 kilomètres carrés et légitima la jeune République aux yeux du monde. Son visage figure sur des pièces de monnaie et son nom est donné à nombre d'avenues, quartiers et même à la capitale de l'Acre, cet État amazonien plus vaste que la Grèce, que le Brésil acheta à la Bolivie en 1903, grâce aux talents de négociateur du baron. Lors de son décès, survenu en plein carnaval, on alla jusqu'à repousser les festivités de quelques semaines pour rendre hommage au défunt. Au Brésil, il n'est pas d'honneur plus grand.

Recrutés au terme d'un concours considéré comme le plus difficile de la République (6 400 candidats pour 20 places), les « itamaratistes » se targuent d'être les « meilleurs diplomates du monde » : multilingues, courtois, raffinés, cultivés... Pas étonnant, dès lors, si le ministère a produit l'un des plus grands poètes de l'histoire du pays, Vinicius de Moraes, passé par Los Angeles, Paris, Rome avant de devenir le père de la bossa nova. La valeur clef de l'Itamaraty demeure l'indépendance, en particulier vis-à-vis des États-Unis. De taille comparable, les deux pays ont traversé les mêmes épreuves, depuis les massacres des populations indigènes jusqu'à l'esclavage... Mais le Brésil a toujours regardé avec méfiance son puissant voisin. Même la dictature militaire, pourtant soutenue par l'Amérique, s'en tint à une stricte autonomie, reconnaissant par exemple sans attendre les nouveaux régimes socialistes en Angola ou au Portugal. Un discours qui sera repris par tous les chefs d'État brésiliens successifs. Et qui n'empêchera pas ces derniers d'entretenir les meilleures relations avec leurs homologues américains. Les locataires de la Maison Blanche sont des habitués du palais de l'Aurore. Eisenhower le visita dès 1960, avant même l'inauguration de Brasília. Fernando Henrique et son épouse Ruth Cardoso, polyglottes et fins lettrés, entraînèrent le couple Clinton dans leurs salons privés, pour des heures de discussion et de fous rires. En 2011, c'est une Dilma Rousseff resplendissante, en robe et talons rouges, qui reçut un Barack Obama venu en famille.

L'élan le plus spectaculaire donné à la diplomatie brésilienne aura lieu sous les deux mandats de Luiz Inacio Lula da Silva. Le Brésil, trop longtemps tourné vers la seule Europe et les États-Unis, ouvre par dizaines des représentations à l'étranger en Afrique, dans les Caraïbes et auprès des plus grandes instances internationales. Tour à tour « tiers-mondo-guévariste » et « VRP » des grandes entreprises nationales, Lula visite 80 pays en 139 voyages, pousse en faveur de l'intégration du continent latino-américain, alors gouverné pour l'essentiel par la gauche, se pose en leader des pays du Sud lors des négociations avec l'Organisation mondiale du commerce, offre à son pays la tête de la Mission de pacification de l'ONU en Haïti et tente même, en partenariat avec la Turquie d'Erdogan, de nouer un « deal » (vite avorté) avec l'Iran au sujet du nucléaire. Mieux : le leader ouvrier impose une politique de quotas au sein de l'Itamaraty et fait entrer de nouveaux visages, noirs et métis, au sein du très élitiste ministère. Le tout sous la direction de Celso Amorim, habile diplomate, barbu, madré et polyglotte, mais aussi de Gilberto Gil : ministre de la Culture, le chanteur va jusqu'à organiser en 2003 un concert mythique au sein de l'Assemblée générale des Nations unies, avec le secrétaire général Kofi Annan à la percussion. Le Brésil fait danser le monde…

Avec Jair Bolsonaro, la fête est finie. Finies aussi, l'indépendance et l'ouverture vers le Sud. L'alignement sur les « gringos » est désormais systématique. « Si vous avez un doute, adoptez la position américaine », ordonne à ses diplomates le nouveau ministre des Affaires étrangères, Ernesto Araújo. Du haut de son mètre quatre-vingt-huit, avec sa barbe broussailleuse et ses pommettes roses, cet homme au caractère ombrageux est l'incarnation pure et parfaite de l'aile idéologique (c'est-à-dire complotiste) du gouvernement. Un curieux personnage. Cultivé et éclectique, il est capable de citer dans une même phrase Pessoa, Proust et Cervantès tout autant que des répliques de *telenovelas*… Catholique fervent, il n'hésite pas à déroger à l'agenda officiel pour aller prier à l'église lors de déplacements à l'étranger. Instable, émotif, il fond en larmes devant ses assistants à la lecture de coupures de journaux trop critiques.

Né en 1967 à Porto Alegre, Ernesto Araújo fut longtemps un diplomate discret, au caractère renfermé et solitaire. Jeune, il passe ses journées dans les livres, s'adonne à la poésie, écrit aussi des romans et des contes futuristes... Étudiant brillant, il est reçu à l'Itamaraty et est passé par Bruxelles, Berlin, Ottawa et Washington, où il occupe un temps le poste de numéro 2. Revenu au Brésil, il assiste en 2016 à la victoire de Donald Trump. Araújo en est certain : le monde a basculé, et pour le meilleur. Fin 2017, il publie un texte dans une revue spécialisée, un article baptisé « Trump et l'Occident ». Le président américain y est décrit comme un véritable messie, sauveur de l'Occident chrétien, menacé par le « marxisme culturel globaliste » et les « personnes au genre fluide » dénuées de patrie. L'heure est à la « défense de l'Occident » et de la chrétienté. Le texte est remarqué par le clan du futur président du Brésil, et en particulier son fils Eduardo. La victoire acquise au scrutin de 2018, Ernesto est nommé à la tête du ministère des Affaires étrangères.

Au pouvoir, Araújo placardise l'ensemble des *barbudinhos*, ces diplomates « petits barbus » entrés à l'Itamaraty sous les mandats de Lula et Dilma Rousseff. Pour la première fois de son histoire, le Brésil vote à l'ONU contre la levée de l'embargo américain envers Cuba et applaudit des deux mains à l'assassinat du général iranien Qassem Soleimani. Les Américains obtiennent l'accès à la base de lancement spatiale d'Alcântara dans l'État nordestin du Maranhão : un vieux rêve, caressé depuis plusieurs décennies. Dans le même temps, sept ambassades sont fermées en Afrique et aux Caraïbes. Bolsonaro va jusqu'à proposer une intervention militaire au Venezuela, un déménagement de l'ambassade brésilienne à Jérusalem ou même l'ouverture d'un camp militaire américain au Brésil… autant de projets finalement contrecarrés par l'armée et l'élite économique, effrayés par les conséquences géopolitiques et commerciales de tels projets… « Je ne pouvais pas rêver meilleur gouvernement ! », se pavane en privé Todd Chapman, ambassadeur des États-Unis. Diplomate chaleureux et originaire du Texas, qui aime à poser chapeau de cow-boy sur la tête, ce dernier trouve toutes les portes ouvertes à Brasília. « *We got what we wanted !* », confiera-t-il à la fin de son service.

Un homme jouit ici d'une influence considérable, en la personne de l'essayiste Olavo de Carvalho. L'idéologue brésilien de 72 ans, amateur des théories conspirationistes les plus farfelues, installé en Virginie, dispose d'un important réseau de relations au sein de l'élite trumpiste. Son ancien « élève » Filipe Martins, trentenaire et proche des suprémacistes blancs, devient conseiller diplomatique de Jair Bolsonaro. Son ami personnel, le fervent catholique Nestor Forster, est, lui, nommé ambassadeur à Washington. Proche des fils de Bolsonaro, il est aux premières loges, s'agissant de la relation entre le Brésil et les États-Unis de Donald Trump. « Je suis irrésistible ! », dit-il à l'époque. Une phrase, résumée par une scène, 17 mars 2019 : Jair Bolsonaro, qui effectue sa première visite aux États-Unis, participe à un dîner à l'ambassade du Brésil. Le chef de l'État prend place à table entre Olavo de Carvalho et Steve Bannon, principal conseiller de Donald Trump et gourou de l'extrême droite américaine. « Un jour de gloire. La Sainte Cène de la droite ! », se rappellera l'un des présents.

Mais Jair Bolsonaro veut plus : il rêve d'une union entre les deux « familles régnantes » de Washington et Brasília et va jusqu'à envisager en 2019 de nommer son troisième fils, Eduardo, comme nouvel ambassadeur du Brésil aux États-Unis. Un pays où ce dernier n'a pourtant passé que quelques semaines durant sa jeunesse, travaillant comme serveur dans un fast-food de l'État du Maine. « Eduardo, mon fils, parle anglais, parle espagnol, a une expérience internationale très grande. Et il sait aussi faire frire des burgers. Pas mal non ? », déclare le président du Brésil. Accusé de népotisme, il devra finalement abandonner son projet. Mais il ne renonce pas à faire rire son « ami » Donald. Quelques mois après leur première rencontre à la Maison Blanche, Jair Bolsonaro croise à nouveau la route du président américain en juin 2019, à l'occasion du G20, organisé au Japon, dans la ville d'Osaka. Les deux soi-disant « amis » se saluent chaleureusement et s'installent dans une pièce anonyme aux murs blancs, entourés de leurs conseillers. Le chef de la première puissance mondiale porte alors une cravate rose vif. « Et alors ?! Dans votre magasin, il n'y avait pas de cravate pour hommes ?! », ose Bolsonaro. Incrédule, le chef de la première puissance mondiale ne fait même pas l'effort d'esquisser un sourire. « Le président du Brésil est un homme spécial ! », lâchera Donald Trump face aux journalistes.

VI

« L'Alvorada, c'est bien pour visiter mais pas pour habiter ! », dit le « Mythe ». Il a la saudade *de son condominium, « Vivendas da Barra », à Barra da Tijuca, ce quartier ultrachic de Rio de Janeiro où il jouait autrefois les casse-cou en parachute. Un lieu comme il les aime, équipé de murs électrifiés, d'une guérite aux vitres teintées, surveillé jour et nuit par une petite armée de gardiens en chemise bleue et lunettes fumées. Sa maison est au numéro 58, rue C : la troisième à gauche en entrant. 230 mètres carrés, meublés simplement et sans vue sur l'océan. Régulièrement inondée par les pluies, la résidence est aussi envahie par les moustiques et traversée par des bandes de ouistitis à poil noir, aussi fourbes que chapardeurs.*

Il avait là sa petite routine de bon père de famille. Levé aux aurores pour acheter le journal et boire une eau de coco sur la plage. Mais les lieux ne furent pas toujours si tranquilles. Durant la campagne, le « condo » servit de point de ralliement à ses partisans, mais fut aussi menacé d'invasion par ses opposants. Le « Mythe » a prévenu : il défendra les siens, arme à la main s'il le faut. À Barra, nul n'a oublié la fois où le

Sheraton voisin eut la mauvaise idée d'installer un générateur trop bruyant à proximité de la résidence. Impossible de dormir. Sans attendre, le « Mythe » acheta un mortier à feu d'artifice et fit feu sur les chambres. Ce soir-là, dit-on, l'équipe argentine Boca Juniors logeait sur les lieux... On retira le générateur dans la demi-heure.

A-t-il été un bon père ? La question doit le hanter lors de ses longues insomnies. Force est de constater que, toujours, il a fait passer ses enfants en priorité. Toujours, il les a défendus. Jamais il ne les a abandonnés. Tout le contraire de son propre « vieux », disparu en 1995. Sa tombe, située dans un cimetière sur une colline dominant les forêts de la ville de son enfance, il l'évite par tous les moyens. Trop peur des fantômes. De leurs regards, de leurs soupirs. Aucun bouquet, aucune fleur, pas même une petite rose, ne vient honorer la mémoire du père du « Mythe » devenu président.

*

Après trois années à avaler de la poussière, il avait eu grand besoin d'air, d'eau et de forêts. En 1982, Cavalão déménage à Rio de Janeiro. Comment décrire avec des mots nouveaux ce lieu mille fois conté, célébré jusqu'à la nausée et fêté jusqu'au bout des nuits ? La « rivière de janvier », mal nommée par ces Portugais qui pensaient y avoir trouvé l'embouchure d'un fleuve, ne manque ni de surnoms, ni de musiques composées en son honneur. Elle est à jamais la « ville merveilleuse », la « ville des villes », le « cœur du Brésil », « nid de rêve et de lumière », « berceau de samba et des belles musiques »... Soixante-dix kilomètres de plage et 34 000 hectares de forêts. À l'ombre du Pain de Sucre et du Corcovado, des pics et des plages, comme autant de synonymes de plaisir et de sensualité : Flamengo, Botafogo, Ipanema et, bien sûr, Copacabana. « La petite princesse de la mer », au bord de laquelle habita tant d'années Carlos Drummond de Andrade (Rua Joaquim Nabuco, n° 81, précisément). Le poète, né dans la sombre et austère « capitale du fer » d'Itabira, dans l'intérieur *mineiro* profond, usera des mots les plus simples et les plus vrais pour décrire la beauté solaire de sa ville d'adoption. « *A gente passa, a gente olha, a gente pára / e se extasia* » : on passe, on regarde, on s'arrête. Et on s'extasie.

À l'image de Drummond, on imagine l'émotion qui put saisir Cavalão lors de son arrivée à Rio de Janeiro. Lui, le gosse de l'intérieur, élevé à Eldorado. Le cadet, formé au pied des hostiles sommets de la Mantiqueira. Le jeune officier, qui fit le choix des brûlantes plaines du Mato Grosso. Débarqué du Centre-Ouest brésilien, le lieutenant emménage pourtant bien loin des belles plages *cariocas* : il s'installe en famille à Bento Ribeiro, quartier populaire de la zone Nord, à proximité de la *Vila Militar*, où sont regroupées les principales casernes de Rio, et en particulier le 8e groupe d'artillerie de campagne de parachutistes (le 8° GAC/PQDT) : un corps d'élite, que Cavalão est parvenu après maints efforts à intégrer. Un vieux rêve, caressé dès l'Académie militaire. Son cri de ralliement, « Le Brésil au-dessus de tout ! », lui plaît particulièrement.

La famille ne cesse de s'agrandir. Après l'aîné Flávio, né en 1981, viennent Carlos en 1982 et Eduardo en 1984. Trois petites têtes blondes, qui héritent des arcades sourcilières et du nez prononcé de leur père. Trois mâles, à la grande fierté du lieutenant au machisme assumé, qui relègue la discrète Rogéria au rang de femme au foyer... Mais, marqué par l'expérience de Percy Geraldo, ce père absent, querelleur et alcoolique, Palmito prend toute sa part dans l'éducation de « ses » fils. Cavalão se transforme en *paizão*, un « gros papa » poule. Le week-end, il les emmène à la plage ou au stade voir les matchs du Botafogo, son équipe préférée à Rio. Les vacances d'été sont quant à elles invariablement passées en famille au camping de Tarituba, cité balnéaire à proximité de Paraty. La petite troupe s'y rend en voiture – une Ford Belina – avec en remorque un bateau gonflable à moteur. Le long du trajet, qui dure plus de trois heures, le lieutenant-instructeur soumet ses enfants à des tests de mathématiques (« Il nous reste 200 kilomètres jusqu'à l'arrivée. Si on voyage à 100 kilomètres/heure, à quelle heure est-ce qu'on arrivera ? »). Sur place, il leur transmet sa passion pour la natation et la pêche sous-marine.

Le rôle tenu par Cavalão n'est pas des plus courants. Car la famille brésilienne, entité aussi centrale que singulière, est d'abord, pour le meilleur et pour le pire, une cellule matriarcale. Le père y est le plus souvent évanescent, voire absent. Dans la Seleção de football de 2018, sur les onze titulaires, sept avaient été élevés par leur seule mère. Exemple type : dans près d'un foyer sur deux, le chef de famille est une femme. Effrayé à l'idée de devoir assumer le futur de sa progéniture, le mâle prend souvent la tangente. Autre caractéristique : la famille brésilienne est un lieu violent. Le pays détient depuis des années la place peu enviable de champion du monde des féminicides, avec plus de 1 300 femmes assassinées par an (soit une toutes les six heures), le plus souvent par leur conjoint. C'est enfin, souvent et heureusement, un lieu de solidarité, d'entraide, et un monde fort créatif. Au Brésil, n'importe quel nom peut être attribué à un nouveau-né. Même les plus improbables. Quelques exemples : « Chevrolet da Silva Ford », « Napoléon sans peur et sans reproche », « Mike Tyson Schwarzenegger Pradella », « Sherlock Holmes da Silva », « Mao Tsé-toung Lima de Moura », « Otavio Fesses-sèches », « Bizarre rôti », « Disney Chaplin », « Marie Cuvette des Toilettes »...

Heureux en famille et heureux à Rio ? Sur les photos de l'époque, casque à la main et revêtu de treillis, Cavalão affiche un air fier et sûr de lui. Son visage crispé se détend parfois, laisse percer un grand sourire. Mais à Rio, le *paizão* ne dispose pas toujours d'autant de temps qu'il le souhaiterait pour parfaire la formation de ses fils. Lui-même s'est s'inscrit à l'École d'éducation physique de l'armée, l'EsEFEx. Dans un cadre sublime, sur une petite plage à l'ombre du Pain de Sucre réservée aux officiers, il se forme aux disciplines les plus exigeantes, excelle en course d'orientation, guidant ses camarades dans les montagnes de Rio, mais aussi et surtout en natation. Vantard, il raconte avoir participé, en 1985, à un cours de « nage autonome » organisé par les pompiers de Rio durant lequel il serait parvenu à demeurer sans couler à la surface d'un lac pendant plus de dix minutes, dix kilos de plomb accrochés à la ceinture.

De fait, Cavalão est une « tête brûlée ». En 1978, déjà, lors d'un exercice militaire au-dessus d'un lac, il sauve la vie d'un soldat (surnommé « Negão Celso », Celso le Noir) tombé à l'eau et qui menaçait de se noyer : un acte de bravoure, pour lequel il sera récompensé par la Médaille militaire du pacificateur. Sept ans plus tard, en 1985, le voilà au bord d'une route dans la « Serra des Araras », près de Rio. Cette fois, c'est un bus de la compagnie Comète qui a dégringolé dans une rivière. Ni une ni deux, l'officier se serait alors porté volontaire pour participer aux premiers secours. Un témoin racontera l'avoir vu passer deux jours entiers à plonger à « 20 mètres » de profondeur pour retrouver la trace des disparus…

20 mètres de profondeur ? Cela paraît bien profond pour ce petit cours d'eau. Difficile d'établir toute la vérité sur ces récits « héroïques ». Mais une chose est sûre : au milieu des années 1980, le mensonge devient presque une seconde nature pour Cavalão. Chacune de ses anecdotes est exagérée, romancée et enjolivée à souhait. Ainsi en va-t-il d'un épisode resté fameux, survenu lui aussi en 1985. Inscrit à un cours de « chute libre » en parachute, le lieutenant s'élance au mois d'août par une météo favorable dans le ciel de Rio de Janeiro. Quand soudain, au moment d'atterrir sur la plage du quartier de Barra da Tijuca, une violente bourrasque lui fait perdre le

contrôle de sa voilure et il prend de plein fouet la façade d'un immeuble avant de chuter sur l'asphalte.

Emmené en urgence à l'hôpital militaire du quartier de Benfica, Cavalão s'en sort finalement avec deux chevilles fracturées. À ses amis, il explique pourtant avoir chuté de plus de huit mètres et s'être également fracturé les deux bras. Mieux : abandonné par les urgentistes dans une aile réservée aux malades du sida (qualifiés de « sidaïques »), il aurait alors été « sauvé » par un camarade parachutiste (surnommé « Godzilla ») qui, le prenant sur ses épaules, l'aurait embarqué en voiture vers une autre clinique (avant de finalement revenir à Benfica).

Aucun médecin, aucune infirmière n'est jamais parvenu à confirmer cette histoire à dormir debout… mais qui, racontée avec emphase et force tremolos, impressionne les proches de l'officier, et en particulier ses trois fils. Ces derniers s'enorgueillissent d'être les descendants d'un tel soldat. Jamais ils ne se lasseront de répéter les histoires plus ou moins imaginaires du paternel. Le mensonge doit parfaire le mythe.

*

Sur les photos, ils posent toujours de la même manière. L'air viril et les bras croisés ; ou rigolards, mimant un pistolet avec les doigts. Jair Bolsonaro a cinq enfants, issus de trois mariages différents. Les deux plus jeunes s'appellent Jair Renan, né en 1988, et Laura, en 2010, sa seule fille. Mais ses « favoris » demeurent le « trio de tête » :

Flávio, Carlos et Eduardo. Trois trentenaires, surnommés « Zéro un », « Zéro deux » et « Zéro trois », respectivement sénateur, conseiller municipal et député, entrés en politique dans son sillage ; ils lui servent tout à la fois de conseillers de l'ombre, de porte-parole, d'ambassadeurs, de financiers, de communicants et, à l'occasion, de gardes du corps... Ensemble, ils forment un clan. Ou plutôt, une meute, avec son mâle alpha et ses jeunes loups, prêts à réduire en charpie la proie du jour.

Les Bolsonaro préfèrent se présenter comme une entreprise, dirigée par un PDG, dotée de franchises et de filiales. Vu d'Europe, cela peut surprendre. Mais au Brésil, rien de plus normal. Dans ce grand pays chrétien et post-colonial, où dominent oligarchie et népotisme, la famille reste l'entité fondamentale de la société, en particulier lorsqu'il s'agit de politique. Les dynasties y disposent d'un poids écrasant. Près des deux tiers des députés et les trois quarts des sénateurs ont des parents en politique. Les membres de « grandes familles » dirigent une majorité de capitales régionales, dominent la plupart des assemblées locales. Au Brésil, on parle d'un « lobby des parents », plus puissant (sur le papier) que celui des évangéliques, des armes ou de l'agro-négoce.

Avec son sourire charmeur et ses costumes bien coupés, Flávio est le visage présentable de la famille. Le fils le plus lisse, le plus sage. Le seul à ne pas être atteint de calvitie et qui reçoit la presse à bras ouverts. Policé et charmeur, « Zéro un » est un pur politicien, élu député à l'Assemblée régionale de Rio de Janeiro en 2003, puis sénateur en 2018. À ces postes successifs, il s'est montré le parfait « perroquet » de son paternel. « Ce qui est normal c'est d'être hétérosexuel », déclare-t-il, défendant sans vergogne l'impunité des policiers et le port d'armes à feu. En 2016, il joint l'acte à la parole, exhibant face aux caméras le pare-brise de sa Honda criblé d'impacts de balles. À la police, il affirme avoir assisté à un braquage et sorti son pistolet pour abattre les assaillants. Curieux réflexe, tout de même, que celui de tirer depuis l'intérieur de son véhicule…

Là où Flávio excelle, c'est d'abord dans les montages financiers. Durant seize ans, son cabinet de député de Rio fait office de véritable « machine à cash » pour le clan Bolsonaro. Le système porte le nom de *rachadinhas*, « petites fissures », une pratique commune chez les élus brésiliens, consistant à détourner à son profit une partie du salaire des membres de son équipe, composée en général de fonctionnaires fantômes. En décembre 2019, la justice dévoile ainsi l'existence de 483 dépôts suspects, pour un montant final supérieur à 450 000 euros… Des sommes qui auraient été réinvesties dans l'acquisition – souvent en espèces – d'un patrimoine immobilier conséquent, comportant plusieurs appartements dans les beaux quartiers de la ville, une douzaine de locaux commerciaux et même un magasin de chocolat de la franchise Kopenhagen dans un « mall » de Barra da Tijuca. En 2021, il s'achète une luxueuse demeure à Brasília : 2 400 mètres carrés, avec piscine, spa, salle de sport, ludothèque, « espace gourmet », marbre de Carrare et huit places de parking… Valeur : 6 millions de *reais*, 1,1 million d'euros.

Si Flávio est le « financier » des Bolsonaro, Eduardo en est le diplomate. Le cadet de la famille est en effet le seul qui parvient à baragouiner un peu d'anglais. À l'âge de 20 ans, il a passé quelques semaines dans le Maine, aux États-Unis, travaillant dans un fast-food à « griller des burgers ». Deux ans plus tard, à l'occasion d'un échange universitaire au Portugal, il découvre l'Espagne, la Belgique, l'Italie, la Norvège, l'Allemagne… « Duda », comme on l'appelle, tient alors plus du *peaceful backpacker* que du militant d'extrême droite. Play-boy bronzé et musclé, il obtient en slip de bain rouge un certain succès sur les plages de Rio. Il fait la bringue, boit, fume de la marijuana et sniffe du *loló* (un envoûtant mélange à base de chloroforme et d'éther). De quoi compenser une adolescence difficile : à 13 ans, Eduardo fut opéré d'une gynécomastie, une augmentation anormale du volume mammaire chez l'homme. Ses camarades de classe le surnomment alors « Buba », personnage hermaphrodite de la *telenovela Renaître*.

L'âge adulte arrivé, son père, lui, l'appelle « Vagão », le clodo. Mais, rapidement, « Zéro trois » rentre dans le moule. Diplômé en droit, il travaille brièvement comme greffier au sein de la police fédérale en Amazonie. Mais la vie de bureau l'ennuie. En 2014, il accepte de se présenter aux législatives à São Paulo, où Jair Bolsonaro souhaite élargir sa base électorale. Il mène en sa faveur une campagne efficace. Victorieux, il devient au Congrès l'ombre de son paternel. Il milite en faveur de la criminalisation du communisme, de la réduction de la majorité pénale ou du travail obligatoire pour les détenus. Il suffirait « d'un soldat et d'un caporal » pour faire fermer le Tribunal suprême fédéral, estime ce fou d'armes à feu, qui arbore à la ceinture son pistolet Glock 17 jusque dans les palais de Brasília.

Réélu comme député fédéral en 2018 avec 1,84 million de voix (un record dans l'histoire du Brésil), Eduardo voit déjà au-delà de son propre pays. Avec son père au pouvoir, il se rêve en représentant officiel des Bolsonaro auprès de la famille du président américain Donald Trump. Dès le mois d'août de cette même année, il parvient, après maints efforts, à organiser une première rencontre avec Steve Bannon, proche conseiller du milliardaire et tête pensante de l'*alt-right*. L'entrevue a lieu dans une salle de l'hôtel Regency à New York. « Vous devez dire à votre père qu'il court le risque d'être assassiné. Il faut renforcer sa sécurité », insiste alors Bannon. Une phrase qui se révélera prophétique.

Pour Eduardo, les relations avec Washington sont une chasse gardée. En mars 2019, c'est lui, et non le ministre Ernesto Araújo, qui assiste dans le Bureau ovale à la première rencontre entre Trump et Bolsonaro. Adoubé par Steve Bannon comme représentant officiel en Amérique du Sud de « The Movement », son organisation visant à unir les nationaux-populistes du monde entier, Duda ambitionne un temps de devenir ambassadeur du Brésil aux États-Unis, avant d'y renoncer sous la pression du Congrès. Dans l'intervalle, « Duda » noue des liens personnels avec les Trump, en particulier Ivanka, « fille chérie » du président américain, avec qui il prend régulièrement la pose devant les photographes et les caméras. Le message est clair : les Trump-Bolsonaro ne forment qu'une seule et même famille.

Flávio le financier, Eduardo le diplomate... et enfin Carlos, le communicant. « Zéro deux » (ou « Carluxo », pour les intimes) est à la fois le fils préféré et le fils maudit de Jair Bolsonaro. Le plus tourmenté, le plus étrange, le plus extrême du clan. Le chef de l'État l'appelle « mon pitbull » et, de fait, Carlos se dit prêt à mordre et risquer « sa propre vie » pour sauver celle de son « papa ». Le jour de l'investiture du nouveau président, le Brésil le découvre, assis à l'arrière de la Rolls Royce, tel un garde du corps présidentiel, pistolet à la ceinture et regard fiévreux. Avec son père (auquel il voue un véritable culte et dont il s'est fait tatouer l'effigie sur le biceps droit), la symbiose est totale. « Nos liens vont bien au-delà du commun », dit Jair Bolsonaro.

Conseiller municipal de Rio depuis 2001, Carluxo logea des années dans une maison du condominium familial de Vivendas da Barra, dans la zone Ouest de la ville, achetée par « papa » en 2012. Pour Jair Bolsonaro, il s'agit de garder au plus près de lui ce fils qu'il sait instable. Introverti, solitaire, Carlos est un fou de Formule 1, qui compte peu d'amis et encore moins de conquêtes amoureuses. C'est aussi un grand anxieux, à la calvitie avancée et au regard méfiant, sujet à des crises de panique et de paranoïa. Beaucoup dans l'entourage présidentiel l'ont déjà vu fondre en larmes au milieu d'une conversation anodine. Certaines femmes politiques refusent de rester seules avec lui dans la même pièce.

Socialement inapte, Carlos se replie tôt sur son ordinateur et devient vite un petit génie des réseaux sociaux. Dès 2010, il ouvre le compte Twitter de son père et prend en main sa communication digitale, mitraillant Internet de vidéos ultra-polémiques, d'insultes et de *fake news* en série. Avant tout le monde, « Zéro deux » comprend que Facebook et Instagram deviendront les médias du XXIe siècle. « Chaque jour qui passe, je regarde moins la télévision et je lis moins le journal. Et chaque jour qui passe, je me sens mieux informé », répète Carluxo, qui, arrivé au pouvoir, installe ses bureaux au troisième étage du palais du Planalto. Au plus près du père.

Et pourtant, en ce début de mandat, « Zéro deux » est déçu. Il n'est parvenu ni à obtenir le poste de chef de communication de la présidence, ni à monter une « sécurité privée » au service de son père. Vite, sa frustration se mute en haine et en jalousie. Il peste contre ces conseillers et ministres qui viennent lui voler l'attention de « son » chef de l'État. Il se méfie en particulier du secrétaire général de la présidence, Gustavo Bebianno, avocat de 55 ans, proche parmi les proches de Jair Bolsonaro, dont il fut le grand stratège de campagne en 2018. Dès les premières semaines, « Zéro deux » réclame sa tête et, à la surprise générale, l'obtient. Englué dans une affaire de « candidatures fantômes », Bebianno est traité de « menteur » par Carlos sur Twitter, qui lance une véritable fatwa à son endroit. Il est limogé le 18 février 2019.

Jair Bolsonaro ne sait pas dire non à ce fils, dont il craint les emportements et partage la paranoïa. Carlos voit des traîtres et des félons à tous les étages. Il parvient à éloigner de son père plusieurs conseillers influents, tels que le général Carlos Alberto do Santos Cruz, Julian Lemos, député et ex-coordinateur de la campagne dans le Nordeste, ou encore le *carioca* Paulo Marinho, riche chef d'entreprise, qui ouvrit au leader d'extrême droite les portes de l'élite économique brésilienne. Mais l'ennemi juré de « Zéro deux » demeure le vice-président Hamilton Mourão, soupçonné de préparer un coup d'État, et contre lequel il déclenche une offensive le 20 avril 2019.

Ce samedi-là, Carlos, qui possède les mots de passe de son père, retweete depuis le compte officiel de Jair Bolsonaro une vidéo postée par l'essayiste Olavo de Carvalho, raillant les « cheveux teints » et la « voix hypocrite » de Mourão. Inquiet des conséquences d'un tel geste, le président demande alors poliment à son fils le retrait dudit post. Ulcéré, « Zéro deux » refuse. Il attend une nuit entière, avant de supprimer le tweet du scandale. Et, dans les heures qui suivent, éteint son téléphone, disparaît des réseaux sociaux avant de quitter son domicile sans indiquer sa destination.

Au Planalto, c'est la panique. Carlos pourrait-il commettre l'irréparable ? Jair Bolsonaro multiplie les appels aux quatre coins du Brésil et tente par tous les moyens de localiser son fils… Après quelques heures d'angoisse, la fugue de Carlos prend fin. « Une nouvelle phase de ma vie commence (...). Le pouvoir ne m'a jamais intéressé. Qui suis-je dans ce monde de gens étoilés ? », écrit « Zéro deux », triste et résigné, dans un tweet publié à 22 h 53. Le président l'apprendra plus tard, « Carluxo » se trouve en réalité à Florianópolis, sur la côte sud du Brésil, et suit un cours intensif de deux jours dans un club de tir.

Le président est soulagé. Mais le père tient à faire rentrer son « pitbull » à la niche. Carlos « est le sang de mon sang », affirme Bolsonaro, dans un communiqué officiel, en forme de supplique, publié dans les jours suivants, ajoutant qu'il « sera toujours du côté » de son fils. Le 8 mai, il lui offre deux « cadeaux » en échange d'une réconciliation : le transfert du grand prix de Formule 1 de São Paulo à Rio et la nomination du policier Alexandre Ramagem, ami proche de Carluxo, à la tête des services secrets, l'ABIN. Autant de projets chers au cœur de « Zéro deux », qui met alors fin à un mois de bouderie. La meute est réunie.

VII

Palais de verre, palais de cristal. Au rez-de-chaussée, le salon d'État, Salon noble, Salon doré, salle de déjeuner…, sont autant de galeries de musée, remplies d'œuvres aussi précieuses que fragiles. Sur les guéridons, poteries, porcelaines, chandeliers d'argent. Au mur, toiles de maîtres : Di Cavalcanti, Portinari, Alfredo Volpi, Djanira da Mota, Carlos Scilar… Recouvert de miroirs et de marbre vert, le salon de musique est de loin la pièce la plus raffinée. On y trouve un piano à queue noir autrichien Grotrian-Steinweg. Sur ses fines touches d'ivoire se sont exercés parmi les plus grands musiciens du pays, dont le « dieu » de la bossa nova, Tom Jobim.

Dans ce temple du bon goût, le « Mythe » n'a jamais su trouver sa place. Toute cette finesse exaspère ce capitaine qui ne se sent à l'aise que dans son uniforme short-tongs-maillot de foot. Ce bourru aux paluches maladroites ne sait s'exprimer qu'en hurlant et écartant les bras. Il ne peut faire un pas sans craindre de briser une œuvre d'art irremplaçable. Même s'asseoir devient compliqué : à l'Alvorada, les fauteuils cubiques noirs sont signés Le Corbusier, les chaises Bauhaus viennent des ateliers de Mies van der Rohe et les marquises de bois à bords incurvés sont l'œuvre d'Oscar Niemeyer et de sa fille Anna Maria.

Le palais de l'Aurore est d'abord le temple d'une élite. Cette oligarchie qui a tant d'années gouverné son pays. Qui se souvient que, jusqu'il y a peu, les analphabètes étaient privés du droit de vote, excluant de la citoyenneté entre la moitié et le tiers de la population ? Dès son arrivée, le « Mythe » signe un décret interdisant l'usage des termes « Votre Excellence » et « Docteur » au sein des organismes publics. Dès qu'il le peut, il quitte son très chic palais et se rend dans la périphérie de Brasília déguster ici une glace, là un beignet frit. Il retire lui-même de l'argent au distributeur, joue au loto, fait un tour à moto. Il aime à se montrer lors de ses vacances, lavant lui-même son linge en tongs et T-shirt. Pas besoin de chaises ou de fauteuils design : le président s'assoit par terre, à même le sol.

*

Lorsqu'il se présente en cette fin août 1986 au siège de la revue *Veja*, située au neuvième étage du numéro 123 de la rue du Passage, dans le quartier huppé de Botafogo, Cavalão est bien décidé à faire péter la baraque. Il tient une véritable bombe, qui prend la forme d'un texte dactylographié. Sept paragraphes, soit environ 900 mots, pesés au trébuchet. Reçu avec chaleur par les journalistes de la rédaction, l'officier demeure tendu. Il sait qu'en franchissant les portes de ce journal, il s'engage dans un voyage sans retour. Jamais, dans l'histoire récente du Brésil, un officier n'était ainsi sorti du rang pour attaquer de front les plus hautes autorités militaires du pays.

Après un bref état de grâce lors de son arrivée à Rio, « Gros Cheval » commence à trépigner. La fin de la dictature l'accable et le désoriente. En 1978 João Figueiredo, dernier des généraux de la junte, arrive au pouvoir. Fini le temps de ces austères haut gradés en treillis et lunettes fumées : ce *carioca* de 61 ans, bronzé et toujours athlétique, prend la pose face aux photographes, soulevant des haltères en slip de bain dans les jardins de la présidence. Il fait adopter la loi d'Amnistie garantissant l'absence de poursuites contre les tortionnaires du régime, mais permettant aussi le retour des milliers d'exilés au Brésil, et rétablit le multipartisme. En 1982, l'opposition remporte la victoire aux élections régionales dans 10 des 22 États du pays. À Rio, le nouveau gouverneur, Leonel Brizola, leader du Parti travailliste, est une icône de la gauche. Beau-frère du président João Goulart, renversé en 1964 par les militaires, ce gaúcho tempétueux et charismatique fut à l'époque l'un des rares à prendre les armes pour résister au putsch. On ne saurait rêver plus fort symbole.

Les « rouges » au pouvoir dans sa ville ? Pour Cavalão, c'est un cauchemar. Mais où fuir ? Dans le Brésil de cette époque, fleurissent partout les mouvements de gauche. 1980 voit la naissance du Parti des travailleurs, le PT, fédérant ouvriers syndiqués, paysans sans-terres, militants trotskistes, prêtres adeptes de la théologie de la libération et certains des plus grands intellectuels du pays, tels l'historien Sérgio Buarque de Holanda, le pédagogue Paulo

Freire et le critique littéraire Antônio Cândido. Le tout, sous la direction d'un ex-métallo à la barbe noire, né parmi les pauvres des pauvres de l'intérieur du Nordeste et ayant perdu l'auriculaire gauche dans un accident du travail. À seulement 35 ans, Luiz Inácio Lula da Silva, dit « Lula », est déjà un leader politique hors norme.

Longtemps refermé sur lui-même, le géant latino-américain s'ouvre au monde. C'est l'apothéose du rock de Legião Urbana, né à Brasilia au contact des fils de diplomates, et de l'irrésistible *Axé*, ce courant musical venu à Salvador, mélange de pop, de samba, de reggae, de merengue caribéen et d'*ijexá* nigérian, où se côtoient guitares électriques et percussions africaines... Une jeunesse gonflée d'espoir chavire sur les tubes de l'époque, « Toda Menina Baiana » de Gilberto Gil et « Lança Perfume » de Rita Lee, et manifeste en masse au sein du mouvement *Diretas já*, réclamant l'élection directe du chef de l'État. En 1985, première victoire : le civil Tancredo Neves est élu à la présidence de République, bien qu'à l'issue d'un scrutin indirect. Centriste de 75 ans, issu du Minas Gerais, cet ancien ministre de Getúlio Vargas, opposant à la dictature, porte tous les espoirs du pays... mais, tombé mystérieusement malade, victime d'une succession d'erreurs médicales et de graves hémorragies, décède à la stupeur générale avant même d'avoir pu prêter serment. Son successeur, le vice-président José Sarney, un ancien cadre du régime militaire, est investi le 15 mars 1985.

À 31 ans, Cavalão ne reconnaît plus son Brésil. Il est certes promu capitaine. Mais avec la fin de la dictature, les soldats perdent leurs derniers privilèges. Dans les années suivantes, il n'obtient pas d'avancement, ni en grade ni en salaire. De temps à autre, il arrondit ses fins de mois en confectionnant des sacs à l'aide de toiles de parachute, qu'il revend à l'entrée des baraquements de la *Vila Militar*. Il se fait même chercheur d'or et part en 1983 pour les vacances avec cinq copains de l'armée s'adonner à un peu d'orpaillage près de Saúde, dans l'intérieur bahianais – suivant l'exemple de son père, Percy, qui, à la même époque, s'en va piocher à la Serra Pelada, cette gigantesque mine amazonienne à ciel ouvert, immortalisée par les clichés en noir et blanc du photographe Sebastião Salgado, où se pressent alors plus de 100 000 chercheurs d'or.

Plus encore que son propre sort, c'est celui des sous-officiers, majors, sergents et caporaux qui l'indigne, eux dont le revenu est deux à trois fois inférieur au sien, et qui voient leur maigre solde rongée par cette hyper-inflation, qui dépasse certaines années les 2 000 %. Face à la crise, le gouvernement peine à réajuster les salaires, coupe dans les budgets et change par trois fois de monnaie en dix ans. Conséquence : nombreux sont les sous-officiers à renoncer à leur vocation pour un emploi dans le civil, sous le regard indifférent des élites de Brasília. Associés aux exactions du régime, les militaires ont mauvaise presse : nul ne songerait à défendre leur sort.

Cavalão est prêt à protester publiquement. Encouragé par ses camarades parachutistes, il se décide, fin août 1986, à publier une tribune dans *Veja*. L'hebdomadaire est alors la plus grande revue du pays et tire à plus de 800 000 exemplaires. Le Brésil rentre de plain-pied dans l'ère des médias de masse. C'est l'arrivée des magazines grand public, mais d'abord et surtout de la télévision. Une poignée de riches familles dominent le marché, dont la plus fameuse demeure celle des Marinho pour la Rede Globo. Roberto, milliardaire et patriarche de ce conglomérat, qu'il préside depuis 1931, dispose alors d'une influence politique considérable. Navire amiral du groupe, qui comporte aussi radios et quotidiens, la TV Globo est l'une des cinq chaînes les plus visionnées au monde, réunissant chaque jour devant leur poste plusieurs dizaines de millions de Brésiliens. Outre le Journal national, véritable messe cathodique, la chaîne basée à Rio triomphe grâce à ses *telenovelas*, séries à l'eau de rose tournées avec les moyens de films de cinéma. *Roque Santeiro*, et ses 209 épisodes diffusés entre 1985 et 1986, contant l'histoire d'une petite cité des confins du Nordeste, atteint certains soirs les 100 % d'audience. Son actrice principale, la célébrissime Regina Duarte, y gagne le surnom de « petite amoureuse du Brésil ».

La Globo conserve une ligne moralo-conservatrice. Durant la dictature, détenteur de l'unique concession télé de l'époque, le réseau Paulo Marinho diffusa sans complexe la propagande des militaires. Mais alors que la démocratie fait son retour, la chaîne prend un tournant irrévérencieux, voire vulgaire. En témoigne l'un des personnages les plus extravagants de l'époque. Abelardo Barbosa, surnommé populairement « Chacrinha » (petite ferme) ou « Velho Guerreiro » (vieux guerrier), né dans le Pernambouc nordestin en 1917, incarne alors la télévision populaire brésilienne. Dans son programme musical, *Cassino do Chacrinha*, diffusé le samedi soir sur la Globo, il reçoit ses invités en nœud papillon géant et haut-de-forme à plumes et paillettes, mais aussi, à l'occasion, en pirate, pompier, ananas, sultan, Indien, ou tout simplement en serviette de bain, en couche ou en slip. Il danse au milieu de ses *chacretes* (sorte de claudettes locales, en plus excentriques), invente des marches de Carnaval politiquement incorrectes (« Mets ta capote », « Maria la gouine »...), met en scène des strip-teases et jette des bouts de morue sur le public... On l'accuse d'être un vieux libidineux, de faire de la pornographie télévisuelle, d'endormir le bas peuple au gaz hilarant. Chacrinha s'en fout. « *Quem não se comunica se trumbica* », répète-t-il : « Celui qui ne communique pas va l'avoir dans le c... »

« Communiquer ou l'avoir dans le c... » ? Le capitaine retient la leçon : pour frapper les esprits, il faut créer le scandale. À la rédaction de *Veja*, le capitaine est reçu avec tous les égards par le directeur à Rio, Ali Kamel, et par la jeune Cássia Maria Rodrigues, 26 ans, reporter politique du magazine. Après un premier passage pour éditer son texte, il revient une seconde fois afin d'être pris en photo. Habillé en civil, le capitaine demande la permission de passer aux toilettes afin de pouvoir se changer et revêtir son uniforme : chemise kaki et, surtout, béret rouge des parachutistes. Sur le portrait en format 3 × 4 tiré ce jour-là, le jeune officier apparaît en tenue de combat.

Crispé, comme toujours. Mais simple, grave et déterminé. La mise en scène est parfaite.

La tribune de Cavalão est publiée dans la section « Point de vue » du numéro 939 de *Veja*, daté du 3 septembre 1986. Une pleine page, et une photo du capitaine avec un titre qui « claque » : « *O salário está baixo* », « Le salaire est bas ». Et comme prévu, elle fait l'effet d'une bombe. « Au nom de la vérité », Cavalão se livre à un réquisitoire contre la politique salariale de l'armée, évoquant une « crise financière » et une « situation critique » chez les sous-officiers, privés de soirées en famille et de week-ends, payés une misère pour « 48 heures » de travail hebdomadaire. « Je réclame – comme le feraient s'ils le pouvaient mes collègues – un traitement digne de la confiance que mes supérieurs ont mise en moi », écrit le capitaine, avant de conclure, fataliste : « Je cours le risque de voir sérieusement menacée ma carrière de militaire dévoué, mais l'arrivée de cette crise et le manque de perspective que nous rencontrons sont trop graves. (...) J'aime le Brésil et je ne souffre d'aucune crise de vocation. Le Brésil au-dessus de tout ! »

À Brasília, c'est l'effarement. Le sévère général et ministre de l'Armée Leônidas Pires Gonçalves enrage et réclame une punition exemplaire pour cet « acte d'indiscipline inadmissible ». Inculpé de « transgression grave », Cavalão écope de 15 jours de prison disciplinaire. Mais chez de nombreux sous-officiers et simples soldats, il devient un héros. Dans les semaines suivantes, les journaux de tous les pays évoquent son cas et le jeune capitaine reçoit autour de 150 télégrammes de solidarité. Chez les troupiers, beaucoup voient dans ce charismatique parachutiste au béret rouge le porte-voix de leurs aspirations et de leurs frustrations, un leader syndical capable de mettre fin aux inégalités et aux mauvais traitements régnant au sein de l'armée. Pour d'autres, Cavalão devient un martyr, le symbole de la lutte des petits contre les grands, la victime sacrificielle de la persécution et de la fourberie des généraux...

Le capitaine n'en demandait pas tant. Depuis sa cellule, il médite cet épisode fondateur et en tire des leçons pour le reste de sa vie : la colère des « petits » contre les élites de Brasília ; l'influence des médias de masse pour apparaître sur le devant de la scène ; la puissance de la provocation, lorsqu'elle est portée par l'outrance et sème le chaos... Mais que faire de tout cela ? Le lundi suivant la publication de l'article, Cavalão engage la conversation avec l'un de ses supérieurs, le colonel Edson Bimbi, sous-commandant de son groupe de parachutistes à Rio. « Que dois-je faire ? », demande alors le candide capitaine. Réponse sans hésitation : « Ton chemin, c'est la politique. »

*

Sous les tropiques aussi, les « merdes volent en escadrille ». En ce début d'hiver austral, alors qu'il vient de mater la révolte de ses généraux et calmer la jalousie de son fils Carlos, Jair Bolsonaro est confronté à de premières oppositions populaires. Le 15 mai 2019, des centaines de milliers de Brésiliens battent le pavé à travers tout le pays pour protester contre sa politique éducative et son nouveau ministre de l'Éducation, Abraham Weintraub (qui vient d'annoncer le gel de 30 % des budgets des universités fédérales). Mais, loin des rues de São Paulo et Rio, la fronde qui inquiète le plus le président du Brésil est celle qui se trame dans les couloirs feutrés du Congrès de Brasília, où, depuis plusieurs semaines, un homme a décidé de lui tenir tête.

À 48 ans, le président de la Chambre des députés, Rodrigo Maia, n'a pourtant ni l'apparence ni le pedigree d'un « super-opposant ». Pâle et d'allure falote, l'homme est un pur produit de l'establishment brésilien. Membre de cinq partis successifs depuis sa première élection en 1998, Rodrigo est surtout le digne héritier de son père, Cesar Maia. Un vieux renard de la politique locale, ancien communiste et exilé sous la dictature, passé entre-temps à droite, qui a gouverné la ville de Rio de Janeiro à deux reprises durant les années 1990 et 2000. L'homme entretient alors des liens ténus avec la mafia locale. Il est également poursuivi pour corruption passive et blanchiment d'argent. Des accusations qui pèsent aussi sur son fils.

Pourtant, c'est bel et bien Rodrigo Maia qui, le premier, va se dresser contre les excès de Jair Bolsonaro. Le chef de la Chambre basse, qui souhaite laver sa réputation, saisit vite tout l'avantage qu'il pourrait tirer d'un positionnement de « leader responsable », par contraste avec un chef de l'État hors de contrôle, dépeint par la presse au mieux comme un « crétin fini », au pire comme un « fou furieux ». Dès le mois de mars 2019, il lance ses premiers « scuds », torpillant le « désert d'idées » d'un président qui, selon lui, « joue à présider le Brésil ». « Je refuse d'être la femme d'un voyou », lâche-t-il au sujet d'un éventuel accord avec l'exécutif. Libéralisation du port d'armes à feu, transfert de la démarcation des terres indigènes au ministère de l'Agriculture, passage à un système de retraite par capitalisation… en ce début de mandat, on ne compte plus les décrets et projets présidentiels bloqués par le Parlement ou annulés par le Tribunal suprême fédéral, la plus haute instance judiciaire du pays.

C'est tout à la fois la force et la faiblesse de la Constitution brésilienne, ce texte touffu adopté au sortir de la dictature, comportant pas moins de 250 articles et 1 600 dispositions : elle limite fortement les marges de manœuvre de l'exécutif. Sur la place des Trois Pouvoirs, à seulement quelques dizaines de mètres de distance, le palais du Planalto, lieu de travail du président, est placé symboliquement à gauche du Congrès, et face au Tribunal suprême, parallélépipède de béton et de verre, orné d'une statue de la Justice aux yeux bandés, signée Alfredo Ceschiatti. Le message est clair : à Brasília, le match démocratique entre président, Parlement et Justice est un jeu à somme nulle. Aucun ne doit l'emporter sur l'autre.

Ce n'est donc pas pour rien si les institutions brésiliennes, fruit d'un compromis, portent le surnom de « présidentialisme de coalition » : pour pouvoir mener sa politique, le chef de l'État est forcé de chercher des alliés.

Beaucoup d'alliés. Dans le Congrès de 2019 siègent pas moins de 23 partis politiques. À la Chambre des députés, le plus important, le Parti social-libéral, qui a porté Jair Bolsonaro au pouvoir, ne compte qu'une cinquantaine d'élus sur 513 – à peine 10 % de la Chambre basse. Depuis des décennies y domine le *Centrão*, ce « grand centre », si caractéristique des institutions locales, composé de petits partis sans idéologie, opportunistes, mais occupant les deux tiers du Parlement. Pour gouverner depuis 1985, tous les présidents successifs ont dû user du système du *toma lá, dá cá*, littéralement : « prends ceci et donne-moi ça », des charges ministérielles ou des pots-de-vin contre des votes favorables au Congrès. Le tout, achevant de faire du Brésil l'une des démocraties les plus corrompues au monde.

Durant sa campagne victorieuse, Jair Bolsonaro (qui fut pourtant successivement membre de huit formations du *Centrão*...) promit de ne jamais gouverner avec cet encombrant establishment. « *Acabou a mamata !* » : fini les « magouilles », déclarait-il alors, promettant de placer « la bonne personne au bon ministère ». Mais arrivé au pouvoir, le capitaine déchante. L'élite traditionnelle, qui n'a jamais cessé de le mépriser, s'offre une cure de jouvence sur son dos. Alors que l'hiver approche, le chef de l'État estime qu'il est grand temps de reprendre la main. Et, fidèle à sa stratégie de victoire « par KO et par le chaos », il lance le vendredi 17 mai un missile sur la capitale. Au matin, plusieurs personnalités d'extrême droite reçoivent sur leur « fil » le lien d'un article, partagé par le président lui-même, décrit comme une « lecture obligatoire ». Le texte, rédigé par un obscur fonctionnaire public, dépeint l'état supposément apocalyptique du Brésil de 2019, rendu « ingouvernable » et « dysfonctionnel » par les « corporations » du Congrès et du Tribunal suprême. « Jusqu'à présent [Bolsonaro] n'a rien pu faire, se lamente l'auteur, De quel pouvoir, en réalité, dispose le président du Brésil ? »

À Brasília, c'est la stupeur. Un président de la République endossant sans vergogne un texte attaquant directement la légitimité et jusqu'à l'existence même des contre-pouvoirs, cela ne s'était jamais vu. L'inquiétude est d'autant plus grande que des appels à manifester ont été lancés pour le 26 mai par certains des groupes bolsonaristes les plus radicaux. Sur Twitter, Instagram et Facebook, des partisans du chef de l'État appellent ouvertement à « mettre le feu » à la capitale et envahir le Congrès, tandis que défilent au Planalto d'inquiétants conseillers du soir. Un général (non identifié) va alors jusqu'à offrir formellement au président l'option d'un coup de force pour fermer le Parlement et le Tribunal suprême.

Dans la capitale, d'ordinaire silencieuse en fin de semaine, les téléphones ne cessent de sonner. De longues discussions ont lieu entre les leaders du Congrès, et en particulier entre Rodrigo Maia et Davi Alcolumbre, président du Sénat. « Ce type est fou ! », s'alarme ce dernier, qui, le 22 mai, convoque à déjeuner les principaux « caciques » de la Chambre haute. Dans sa résidence officielle, située sur les rives du lac Paranoá, se présentent alors une quinzaine de sénateurs de tous bords : à droite, Kátia Abreu, ex-ministre de l'Agriculture et leader du lobby de l'agro-négoce, ou encore José Serra, ex-gouverneur de l'État de São Paulo et ancien candidat à la présidentielle ; à gauche : Jacques Wagner, compagnon de route de Lula et fondateur du Parti des travailleurs, mais aussi Randolfe Rodrigues, brillant sénateur de 46 ans de l'État amazonien de l'Amapa, dont les traits juvéniles lui valent d'être comparé à Harry Potter.

À table, c'est ce dernier qui se montre le plus offensif. Randolfe propose deux pistes afin d'écarter Bolsonaro. La première : faire tout bonnement annuler le résultat des dernières élections par référendum ; la seconde : changer la Constitution afin de créer un poste de Premier ministre et réduire au strict minimum les pouvoirs du chef de l'État. « Nous pourrions faire comme la France et avoir un exécutif à deux têtes ! », s'enflamme ce sénateur francophile, dont l'État amazonien d'Amapa partage une frontière de plusieurs centaines de kilomètres avec la Guyane française. Autour de la table, les avis sont partagés. Le saut dans l'inconnu effraie les sages de la Chambre haute. À l'issue du déjeuner, aucune décision n'est prise. Mais chacun a compris que l'heure était grave.

Alerté par cette situation explosive, un homme va finalement se battre pour rétablir le calme. Derrière son visage impénétrable et sa longue toge noire, Antonio Dias Toffoli est, à 51 ans, en tant que président du Tribunal suprême fédéral, l'un des hommes les plus influents de Brasília. Ses sympathies penchent plutôt à gauche (il fut nommé à son poste en 2009 par Lula), mais il conserve de bonnes relations avec plusieurs membres du gouvernement d'extrême droite, en particulier le ministre de la Défense Fernando Azevedo e Silva, qui servit un temps au sein de son cabinet au Tribunal suprême fédéral (STF). Toffoli sait qu'il dispose de peu de temps et décroche son téléphone pour convoquer les principaux leaders du Congrès. Aux partisans de la fuite en avant, il prévient que toute tentative visant à abréger le mandat de l'actuel locataire du Planalto serait rejetée par le Tribunal. Que le président a été élu pour quatre ans, et que sa destitution pourrait entraîner des émeutes, voire pire… Convaincus ou découragés, les parlementaires les plus motivés renoncent un à un. Rassuré par ce soutien de poids, Jair Bolsonaro annonce qu'il ne participera pas aux manifestations du 26 mai. « Qui défend la fermeture du STF et du Congrès a tort », déclare-t-il, au grand soulagement de l'establishment. Le jour venu, les défilés se déroulent dans le calme.

Brasília respire. « J'ai sauvé la République ! », exulte auprès de ses amis Antonio Dias Toffoli. Mais l'avertissement est clair : Jair Bolsonaro dispose de troupes prêtes à en découdre et n'hésitera pas à mobiliser la rue. En ce début de mandat, les « événements » du mois de mai sonnent comme un avertissement. Le 22 juin, au sujet de son opposition à la démarcation de nouvelles terres indigènes, le président prononce une phrase explicite, qui en dit long sur sa conception du pouvoir : « *Quem manda sou eu !* » En français : « C'est moi le patron. »

VIII

Tout palais se doit d'avoir un parc, et celui de l'Alvorada est enchanteur. Œuvre du paysagiste japonais Yoichi Aikawa, créateur des jardins du Palais impérial de Tokyo, c'est un dédale de petits chemins arborés, hommage à la biodiversité du Brésil. Il fait bon se promener dans les allées, à l'ombre des palmiers amazoniens, pins du Paraná, buissons tortueux du Cerrado, sibipirunas, beaux feuillus à fleurs jaunes… Dans le parc, on trouve même quelques pau-brasils. Ce bois aux tons boucanés, ou « pernambouc », utilisé pour la fabrication de pigments vermeils, et qui donna son nom au « pays de braise ». Exploité sans merci, il est aujourd'hui menacé de disparition.

Mais pour le « Mythe », hors de question de mettre un pied dans le jardin, en particulier la nuit. Pas seulement à cause des drones, mais aussi des bestioles. Canards, pintades mouchetées, couples d'aras bleus, familles de capivaras, rongeurs au regard impassible, de la taille d'un gros chien. Les plus « dangereux » demeurent les nandous, ces autruches au plumage gris, qui peuvent mesurer jusqu'à un mètre soixante. Le palais en accueille une quarantaine depuis sa fondation. Elles se nourrissent de serpents et scorpions, qui pullulent dans les savanes du Cerrado. Impossible de s'en débarrasser. Alors qu'il tenta un jour de les nourrir, le « Mythe » se fit violemment pincer.

La nature, il en a perdu l'habitude. Il la craint, tout comme les peuples qui l'habitent. Une fois seulement durant son mandat il s'est rendu dans une terre indigène en Amazonie. Entouré de militaires en treillis, il inaugure un petit pont de bois, facilitant l'accès de la zone aux orpailleurs. Tout sourire, la tête revêtue d'une coiffe à plumes d'aigle, le président salue quelques leaders autochtones favorables à l'exploitation de la forêt, dont certains venus pour l'occasion de Brasília. En pleine pandémie, il prend des enfants et des personnes âgées dans ses bras. Scandalisés, les caciques baniwas maudiront le « Mythe ». Ils le traiteront de makadawalitsa *: un homme sans valeur. Un moins-que-rien.*

*

Chaque fois que Cavalão ouvre le journal, c'est de pire en pire. En ce milieu des années 1980, le président José Sarney enterre définitivement la dictature. Un rôle à contre-emploi pour cet homme de l'« ancien régime », caricature de *coronel* du Nordeste aux cheveux gominés et à la moustache en chevron, sénateur et gouverneur de l'État du Maranhão sous la dictature. Mais Sarney est aussi un animal politique opportuniste et rusé, écrivain à ses heures et membre de l'Académie brésilienne des lettres et auteur d'une centaine de romans, contes et poèmes. Devenu chef de l'État, il sent que le vent de l'histoire a changé. En 1988, la Constitution démocratique de la « Nouvelle République » est proclamée.

« Nous haïssons la dictature ! », lance à la tribune Ulysses Guimarães, vieil opposant à la junte et président de l'Assemblée constituante, applaudi à tout rompre. Parmi les principales avancées du texte, figure la protection de la nature. Le Brésil consacre désormais un chapitre entier de sa Constitution à l'environnement. Mieux : dans l'article 231, « sont reconnus aux Indiens leur organisation sociale, leurs coutumes, leurs langues, leurs croyances et leurs traditions » et surtout « leurs droits originels sur les terres qu'ils occupent traditionnellement ». Une conquête historique pour les indigènes brésiliens, décimés lors de la colonisation, longtemps considérés comme des sous-hommes, et enfin traités avec dignité, représentés au plus haut niveau par une nouvelle génération de chefs charismatiques : le cacique kayapo Raoni Metukire, reconnaissable à son plateau labial légendaire, ou le chaman yanomami Davi Kopenawa, mais aussi le jeune Ailton Krenak, leader des peuples autocthones du Rio Doce, dans le Minas Gerais, qui, à seulement 32 ans, prononce le discours le plus marquant de la Constituante, costume blanc immaculé et visage peint à l'encre noire, faite à partir de pigments traditionnels de baie de jenipapo. « Le peuple indigène a sa manière de penser, sa manière de vivre ! », clame-t-il face à une assistance bouleversée.

Tout cela vise d'abord à protéger l'Amazonie, ce continent vert, vaste comme l'Europe, dont plus de la moitié se trouve au Brésil. Un espace impensable, que des chiffres toujours plus vertigineux ne sauraient décrire. L'Amazonie, c'est un cinquième de la biodiversité mondiale, 16 000 espèces d'arbres, 3 000 de poissons, 1 300 d'oiseaux, 400 de mammifères, et autant de reptiles et d'amphibies, où un nouvel animal ou une plante est découvert en moyenne tous les deux jours. L'Amazonie, le cours d'eau le plus long du monde : 7 000 kilomètres parcourus des Andes jusqu'à l'Atlantique, 50 kilomètres de large et jusqu'à 120 mètres de profondeur, pour 206 000 mètres cubes de débit par seconde – soit 250 fois ce petit ruisseau qu'est la Loire... Un espace tout sauf vierge et tout sauf uniforme, comportant des dizaines de types de sols et de végétation et où vivent quelque 200 peuples indigènes. Une terre de mythes et de légendes, transmis par les chamans *pajés*. Celle des divinités *kohanas* descendues du « toit du ciel » chez les Kanamaris et de *Mawutzinin*, premier homme du Xingu. Celle de *Tihiri*, esprit jaguar des Yanomamis, du *Boiuna*, serpent géant capable de déchaîner les tempêtes sur l'Amazone, du terrible *Capelobo*, mi-homme mi-tamanoir et suceur de cerveau, ou encore du *boto* : ce dauphin rose, qui sortirait de temps à autre de l'eau pour prendre l'apparence d'un homme irrésistible, séduisant les plus belles femmes. Dans bien des villages, les enfants nés de père inconnu sont encore désignés comme les « rejetons du dauphin ».

Mais ce monde fascinant ne touche pas Cavalão, qui ne décolère pas contre la politique de José Sarney et de la Constitutante. Tout pour les Indiens et rien pour les soldats ? Il enrage. Après sa « mise au trou », il s'est inscrit à l'École de perfectionnement des officiers, l'EsAO, mais n'a pas renoncé à son activité militante. Il a noué une relation de confiance avec Cássia Maria Rodrigues, reporter politique de la revue *Veja*. À 27 ans, cette *carioca* aux cheveux châtain foncé entend couvrir la fronde qui gronde dans les casernes et fait du fougeux capitaine l'une de ses sources. Par souci de sécurité, les deux partenaires se choisissent des pseudonymes : « cousine » pour elle et « Fred » pour lui. Leurs rencontres sont dignes d'un roman de John Le Carré. Un vendredi soir, Fred donne rendez-vous à sa « cousine » dans un grand supermarché du nord de Rio. Devant les étals de yaourts et de légumes, la journaliste et le soldat s'entretiennent à voix basse, feignant de faire leurs courses.

Entre 1986 et 1987, Cássia multiplie les contacts dans les casernes, qui bruissent de débats fiévreux et de complots en tout genre. Quand soudain, le mercredi 21 octobre 1987, en fin d'après-midi, la jeune reporter reçoit un appel. Au bout du fil, elle reconnaît la voix de Lígia, épouse de l'officier Fabio Passos da Silva. Un capitaine d'artillerie taiseux, proche de Fred et répondant au surnom de « Xerife » (shérif, en portugais). « Viens vite à la maison, on a quelque chose d'important à te dire ! », enjoint la jeune femme, sans donner plus de précisions. Cássia saisit son carnet de notes et fonce vers Deodoro, autre quartier bordant la *Vila Militar*. Il est aux alentours de 17 heures lorsqu'elle sonne à la porte de l'appartement numéro 101 du 865 avenue Duque de Caxias, axe bruyant du nord de Rio.

Lígia accueille la reporter en bigoudis. Peu de temps après, débarquent Xerife et Fred. Ce dernier est hors de lui : le jour même, un officier de l'EsAO a été envoyé en prison pour avoir lui aussi demandé des hausses de salaire dans l'armée. « Nous avons un ministre incompétent et raciste ! », s'enflamme le capitaine au sujet de Leônidas Pires Gonçalves, qu'il compare à un « second Pinochet », transformant l'armée en « honte nationale » : « S'il tentait un coup d'État, il serait renversé par sa propre troupe ! », poursuit Fred. « Et, donc, vous comptez faire quoi ? Mener des opérations importantes ? », finit par interroger Cássia, après de longues palabres. « Ah oui ! On va seulement faire exploser quelques pétards ! », répond le parachutiste.

Quelques « pétards » ? En réalité, bien plus que cela. Parmi les sous-officiers, explique Fred, une opération secrète est en préparation. Nom de code : *Beco sem saida*, « Voie sans issue ». Concrètement : l'explosion de bâtons de dynamite dans les toilettes de l'École de perfectionnement des officiers, mais aussi à l'Académie des Aiguilles noires et probablement au sein de plusieurs autres installations de l'armée. Le tout, afin d'exiger du gouvernement une revalorisation minimum de 60 % des salaires des militaires. Mais, insiste-t-il, « c'est sans danger. Ce ne seront que de petites explosions pour montrer à José Sarney que le ministre Leônidas n'exerce plus aucun contrôle sur ses troupes », assure Lígia, soutenue par Fred.

Après plus de deux heures de discussions, Cássia repart, éberluée par ce qu'elle vient d'entendre. Des officiers décidant de se transformer en apprentis artificiers pour faire valoir leurs revendications ? Dans l'histoire récente du Brésil, cela ne s'était jamais vu. Un tel projet est passible de cour martiale, d'exclusion de l'armée et d'emprisonnement… La journaliste confirme l'information auprès de ses sources. Et, sans attendre, contacte sa rédaction. « Putain de sa mère : en voilà un putain de papier !! », s'enthousiasme le directeur adjoint de *Veja*, Elio Gasperi. Décision est prise de publier l'information dans le prochain numéro et de dévoiler le nom des capitaines.

Mais dans les jours qui suivent, la situation évolue. Sous la pression, Sarney concède une augmentation de 110 % de salaire aux militaires. Les sous-officiers vont-ils tout de même mettre leur plan à exécution ? « On va attendre jusqu'à novembre pour voir comment ça évolue… », répond Fred à sa « cousine » par téléphone. Pourtant, la direction de *Veja* est déterminée à maintenir la publication. Affolé, le capitaine se fait menaçant : « Tu te souviens de ce qui est arrivé à Alexandre Baumgarten, n'est-ce pas ? », demande-t-il à Cássia, en référence à un journaliste assassiné par la dictature. Inquiète, la journaliste avertit ses proches et sa famille. « Dans les jours qui viennent, il va falloir être prudent », prévient-elle. L'article paraît finalement en pages 40 et 41 du numéro 999 de la revue *Veja*, daté du 28 octobre 1987, sous le titre : « Poser des bombes dans les casernes, un plan à l'EsAO ». En haut à droite, bien en évidence, les lecteurs reconnaissent le visage du célèbre parachutiste au béret rouge. Messie, *alias* Palmito, *alias* Cavalão, *alias* Fred, devenu « le Capitaine de la bombe ».

*

C'est la nuit en plein jour sur l'une des plus grandes métropoles de la planète. Ce 19 août 2019, l'Amazonie brûle. Poussés sur plusieurs milliers de kilomètres par les vents du nord-est, de gigantesques nuages de fumée noirâtre plongent subitement São Paulo et ses 20 millions d'habitants dans l'obscurité. Les images font immédiatement le tour de la planète. Tristesse, surprise, désespoir, panique, peur, colère... sur Twitter, le hashtag *#prayforamazonia*, « priez pour l'Amazonie », est repris plusieurs centaines de milliers de fois.

Depuis le début de l'été, le Brésil est au cœur des préoccupations mondiales. Le nombre d'incendies a explosé dans le pays, au même rythme que la déforestation. Fidèle à ses engagements de campagne, Jair Bolsonaro a entamé le démantèlement des politiques de protection de la nature. Gel de l'homologation de nouvelles aires protégées, coupe dans les budgets, remplacement des dirigeants, incitation à l'exploitation agricole... « Le futur de l'Amazonie, ce n'est pas l'Indien ni ces putains d'arbres, mais le minerai ! », lance le président du Brésil, qui livre sans vergogne le « poumon de la planète » aux bûcherons, aux éleveurs de bœufs, aux planteurs de soja et aux orpailleurs. Tous sont reçus à bras ouverts à Brasília par le ministre de l'Environnement Ricardo Salles. Un avocat aux airs de gendre idéal, pour qui le changement climatique n'est qu'« une question secondaire », lui-même étant impliqué dans le trafic de bois. « Ce gouvernement est le vôtre ! », insiste Bolsonaro auprès des représentants de l'agro-négoce et de l'industrie minière.

En Amazonie, la déforestation est loin d'être une nouveauté. En trois décennies, un cinquième de la forêt a déjà été rasé. Durant la dictature, les militaires promurent une vision « développementaliste » de la région, entre intégration forcée des indigènes, édification d'infrastructures (telle la route Transamazonienne) et incitation à la colonisation par des centaines de milliers de paysans appauvris. « Une terre sans hommes pour des hommes sans terre », disait la propagande de l'époque. À cela s'ajoute une vision paranoïaque, voire complotiste de l'armée, qui soupçonne les pays occidentaux de vouloir s'approprier « leur » riche et luxuriante jungle. Pourquoi pas, concernant la France, en envahissant le territoire depuis la Guyane et en suscitant une insurrection des peuples autochtones ? Il faut *integrar para não entregar*, « intégrer » l'Amazonie « pour ne pas la livrer » aux étrangers, expliquent les vert olive. Un point de vue repris à pleins poumons depuis des décennies par Jair Bolsonaro, qui considère les indigènes comme des « hommes préhistoriques » et des agents infiltrés des ONG européennes. « Si je deviens président, il n'y aura pas un centimètre carré supplémentaire de terre autochtone », promet-il.

Huit mois seulement après son arrivée au pouvoir, l'opprobre est mondial contre le « pyromane » de l'Amazonie. Et à Paris, un jeune président se frotte les mains. Emmanuel Macron le sent : contre Jair Bolsonaro, l'heure de la vengeance a sonné. Car voilà des mois que le torchon brûle entre le locataire de l'Élysée et celui du Planalto. Les deux hommes se sont rencontrés une première fois en juin à l'occasion du G20 d'Osaka. Un entretien « très tendu » et « pas aimable du tout », aux dires des diplomates du Quai d'Orsay, selon lesquels le président français aurait alors rencontré « un petit homme nerveux médiocre ». Quoi de commun, en effet, entre le jeune banquier globalisé et le rustre capitaine nationaliste ? Accablé par les mensonges et l'amateurisme de son interlocuteur au sujet de l'Amazonie ou d'une possible sortie de l'accord de Paris, Emmanuel Macron menace de mettre son veto à la signature de l'accord de libre-échange entre le Mercosur et l'Union européenne, alors en passe d'aboutir. De quoi faire fulminer le capitaine Jair Bolsonaro, outré d'être ainsi pris de haut par ce « petit » Français, ce banquier aux airs arrogants. Une photo, prise un peu plus tard, montre les deux hommes assis côte à côte dans l'assemblée du G20. À gauche, Macron, l'air mal à l'aise et les mains jointes, semble prier qu'on le change de place. À droite, Bolsonaro, rouge de colère, paraît sur le point d'exploser.

Mais, sur chaque rive de l'Atlantique, les élites économiques s'activent pour rapprocher les deux chefs d'État. Après tout, la France et le Brésil ne sont-ils pas de grands amis ? Les deux pays partagent 700 kilomètres de frontière et une fascination réciproque. Brasília sait tout ce qu'elle doit à Paris, et plus particulièrement à Napoléon Ier, qui, en envahissant le Portugal en 1807, força la famille royale de Lisbonne à fuir pour Rio et en faire la capitale de l'Empire lusitanien. L'événement donne un élan sans précédent au développement de la colonie qui, quinze ans plus tard, en 1822, obtient son indépendance. À la fin du XIXe siècle, la « ville merveilleuse » se rêva en « Paris des tropiques », traçant ses avenues à la manière d'Haussmann et inaugurant un Théâtre municipal, copie miniature de l'Opéra Garnier. De Sartre à Bourdieu en passant par Levinas, les intellectuels germanopratins n'ont jamais cessé ici de tenir le haut du pavé. Dans les années 1930, Claude Lévi-Strauss, Fernand Braudel et le géographe Pierre Monbeig furent ainsi appelés pour fonder l'université de São Paulo, considérée comme la meilleure du pays. Les premiers grands virologues brésiliens furent formés à l'Institut Pasteur de Paris et l'armée reçut après la Première Guerre mondiale la visite décisive d'une mission militaire, menée par le général Gamelin. C'est ici que triomphèrent, enfin, les thèses du pédagogue positiviste français Allan Kardec, amateur de tables tournantes et de psychographie. Érigé en religion officielle, le spiritisme compte au Brésil près de 4 millions d'adeptes.

France et Brésil ne s'affrontent guère que sur les terrains de football. À une exception près : celle de la « guerre des langoustes ». Une affaire cocasse, survenue au début des années 1960. À l'époque, des bateaux français, accusés de pêche illégale au crustacé, sont arraisonnés par la marine brésilienne. Furieux, Charles de Gaulle dépêche alors « sur site » un croiseur militaire, provoquant l'ire des Brésiliens et une intense fièvre nationaliste sous les tropiques. « La langouste est à nous ! », titrent les journaux de Rio et hurlent les manifestants, tandis qu'en mer, les bâtiments de guerre brésiliens se positionnent à la hâte pour faire face à une éventuelle attaque française... Mais la « guerre » se règle pacifiquement aux Nations unies lors de débats aussi épiques qu'ubuesques. La France tente alors de démontrer que les langoustes se déplaçant par « petits bonds », en nageant, sans contact avec le fond marin, devraient ainsi être régies par le droit des poissons et non celui des crustacés... Réplique mémorable du camp brésilien : si les langoustes sont des poissons, alors les kangourous sont des oiseaux, puisqu'ils sautent en l'air pour se mouvoir ! Au final, Brasília l'emporte. Et l'épisode inspirera cette phrase célèbre à l'ambassadeur de Brasília à Paris, Carlos Alves de Souza Filho : « Le Brésil n'est pas un pays sérieux. » Une citation attribuée à tort au général de Gaulle.

Fort de ces bonnes relations historiques, et sous pression des entreprises françaises, Emmanuel Macron se résout à envoyer à Brasília son ministre des Affaires étrangères, Jean-Yves Le Drian. Après une escale à Rio, ce dernier débarque dans la capitale brésilienne le 29 juillet 2019, accueilli avec chaleur par son homologue, Ernesto Araújo, francophone et francophile. Un entretien avec le chef de l'État est prévu en fin d'après-midi. Mais l'atmosphère change du tout au tout. Car, en coulisse, Jair Bolsonaro fulmine. Le Drian, lui a-t-on appris, s'est entretenu la veille avec des ONG critiques de sa gestion de l'Amazonie. Un véritable affront. « Il n'a pas intérêt à mal me parler ! Il doit comprendre que le gouvernement du Brésil a changé. La soumission des précédents chefs d'État envers le premier monde n'existe plus », a-t-il confié le matin aux journalistes, à sa sortie de l'Alvorada. Tant pis pour les intérêts économiques. Hors de question de faire ce cadeau à Macron. Le tête-à-tête est annulé. Motif : « urgence incontournable », s'excuse d'une voix blanche un Ernesto Araújo contrit et gêné.

L'ambassadeur de France s'interroge. Michel Miraillet, 58 ans, homme affable et expérimenté, passé par l'Égypte, Israël et les Émirats, demande à ses équipes de fouiller la Toile en quête d'indices. Au même moment, des affrontements sanglants entre gangs rivaux dans la prison d'Altamira, au cœur de l'Amazonie, ont fait au moins 57 morts, dont 16 par décapitation. Est-ce cette crise gravissime qui aura retenu le chef de l'État ? Rien de cela en réalité. Peu avant 16 heures, à l'horaire prévu pour la rencontre avec Jean-Yves Le Drian, Jair Bolsonaro fait son apparition lors d'un *live* sur les réseaux sociaux. Le corps couvert d'une cape en plastique blanche, le président du Brésil est en train de se faire couper les cheveux. Surréaliste.

« Manifestement, il y aurait eu une urgence capillaire. C'est une préoccupation qui m'est étrangère ! », confiera dans les jours suivants Le Drian, crâne bien dégarni, au *Journal du Dimanche*. Derrière l'ironie, la diplomatie française est sous le choc. Jamais dans la longue histoire du Quai d'Orsay, un ministre n'avait subi pareille humiliation lors d'une visite à l'étranger, qui plus est chez un pays ami. En haut lieu, on soupçonne « l'épisode du coiffeur » d'être un « torpillage programmé » de longue date par Jair Bolsonaro et ses sbires… « C'est une gifle adressée au visage de la France ! », va jusqu'à déclarer un des diplomates hexagonaux basé au Brésil. À l'Élysée, l'affaire serait en tout cas suivie « très personnellement » par le chef de l'État.

L'occasion se présente sur un plateau un mois plus tard. Du 24 au 26 août 2019 doit se tenir à Biarritz le sommet du G7. L'occasion parfaite pour mettre Jair Bolsonaro face à ses responsabilités, pense Emmanuel Macron. Lui-même n'est d'ailleurs pas la seule victime du « pyromane » de Brasília. Accablées par l'absence de réaction face aux incendies, l'Allemagne et la Norvège ont décidé de suspendre leur contribution à la lutte contre la déforestation en Amazonie. « La Norvège, ce n'est pas ce même pays qui tue des baleines ? », réplique Bolsonaro sur Twitter, avant d'appeler Angela Merkel à « prendre ce fric pour reboiser l'Allemagne ». À la même époque, à un journaliste qui l'interroge sur la protection de la nature, il conseille de « faire caca un jour sur deux ».

La voie est libre pour une réplique du locataire de l'Élysée. En s'opposant à Bolsonaro, Emmanuel Macron pourrait aussi faire d'une pierre deux coups. Trois mois plus tôt, au scrutin européen, les écologistes ont fait une percée remarquée, avec 13,48 % des voix. Fin tacticien, Emmanuel Macron est bien décidé à tuer dans l'œuf cet embryon d'opposition sur sa gauche. Quoi de mieux que de « taper » sur le président du Brésil pour verdir son image et apparaître comme le grand défenseur de l'environnement ? Le 22 août, à 21 h 14 (heure de Paris), à l'avant veille du sommet de Biarritz, Emmanuel Macron lance donc son missile sur le Planalto. Et tweete : « Notre maison brûle. Littéralement. L'Amazonie, le poumon de notre planète qui produit 20 % de notre oxygène, est en feu. C'est une crise internationale. Membres du G7, rendez-vous dans deux jours pour parler de cette urgence. *#ActForTheAmazon*. » Au message est jointe une photo montrant des incendies dans la forêt. La plus grave crise diplomatique jamais connue entre la France et le Brésil peut débuter.

À Brasília, le tocsin est sonné. Fou de rage de voir qu'on puisse traiter de l'Amazonie sans la présence du Brésil, Bolsonaro se déchaîne sur les réseaux sociaux contre ce président français à la « mentalité colonialiste », accusé de « fomenter la haine par simple vanité ». Vite, le hashtag *#Macronlies* (Macron ment) est diffusé en masse et des torrents d'insultes sont déversés contre Emmanuel « Micron », atteint d'« hallucinations » et de « délires psychotiques », soupçonné de vouloir envahir l'Amazonie depuis la Guyane, traité de « Pinocchio », de « clown », d'« idiot », de « clochard » et de « crétin opportuniste » par les bolsonaristes et les propres membres du gouvernement. « Viens ici et on te tordra le cou, ton cou de poulette ! », lance Renzo Gracie, ambassadeur du tourisme brésilien et champion de ju-jitsu. Mais le summum de l'outrance est atteint le 25 août. Ce jour-là, un internaute poste sur Facebook un montage photo comparant les premières dames française et brésilienne, Brigitte Macron (66 ans) et Michelle Bolsonaro (37 ans). « Vous comprenez maintenant pourquoi Macron persécute Bolsonaro ? », s'amuse la légende sexiste. Ce à quoi Jair Bolsonaro s'empresse de commenter : « Ne l'humilie pas mec kkkkk » (équivalent de « MDR »).

Tétanisé, le Quai d'Orsay tarde à réagir. Fin août, le ministère des Affaires étrangères est en vacances et l'ambassade de Brasília fonctionne en effectif réduit. « On regarde passer les tweets », explique alors un diplomate français, désarçonné. Mais en Europe et en France, l'union sacrée se fait autour d'un Emmanuel Macron outragé. L'Allemagne et l'Irlande menacent de rejeter le traité de libre-échange Mercosur-UE. Le pape François appelle à prier pour l'Amazonie. « Bande de soudards grotesques ! », lance sur Twitter Valérie Pécresse, présidente de droite de la région Île-de-France, tandis qu'à gauche, l'« Insoumis » Jean-Luc Mélenchon apporte son soutien à Brigitte Macron, exprimant son « dégoût pour de telles brutes ». « Qu'est-ce que je peux vous dire ? C'est triste ! », finira par lâcher un président français satisfait, lors de la clôture du G20, disant espérer que les Brésiliens aient « très rapidement » un président « qui se comporte à la hauteur ».

Politiquement, Emmanuel Macron a gagné son pari. Mais a-t-il rendu service à l'Amazonie ? À Brasília, Bolsonaro jubile. L'offensive a fait ses affaires : en jouant sur la fibre patriotique, il est parvenu à unir son gouvernement derrière lui. De leur côté, la gauche et les ONG sont embarrassées : la souveraineté du Brésil sur « sa » grande forêt ne se discute pas et le tweet de Macron a été jugé maladroit. « L'Amazonie est propriété du Brésil (...). Et c'est le Brésil qui doit en prendre soin. Ça, c'est clair ! », lâche en septembre Lula dans une interview au *Monde*. Commentaire amer d'un diplomate français au Brésil : « Tout ça, c'est une histoire de cornecul ! » Protégé par son allié américain, Bolsonaro sait qu'il a les coudées franches : l'Amazonie ne figure même pas dans le communiqué final du G7. Sous pression, le président se contentera de dépêcher quelques milliers de militaires pour combattre les flammes dans une opération médiocre et inutile. À la fin 2019, plus de 9 000 kilomètres carrés de forêt amazonienne auront été rasés. Du jamais vu en une décennie.

IX

C'est dans la bibliothèque qu'il se sent le plus écrasé. Humilié. Installée côté jardin au nord du palais, c'est un bijou aux murs lambrissés, rempli de fauteuils confortables, de cartes anciennes, de peinture et, bien sûr, de livres. Littérature, art, histoire, philosophie... La collection présidentielle compte plus de 3 400 ouvrages. Homme des Lumières, le « père fondateur » Juscelino Kubitschek considérait que tout président se devait de connaître à la perfection la culture de son pays afin de pouvoir bien le gouverner. Il demanda donc aux plus grands écrivains de l'époque, les poètes Carlos Drummond de Andrade et Manuel Bandeira, de composer la « bibliothèque parfaite », rassemblant les meilleures œuvres nationales.

On imagine mal le « Mythe » ouvrir l'un de ces précieux ouvrages, reliés de rouge ou de vert, même pour vaincre l'insomnie. À la différence de ses prédécesseurs, il n'a jamais cherché à « jouer » à l'intellectuel. Durant la campagne présidentielle, un quotidien demanda aux candidats de citer les œuvres d'art qui avaient le plus marqué leur vie. Il ne prit même pas la peine de répondre. Plus tard, invité d'une émission de télévision, il est prévu de lui demander quel est son livre de chevet. Ses conseillers lui suggèrent de citer la biographie de Winston Churchill. « Winston qui ? », répond alors le « Mythe ». « Churchill, vous savez, le Premier ministre britannique », lui glisse-t-on timidement. « Laissez tomber. Ce nom, je ne vais jamais parvenir à m'en rappeler. »

Le président n'a pas pour autant délaissé la bibliothèque. Le lieu est même devenu l'un des éléments centraux de sa communication, sans doute la pièce la plus filmée du palais. Le prestigieux salon lambrissé a été transformé en studio télé. Chaque jeudi soir, à la nuit tombée, il enregistre là ses « lives » hebdomadaires, diffusés en direct sur les réseaux sociaux. Un rituel numérique, sous le regard d'ouvrages savants, durant lequel le président explique sa politique, affiche ses soutiens mais, surtout, répand ses théories les plus conspirationnistes : les vaccins provoquent la mort, le complot des « rouges », les forêts qui ne brûlent pas ou les élections truquées... Une véritable profanation. Le « Mythe » le sait. Et s'en délecte.

⋆

Le ministre est furieux. Dimanche 25 octobre 1987, le numéro 999 de la revue *Veja* est tombé sur le bureau de Leônidas Pires Gonçalves. Ahuri, le chef suprême de l'armée brésilienne a découvert le plan « explosif » des officiers de Rio de Janeiro. Il s'est vu, tout au long du texte, traité d'« incompétent », de « raciste », de « second Pinochet » par ces petits soldats de rien du tout, ces capitaines incultes, incapables de comprendre l'état du pays ou du monde. Immédiatement, il a exigé la tête de Fred et Xerife.

Le soir même, les deux officiers sont convoqués et sommés de coucher sur le papier une première déposition. Cavalão débute la sienne à 23 h 22, et, sur trois pages, rédigées à la main d'une écriture nerveuse, nie en bloc les accusations qui pèsent sur lui. « Je considère comme une invention ce qui a été publié », soutient le capitaine, qui dément avoir jamais accordé d'interview aux reporters de *Veja*. « J'ignore l'existence du plan *Beco sem saida* (...) je n'ai jamais évoqué d'augmentation de salaires (...) je réaffirme mon serment de défendre la patrie », assène-t-il, accusant le magazine de vouloir « vendre des articles, tant pis pour le mal qui est fait ».

Dans les jours qui suivent, « le Capitaine de la bombe » fait la une des journaux du pays. Il en profite pour répliquer publiquement et accorde une interview au grand quotidien *O Globo*, basé à Rio de Janeiro. À nouveau, la mise en scène est mûrement réfléchie : l'officier parachutiste reçoit les journalistes en short, chez lui, dans son appartement de la *Vila Militar*, entouré de Rogéria et de ses fils, en train de regarder à la télévision un match de football. « [Depuis ma tribune dans *Veja* en 1986], je suis une personne connue, mon nom est partout, j'ai trois fils. Comment est-ce que je m'y prendrais pour déposer des bombes quelque part ? Il faudrait que je sois idiot ! », clame-t-il.

Entre Fred et son ex-« cousine », c'est désormais parole contre parole. Décidé à ne rien lâcher, *Veja* décide de contre-attaquer. Les deux officiers « ont menti péremptoirement », soutient la revue dans un nouvel article dédié à l'affaire, publié dans le n° 1000 daté du 4 novembre 1987. Selon le magazine, Cavalão aurait rencontré Cássia Maria Rodrigues à quatre reprises entre le 6 et le 21 octobre. Pour étayer ses affirmations le magazine publie alors deux croquis, réalisés selon lui de la propre main du « Capitaine de la bombe ». Le premier représente un plan du quartier de la *Vila Militar* et le second celui de la station d'épuration de Guandu, fournissant 80 % de l'eau de Rio, où les officiers auraient également songé à poser une bombe. Autant de preuves matérielles censées démontrer l'existence irréfutable d'un lien existant entre la reporter et l'officier.

Face au scandale, l'armée décide de laver son linge sale en famille. Après une première enquête menée au sein de l'École de perfectionnement des officiers, Fred et Xerife passent devant un Conseil de justification, instance militaire, institution opaque, chargée de faire la lumière sur l'affaire. Les audiences débutent en décembre 1987. Soupçonnés de mensonge et de conspiration, les deux officiers n'en mènent pas large. La tension se lit sur leur visage. Agité, nerveux, Cavalão ne cesse de se lever puis de se rasseoir.

Face aux trois membres du Conseil, l'officier est rattrapé par son passé : ses escapades à la frontière paraguayenne et, surtout, une expédition d'orpaillage, organisée avec cinq autres camarades de l'armée à Bahia en 1983, à la recherche d'or, et qui lui valut un rapport sévère rédigé par sa hiérarchie (« immaturité » et « démonstrations d'excessive ambition »). Meurtri de voir sa réputation souillée, Cavalão ne parvient pas à garder ses nerfs. Le 28 décembre, lorsqu'il croise Cássia dans l'antichambre de la salle du Conseil, cette dernière l'aperçoit imitant le geste d'un pistolet avec les doigts, avant de faire mine de lui tirer dessus. « C'est une menace de mort ? », demande la journaliste, séparée de l'officier par une vitre. « Non, mais n'oublie pas qu'il pourrait t'arriver malheur ! », répond le capitaine.

Mais l'élément de preuve le plus probant demeure ces croquis, publiés par *Veja*. À la demande du Conseil, Cavalão doit se soumettre à une série de tests graphologiques et recopier plusieurs dizaines de fois les mots « montre », « piles », « pétard » et « électrique », présents sur les documents du magazine. Au bout du compte, deux examens sur trois attribuent les dessins au capitaine. Pour les membres du Conseil de justification, preuve est donc établie qu'il était bien en contact avec la journaliste. Le 25 janvier, à l'unanimité, Xerife et Fred sont déclarés coupables.

Transmise au Tribunal supérieur militaire de Brasília, le STM, l'affaire semble entendue. Mais, habilement, Cavalão change alors de stratégie et, surtout, d'avocat. Sa défense est désormais assurée par maître Elizabeth Diniz Martins, femme à poigne d'allure élégante, qui a plaidé la cause des prisonniers politiques sous la dictature. Avec fougue, cette dernière fait de son client le symbole du brave soldat à l'âme pure et à l'honneur bafoué, victime d'une injustice et manipulé par la presse à scandale. Habile procédurière, elle dénonce une « aberration juridique », relève des contradictions dans les témoignages des journalistes et exhibe un quatrième test graphologique, ignoré par le Conseil de justification, et innocentant, selon elle, son client. « Doutora Elizabeth » a semé le doute parmi les juges. Le 16 juin 1988, c'est la victoire : par 9 voix contre 4, le STM déclare Fred et Xerife non coupables.

L'affaire est adroitement menée. Il faut dire qu'au Brésil, la figure du « martyr » est des plus classiques et des plus populaires. Les exemples sont légion, remontant jusqu'aux origines de la lutte pour l'indépendance. Ainsi, en 1789, avec le célèbre Joaquim José da Silva Xavier, militaire mais aussi dentiste de profession, mieux connu sous son surnom « Tiradentes » (tire-les-dents). À Vila Rica (future Ouro Preto), capitale du Minas Gerais, cette grande région de l'intérieur à la frontière de São Paulo et Rio, et siège des principales mines d'or de la colonie, la révolte gronde contre les nouvelles taxes imposées par la couronne portugaise. Dans la riche cité, ornée de certaines des plus belles églises baroques du monde, œuvre du sculpteur Aleijadinho, les conspirateurs se réunissent. Parmi eux, des soldats, des médecins, des commerçants, des poètes, tous influencés par la récente Révolution américaine et par les écrits des Lumières françaises. L'*Inconfidência Mineira* est née, menée par Tiradentes, avec pour mot d'ordre un vers emprunté à Virgile : *Libertas Quæ Sera Tamen* – « La liberté, même tardive ». Son programme prévoit l'indépendance, la République, et, pour certains, la fin de l'esclavage. Mais vite, les « inconfidents » sont trahis et arrêtés. Tiradentes est pendu et écartelé. Recouverts de sel, afin de pourrir moins vite, ses bras et ses jambes sont exposés en public le long de la route reliant Vila Rica à Rio. Sa tête est empalée sur un poteau et exhibée sur la place principale de la ville.

Martyr de l'indépendance, Tiradentes est une figure connue de tout le Brésil. Coïncidence ? À l'Académie des Aiguilles noires, la promotion de Cavalão portait justement le nom du révolutionnaire. Cela lui aurait-il donné des idées ? Nul ne sait. Mais une chose est sûre : le talent de l'avocate Elizabeth Diniz Martins ne saurait avoir seul convaincu les juges. Après deux ans de scandales, l'« affaire Cavalão » n'a que trop duré. En cette fin des années 1980, l'armée est décidée à retourner dans l'ombre. L'affaire aura été bénéfique pour les deux camps. Pour *Veja*, d'abord, qui a pu « feuilletonner » à l'envi et durant des mois les aventures judiciaires du « Capitaine de la bombe ». Pour Cavalão, surtout, qui sort de l'épisode auréolé de gloire. Autour de l'officier au béret rouge, se forme une petite troupe d'admirateurs : sergents, sous-lieutenants, majors, troupiers et même quelques membres de la Police militaire, cette force chargée de la sécurité publique. Au milieu de ces simples « soldats », virils et populaires, le capitaine rayonne. Il incarne tout à la fois l'audace, le courage, l'honnêteté, la lutte des petits contre les grands, le frisson de la révolte et de l'indiscipline... Un chef, un vrai, pour lequel ils sont prêts à combattre et marcher au front. Pourquoi pas, jusqu'aux élections municipales, prévues pour novembre 1988…

*

On avait déjà connu Jair Bolsonaro colérique, hargneux, furibond. Mais à ce point-là, jamais. « Merde ! (…) Putain ! (…) Pourritures ! Enfoirés sans scrupule ! (…) C'est une vraie saloperie, une saloperie ! (…) Qu'est-ce que vous voulez faire ? Détruire le Brésil ? ! (…) Si le Brésil rate, tout le monde va finir dans l'espace », se déchaîne le président du Brésil, hors de lui en ce 29 octobre 2019, depuis une chambre d'hôtel de Riyad, en Arabie Saoudite. Quelques minutes plus tôt, à la nuit tombée, ce dernier a débuté la retransmission d'un *live*, diffusé sur les réseaux sociaux. Et, rapidement, il s'est mis à éructer. Le visage rougi, les traits déformés par la rage, le leader d'extrême droite se lance dans un monologue de vingt-deux minutes, invectivant, menaçant, pointant du doigt, jetant ses lunettes sur la table, giflant presque cette caméra tremblotante, qu'on dirait tenue par un cadreur apeuré. « Je ne devrais pas perdre mon calme, je suis le président de la République ! Mais j'avoue que là j'atteins mes limites ! », lâche-t-il avant de conclure : « Je suis humain. »

Jair Bolsonaro achève alors sa première grande tournée internationale, qui l'a mené aux confins de l'Asie et du Moyen-Orient. Durant douze jours harassants, il a participé à la cérémonie d'intronisation du nouvel empereur japonais Naruhito, rencontré Xi Jinping à Pékin et noué de premiers liens avec les sheiks au pouvoir dans la péninsule Arabique. Avec Mohammed ben Salmane, dit « MBS », héritier du trône saoudien, le contact s'est révélé particulièrement chaleureux. « C'est un quasi-frère », salue le président du Brésil. Et tant pis si l'homme est directement accusé d'avoir commandité un an plus tôt à Istanbul l'assassinat du journaliste Jamal Khashoggi…

Et pourtant, voilà que survient la crise de nerfs. En cause : un reportage, diffusé un peu plus tôt au journal national de la TV Globo, chaîne la plus regardée du pays. Celui-ci révèle que le nom du chef de l'État aurait été cité dans l'enquête de police portant sur l'assassinat de la conseillère municipale de gauche Marielle Franco, militante noire et lesbienne, abattue avec son chauffeur, Anderson Gomes, le 14 mars 2018 à Rio de Janeiro. Selon la chaîne, Elcio de Queiroz, l'un des suspects, se serait rendu quelques heures avant le crime dans le condominium de Vivendas da Barra et, arrivé sur les lieux, aurait indiqué souhaiter se rendre à la villa « 58 »… celle-là même où habitait à l'époque le député Jair Bolsonaro. Selon le dossier de la police, le gardien aurait alors affirmé avoir appelé ladite résidence pour confirmation et ouvert la grille une fois obtenu l'assentiment de *Seu Jair*.

Mis au courant, Bolsonaro explose de rage. Littéralement. Et pour cause : la Globo a mis le doigt sur un sujet hautement sensible : les liens entretenus de longue date par le locataire du Planalto avec la milice. Derrière ce terme générique, se trouvent une multitude d'organisations criminelles créées par d'anciens policiers de Rio, soupçonnées d'être à l'origine de l'assassinat de Marielle Franco, et imposant leur loi sur plus de la moitié du territoire de la métropole. Dans « leurs » quartiers, où habitent 3,6 millions de *cariocas* (l'équivalent de la population de Berlin), les miliciens contrôlent tout ou presque : fourniture de gaz, d'électricité, d'Internet et de téléphone, débits de boisson, vente de cigarettes, transports publics, pharmacies, construction immobilière. Chaque commerçant est tenu de s'acquitter d'une taxe. Et gare à ceux qui refusent de payer. Dans les caves et les puits des faubourgs, on retrouve régulièrement des cadavres carbonisés.

L'histoire des milices s'enracine dans l'histoire de la « ville merveilleuse ». « Vue du haut des airs cette terre ardente du Brésil est comme frappée de lèpre », écrivit Blaise Cendrars dans *Des hommes sont venus*. Et de fait : il y a quelque chose de pourri au royaume de Rio, cité violente, raciste et inégalitaire, qui fut durant plusieurs siècles le premier port esclavagiste de l'humanité, où débarquèrent près d'un million de déportés d'Afrique. À la fin des années 1980, la ville entame son déclin. Peu à peu, l'éternelle rivale, l'orgueilleuse São Paulo, déjà locomotive économique, rattrape et dépasse la ville comme capitale culturelle du Brésil. L'âge d'or des années 1950 et 1960 paraît bien loin. Rio n'est plus cette cité chic et glamour, où se pressait l'élite mondiale. En trois décennies, la population de l'aire urbaine a doublé. 100 000 miséreux venus de l'intérieur débarquent chaque année pour tenter leur chance au bord des plages. Impossible de tous les accueillir : les *favelas*, ces bidonvilles de tôle et de brique bâtis à flanc de colline, gonflent à vue d'œil, montent à l'assaut des mornes et s'élèvent vers le ciel – mais sans se rapprocher de Dieu. Abandonnés par les services publics, des quartiers entiers passent sous la coupe des trafiquants de cocaïne. Des caïds en tongs et en short de bain font la loi dans les venelles et se livrent à de sanglantes guerres de territoire. Près de 75 000 personnes sont assassinées dans la métropole et sa région au cours de la décennie 1990. Rio devient synonyme de violence, d'exclusion, de corruption.

Ce phénomène de désintégration est particulièrement fort dans la zone Ouest, la « ZO », cette aire urbaine grande comme huit fois Paris, bordée au sud par des plages cristallines, cerclées ailleurs de montagnes et de forêts tropicales aux tons émeraude. Dans les années 1960, on croisait encore là les dernières panthères tachetées de la ville... Les pères fondateurs de Brasília, Lúcio Costa et Oscar Niemeyer, auraient rêvé d'y créer un « nouveau Rio », naturel et moderniste. Mais le projet est resté dans les cartons. Et le paradis n'a pas fait long feu. Victime d'une urbanisation incontrôlée et d'une insécurité galopante, la « ZO » est devenue au fil des décennies un chaos urbain, patchwork de bidonvilles misérables (comme celui de la Cité de Dieu, rendu célèbre en 2002 par le film de Fernando Meirelles et Katia Lund), de terrains vagues, de rivières polluées et de condominiums de luxe, gardés comme des forts retranchés, tel celui de Vivendas da Barra, où résida le clan Bolsonaro.

Dans ce contexte, les favelas aussi cherchent à se défendre. À Rio das Pedras, chaos de pierre et de métal, situé le long d'une lagune, à proximité des plages de la zone Ouest, les commerçants décident de confier leur sécurité à des policiers, payés en « heures sup » ; de véritables tueurs en réalité, qui mettent sur pied des escadrons de la mort, traquant, torturant et liquidant les trafiquants. C'est l'embryon de la future « milice ». Les « ripoux » prennent le pouvoir dans le quartier, et font des émules. Un autre embryon de cette mafia brésilienne naît rapidement du côté de Campo Grande, au cœur de la « ZO ». Choyés par les politiciens de la ville, et en particulier le maire de l'époque Cesar Maia, qui voit en eux d'utiles groupes d'« autodéfense au service de la communauté », capables lors des scrutins locaux de faire campagne en sa faveur. Les milices étendent leur modèle à la banlieue nord de la Baixada Fluminense et même à la zone Nord, chasse gardée des « narcos ». Leurs leaders portent des noms croquignolesques : « Beto la bombe », « l'Érotique », « Grosses Dents », « Gros Burger » ou « Jermoniho », petit Geronimo. Ce dernier, personnage truculent, sorte de Falstaff de la zone Ouest, fonde la Ligue de la Justice, identifiable grâce au logo de Batman utilisé par ses véhicules. Il parade dans les rues, inaugure un centre d'action sociale et sera même élu conseiller municipal.

Parmi les hommes politiques locaux les plus favorables à ces dangereux ripoux, on trouve bien entendu les Bolsonaro. Partisans de la peine de mort et de la torture, ces derniers ont durant des années rendu des hommages appuyés à ces « justiciers » urbains, qualifiés de « héros ». « La milice n'est rien de plus qu'un regroupement de policiers qui expurgent des quartiers ce qu'il y a de pire : les criminels ! », juge en 2007 Flávio, alors député à l'assemblée régionale de Rio. À la différence des officiers de l'armée, Jair Bolsonaro n'a jamais traité avec mépris les petits flics véreux et violents du corps de la Police militaire (PM) chez qui se recrute l'essentiel des chefs miliciens. À la fin des années 1980, à l'École d'éducation physique de l'armée, à Rio, Bolsonaro fait ainsi la connaissance d'un homme : Alberto Fraga, un petit brun costaud et chaleureux, lieutenant lui aussi, mais au sein de la PM. Le futur président sympathise avec lui, et ce malgré son statut « inférieur ». Un jour, Fraga se fait braquer et détrousser en pleine rue, à Copacabana, en compagnie de sa femme et de son fils nouveau-né. Immédiatement, Bolsonaro propose de l'accompagner pour monter dans la dangereuse favela de Pavao-Pavaozinho capturer les « bandits ». Ravi de l'offre, Fraga finit par décliner, préférant s'entourer de collègues policiers, bons connaisseurs des bidonvilles de Rio. Mais entre les deux lieutenants, une amitié véritable est née. Fraga, avec son caractère explosif, son nez écrasé et son goût pour la bagarre, est un guerrier. Il le surnomme « Pancrace », du nom de la lutte de la Grèce antique, où tous les coups étaient permis. Plus tard, dans les années 2000, il deviendra lui aussi député et sera l'un des rares amis du « trublion » au Congrès.

Héritière des méthodes brutales de la dictature, la Police militaire n'hésite pas à « nettoyer » les favelas à coup de mitrailleuses, de blindés et d'hélicoptères. Son corps d'élite, le BOPE, a pour emblème un crâne souriant, transpercé d'une épée et de deux revolvers… Autant de symboles « virils » chers au leader d'extrême droite. Mais pour Jair Bolsonaro, l'appui à la PM relève d'abord d'un calcul politique. Forte de 45 000 membres dans l'État de Rio, la Police militaire représente un grand vivier de voix lors des scrutins législatifs. Dès le début de sa carrière, le député en a logiquement fait son cœur de cible électoral, ne manquant aucune cérémonie policière, labourant les bataillons, défendant sans vergogne l'impunité des policiers. Pour l'épauler, il s'adjoint les services d'un ancien ripou, Fabricio Queiroz, ex-sergent de la PM, soupçonné de rackets et de d'assassinats. « Tonton », comme on l'appelle, dirigera des années durant le cabinet de Flávio, coordonnant le système de détournement de fonds des *rachadinhas* et ouvrant les portes des bataillons de police aux Bolsonaro.

En 2005, c'est lui qui suggère à « Zéro un » de remettre la médaille Tiradentes – plus haute distinction de l'État de Rio – à un homme des plus sulfureux : Adriano da Nóbrega. Surnommé « Ours polaire », cet ancien capitaine du BOPE est aussi le fondateur du « Bureau du crime », un groupe de tueurs à gages, lié à la milice de la favela Rio das Pedras. Mais pour les Bolsonaro, cela ne change rien. L'épouse et la mère de Nóbrega travaillent de 2007 à 2018 comme assistantes parlementaires au sein du cabinet de Flávio Bolsonaro, empochant, au passage, plus d'un million de *reais*, soit 160 000 euros, en salaire, dont une part non négligeable serait allée gonfler les poches du « Bureau du crime ».

C'est justement au sein de cette sinistre institution que sont recrutés les deux tueurs accusés du meurtre de Marielle Franco, infatigable opposante au règne des milices. Arrêtés en janvier 2019, Ronnie Lessa et Elcio de Queiroz sont des anciens de la PM et de vieilles connaissances de Jair Bolsonaro. Le premier, tireur d'élite au visage taillé à la serpe, une jambe amputée suite à un attentat à la bombe, loge dans le condominium Vivendas da Barra, tandis qu'une photo, postée sur Facebook en 2011, montre le second, posant, sourire aux lèvres, en compagnie du futur chef de l'État. Tout ce petit monde se fréquente entre *churrascos* (barbecues) et fêtes au bord de la piscine.

On comprend mieux, dès lors, la panique qui saisit Jair Bolsonaro au visionnage des révélations de la TV Globo, en octobre 2019. Explosives, les révélations de la chaîne sont cependant vite démenties. Le jour de l'assasinat de Marielle Franco, le futur président se trouvait en effet à Brasília, comme l'attestent les « pointages » de la Chambre des députés. Après avoir pénétré dans le complexe résidentiel, Elcio de Queiroz ne s'est pas rendu à la maison « 58 », mais à la « 66 », celle de Ronnie Lessa, tandis que le portier du condominium finira quant à lui par revenir sur ses premières déclarations. De son côté, Jair Bolsonaro tente de se distancier de ses anciens « amis ». « Les milices avaient un plein soutien populaire mais ont fini par perdre leur vertu », affirme-t-il en 2020, ajoutant n'avoir « jamais eu de contact » avec Adriano da Nóbrega…

Arrivé au pouvoir, le leader d'extrême droite n'oublie pas de cajoler ces « soldats » de la PM, qui ont massivement voté en sa faveur en 2018, et pourraient, le jour venu, lui servir de troupes pour un coup de force… Il leur accorde revalorisation de salaire, programmes sociaux et postes au gouvernement. C'est aussi au sein de cette institution qu'il choisit de recruter le chef de sa sécurité personnelle, Max Guilherme, ex du BOPE de Rio, trapu et teigneux, surnommé « l'Écuyer du président ». Mais le PM le plus connu est le député Daniel Silveira. Crâne rasé et physique de catcheur, celui-ci s'est fait connaître en participant à un événement public où fut brisée une plaque en hommage à Marielle Franco, en agressant les journalistes ou en tentant d'entrer de force dans un collège de Rio sous le prétexte d'une nébuleuse « croisade » pour l'éducation… Nostalgique de la dictature, Silveira se dit « à disposition » des Bolsonaro pour aller fermer, armes à la main, le Tribunal suprême fédéral.

Le président a-t-il vraiment coupé les ponts avec ses anciens amis ? Rares sont ceux qui y croient vraiment, mettant en avant les circonstances troubles ayant entraîné la mort d'Adriano da Nóbrega. En fuite, le chef du Bureau du crime est localisé début 2020 par les forces de sécurité de Bahia. « Ours polaire » a trouvé refuge dans une petite propriété rurale de la ville d'Esplanada, à 200 kilomètres au nord de Salvador de Bahia. Se sachant repéré, ce dernier appelle son avocat, qui tente de le convaincre de se rendre. « Docteur, personne n'est là pour m'arrêter. Ils veulent me tuer ! S'ils m'arrêtent, ils me tueront en prison. Ils veulent me tuer pour "brûler les archives" », aurait alors répondu Nóbrega. Une semaine plus tard, le 9 février, soixante-dix policiers font le siège de sa maison. Le capturer vivant aurait été aisé. Mais le chef milicien, qui aurait selon la version officielle « tenté de résister », est finalement exécuté sur place. Et disparaît avec ses secrets...

X

Beaucoup la considèrent comme « la perle de l'Alvorada ». La piscine du palais, rectangle saphir de 50 mètres de longueur, marque la frontière entre le palais de marbre et le jardin végétal. Ornée en son cœur d'une petite île de nacre, entourée de chaises longues, d'une vaste pergola et d'un barbecue, son eau est maintenue toute l'année par des panneaux solaires à la température idéale de 28 degrés. À mille kilomètres des plages sensuelles de Rio ou Salvador, voici la compensation offerte aux présidents du Brésil, acceptant de se « délocaliser » sur le sec plateau central. La piscine, c'est le lieu de détente par excellence. Celui du plaisir. De la jouissance.

Même le « Mythe » n'y résiste pas et plonge à l'occasion une tête dans l'eau. Au coin nord de la piscine, on trouve d'ailleurs une sculpture. « Rite des Rythmes » est une œuvre de l'artiste Maria Martins, à la forme d'un extraterrestre de bronze à quatre jambes et à tentacules, son corps désarticulé se terminant à son sommet par une énorme tête rectangulaire. Certains y voient une métaphore de l'orgasme féminin. « Un machin bizarre ! », explique le président à ses convives. En plus de ses soucis de sommeil, ce dernier souffre également de « dysfonction érectile ». Il est un utilisateur régulier de Cialis, ce vasodilatateur concurrent du Viagra. Et ne s'en cache nullement. La présidence, cela fait « débander même les super-héros », dit-il.

Pourtant, la politique est la seule chose qui le fait encore jouir. Chaque coup tiré, pris, et rendu, comme une manière de repousser la mort, celle de son règne mais aussi de son corps d'homme, autrefois athlétique, et aujourd'hui déclinant. Le sexe et le pouvoir, dans les mots du « Mythe », ne font souvent qu'un. Ainsi, cette phrase, d'une vulgarité inouïe, et quasi intraduisible, qu'il répète comme pour s'en convaincre. « Sou imorrível, sou imbrochável e sou incomível. *» Littéralement : « Je suis "im-mourable", "im-brochable" et "im-mangeable". » En bon français : « Je suis immortel, nul peut m'enculer ni me baiser. »*

⋆

Il a décidé de se jeter à l'eau. Quoi de plus naturel, finalement, pour Palmito, nageur intrépide du rio Ribeira, *alias* Cavalão, champion de natation de l'Académie militaire, devenu ce « Capitaine de la bombe », sauveur de soldats en détresse et de bus tombés dans les rivières ? Le 15 novembre 1988 doivent se tenir les municipales, premières élections libres de la toute « Nouvelle République » brésilienne. Pour 70 millions d'électeurs, il s'agit d'élire les maires et assemblées législatives des 5 500 villes du pays. Soit une répétition générale avant la présidentielle, prévue pour l'année suivante, et qui, enfin, se déroulera au suffrage universel direct.

Fort de sa notoriété, « le Capitaine de la bombe » franchit le Rubicon et se porte candidat comme conseiller municipal à Rio de Janeiro, devenue sa ville de cœur. L'assemblée locale siège dans un palais au style éclectique, mélange de classicisme français, de baroque italien et de gigantisme new-yorkais, situé sur la prestigieuse place Cinelândia, en plein cœur du centre-ville. Lieu de concerts et de manifestations, ce cœur battant de la cité *carioca* est entouré de gratte-ciel, de larges avenues, de musées, de cinémas, de la Bibliothèque nationale et du Théâtre municipal... Le lieu parfait pour qui souhaiterait se lancer en politique, attirer la lumière et conquérir une stature nationale.

Pour Cavalão, hors de question de retourner dans l'armée. « Si je perds, j'irai gagner de l'argent en lavant des coques de bateau pour nourrir mes "hamsters" », répète ce plongeur aguerri, évoquant ses trois fils. Sur le conseil d'un ami officier, le tout frais candidat adhère au Parti démocrate-chrétien, le PDC, petite formation centriste et sans ligne idéologique claire. Mais « le Capitaine de la bombe » n'a que faire du sigle : sa priorité est de devenir le représentant officiel des militaires de Rio. Hausse des salaires et des retraites, logements garantis, gratuité des transports publics... le candidat multiplie les promesses envers les hommes en treillis.

Pour mener campagne, le candidat s'entoure d'un petit commando de choc, aux surnoms croquignolesques. Autour de « Gros Cheval », on trouve « Negão Lino » (Lino « Gros Nègre »), un camarade de caserne, ou encore, venu du Céara, « Edson Paul-de-Arara » (Edson « Perchoir à perroquet », du nom donné à ces inconfortables bus de transport nordestins, où les passagers sont assis sur des planches de bois), et enfin Waldir Ferraz, dit « Jacaré » (« le Crocodile »), un ancien officier de la marine marchande, traits reptiliens, admirateur éperdu du « Capitaine de la bombe » qu'il a découvert à la télévision et qu'il qualifie de « patriote vibrant, incontrôlable ».

Tous sont volontaires pour cette campagne aux moyens dérisoires. Outre la moto cylindrée du capitaine-candidat, le « commando » ne dispose guère que d'une petite photocopieuse Xerox, prêtée par un ami magistrat. Les dizaines de milliers de tracts (qui ont parfois la taille d'un confetti) sont imprimés et découpés à la règle ou au cutter, durant des nuits entières, par la fine équipe dans l'appartement de Cavalão, à la *Vila Militar*, qui sert alors de QG. Les affiches sont collées à l'aide d'un mélange « fait maison », à base d'eau chaude et de farine de maïs, les T-shirts achetés dans des commerces populaires du centre de Rio et les banderoles calligraphiées à la main sur de grands torchons de cuisine… « L'espérance est en nous-mêmes », dit le slogan de campagne du capitaine, à qui les institutions chargées de veiller au bon déroulement du scrutin attribuent le numéro 17 861.

Pour compenser cette absence de moyens financiers, la fine équipe se montre aussi hyperactive que créative et n'hésite devant aucun procédé. « Gros Cheval », « Gros Nègre », « Crocodile » et « Perchoir à perroquet » distribuent leurs tracts devant les casernes de la *Vila Militar* ou de Marechal Hermes. Ne pouvant faire campagne dans l'enceinte des installations de l'armée, le « commando » parvient à se faufiler de nuit à l'intérieur de l'École militaire de la *praia vermelha* (« plage rouge »), près du Pain de Sucre, et glisse ses tracts sous la porte des officiers endormis… Mythe ou mensonge ? Le capitaine racontera être allé jusqu'à simuler un accident de voiture pour arrêter la circulation sur le pont reliant Rio à Niteroi, grande ville située de l'autre côté de la baie de Guanabara, sur lequel circulent quantité de soldats de la marine. Chaque voiture à l'arrêt aurait alors été consciencieusement « tractée »…

Le capitaine fait preuve d'une qualité toute brésilienne : celle du *jeitinho*, c'est-à-dire de la « débrouille ». Une qualité indispensable dans un Brésil ultra-bureaucratique, héritier de la très rigide administration coloniale portugaise, mais aussi et surtout ultra-inégalitaire, produit de siècles d'esclavage. Au-dessus de tout citoyen, *a fortiori* s'il est pauvre et noir, se trouve non pas un plafond de verre mais une infranchissable paroi de béton. Chaque Brésilien doit donc se « débrouiller ». Et c'est tout sauf un hasard si le géant latino-américain a enfanté à la fois la samba, la capoeira et les meilleurs joueurs de football de la planète. Dans les trois cas, le déhanchement frénétique, l'esquive acrobatique ou le dribble aérien, il s'agit d'éviter, de dérouter, de déséquilibrer l'adversaire, de contourner un obstacle. Un processus bien décrit par Olivier Guez dans son *Éloge de l'esquive*, consacré au sujet. « *Sempre tem um jeito !* », dira le Brésilien : il y a toujours un moyen de se faufiler.

Cela est rendu aisé et ardu dans une société où les frontières raciales sont à la fois très marquées et ténues. Car le Brésil, ce « pays paradoxe », libertin et conservateur, luxuriant et destructeur de la nature, est tout à la fois terre du racisme et du métissage. Une histoire, racontée par le grand sociologue Gilberto Freyre dans son maître ouvrage *Casa Grande e Senzala* (*Maîtres et esclaves*), publié en 1933, montrant que des liens intimes charnels ont toujours uni les trois « races » nationales : portugaise, africaine et indigène, engendrant une population incroyablement diverse et brassée. En 2010, 47 % des Brésiliens se déclaraient blancs de peau, contre 43 % métis et 7 % noirs. Le tout, avec d'infinies nuances selon les régions et les regards. En 1976, l'Institut brésilien de géographie et de statistiques, l'IBGE, interrogea la population : « Quelle est votre couleur de peau ? » Les sondeurs reçurent… 136 réponses ! « Bronzé », « café au lait », « cannelle », « châtaigne », « maïs », « couleur de lait », « bien blanc », « blanc sale », « rose », « presque noir », « miel » et même « lilas », « vert », « bleu », « brûlé de la plage » et « âne qui fuit »… Avec une telle diversité, il est parfois plus facile de se dissimuler, de jouer d'une certaine ambiguïté pour « dribbler » le système…

Tout à son *jeitinho* à lui, Cavalão perfectionne son art de la mystification provocatrice. Dans la hiérarchie militaire, nul ne souhaite afficher son soutien à ce sulfureux candidat, devenu un paria depuis son procès et ses sorties dans *Veja*. Tant pis : les généraux sont des « bananes », répète Cavalão. Mais un général vient faire exception et apporte discrètement son appui au capitaine. À 64 ans, Newton Cruz est une figure aussi crainte que connue. Radical, autoritaire, éruptif, cet anti-communiste viscéral aime à prendre la pose à la tête de ses troupes, coiffé d'un casque en acier ou caracolant sur son grand cheval blanc, et n'hésite pas à insulter voire agresser physiquement les journalistes, allant jusqu'à les saisir par le cou ou leur faire des clefs de bras en public.

Nul n'ose s'attaquer de trop près à ce général. Et pour cause : Newton Cruz fut, des années durant, l'incarnation de la « ligne dure » du régime militaire, commandant de 1977 à 1983 l'agence centrale du Service national d'information, le SNI, chargé du renseignement intérieur. À ce poste, il est soupçonné d'avoir ordonné l'assassinat du journaliste Alexandre von Baumgarten, mais aussi d'avoir « trempé » dans l'organisation de l'attentat raté du Riocentro, fomenté par les militaires les plus radicaux : l'explosion d'une bombe lors d'un concert rassemblant 20 000 personnes le 30 avril 1981 au cœur de la « ville merveilleuse » aurait dû se terminer en massacre et justifier un nouveau durcissement du régime. Mais, mal organisée, l'opération échoua, les explosifs détonant loin de leur cible ou prématurément…

Viril, violent et révolté, Newton Cruz devient une référence pour Cavalão. Entre 1986 et 1988, un lien de sympathie, et même de filiation, vient unir les deux hommes ; comme un passage de témoin entre le vieux « général de la répression » et le jeune « Capitaine de la bombe ». Suite à la publication de sa tribune dans *Veja*, Newton Cruz adresse un télégramme de soutien au parachutiste. Ému et reconnaissant, ce dernier convoquera le haut gradé comme témoin de sa défense lors de son procès devant le Tribunal supérieur militaire. Dans les mois qui suivent, Cruz et Cavalão se rencontreront à trois reprises, notamment en octobre 1987 lors d'un dîner à Brasília. Face à son « disciple », alors accompagné d'autres officiers novices, le général distille ses conseils et ses vues politiques. « Une nuit revigorante », dira le général, pas peu fier de servir de mentor à la jeune génération...

Le mardi 15 novembre 1988, le verdict des urnes tombe : avec un peu plus de 11 000 voix portées sur son nom, le candidat est élu conseiller municipal de Rio de Janeiro. Un triomphe pour cet homme seul, sans moyens, conspué par l'élite et dont les luttes vont à rebours de l'histoire de son pays. Une nouvelle vie commence pour Jair, *alias* Messie, Palmito, Cavalão, Fred, « Capitaine de la bombe ». À 33 ans, le virus de la politique l'a contaminé et ne le lâchera plus. Le temps est venu de jouir du pouvoir.

*

L'année 2019 s'achève. Après douze mois de bruit et de fureur, de scandales et d'outrances, c'est un Brésil épuisé qui s'apprête à prendre ses quartiers d'été, et plonger dans ces grandes vacances tropicales qui ne s'achèveront véritablement que début mars, le Carnaval passé. Pour le président, c'est le moment idéal pour s'adresser à la nation et dresser un premier bilan d'étape. Le 24 décembre au soir, il apparaît dans une vidéo, tournée dans la bibliothèque du palais de l'Alvorada. Dans son dos, on distingue le drapeau national, des étagères remplies de livres et un sapin bien garni. À sa gauche se tient la très croyante première dame, Michelle, vêtue d'un T-shirt rouge où est inscrit un seul et unique mot : « JESUS », souligné et en majuscules.

« 2019 fut une année très spéciale ! », commence Jair Bolsonaro. Sur ce point, nul ne saurait le contredire. Une année de « conquêtes » où « l'espérance est revenue au Brésil », poursuit le chef de l'État, souriant mais crispé, remerciant ses ministres avant de se décerner un complet satisfecit. « Le gouvernement a changé (...) aujourd'hui nous avons un président qui respecte la famille et la volonté du peuple, qui honore les militaires et croit en Dieu ! » Le monde « recommence à avoir confiance dans le Brésil ». Après deux minutes d'intervention, la caméra se tourne finalement vers Michelle. « Au nom de notre famille, nous souhaitons un Noël béni et un joyeux 2020 à tous les Brésiliens, pour que nous puissions tous ensemble avec beaucoup d'amour et de dévouement construire un Brésil plus juste, plus inclusif et plus solidaire pour tous », clame la première dame avant de laisser son époux conclure d'un « Joyeux Noël ! », avec un grand sourire.

Et de fait, en cette fin d'année, Jair Bolsonaro a des raisons d'être content de lui. Sa popularité se maintient à un niveau relativement élevé : près d'un tiers de la population appuie toujours fermement son action. Au fil des crises et des scandales, il a imposé son tempo et son agenda. Il a successivement maté la fronde des militaires, celle des parlementaires et survécu à la crise amazonienne. Les poids lourds de son gouvernement sont toujours en place et l'alliance avec l'Amérique de Trump est plus solide que jamais. Mieux encore : le Congrès a adopté fin octobre la très attendue réforme des retraites, qui fixe un âge légal de départ (65 ans pour les hommes et 62 pour les femmes) et dégagera 176 milliards d'euros sur dix ans. Les *bolsonomics* (mesures économiques prises par l'exécutif) paraissent fonctionner : boosté par le tourisme et l'agro-négoce, le PIB a crû de 1,4 % en 2019 et le Brésil sort peu à peu de cette crise dans laquelle il était empêtré depuis cinq ans. L'inflation est contenue et le chômage en baisse, l'agence de notation S&P a relevé début décembre ses perspectives pour le Brésil de « stables » à « positives », tandis que la Bourse de São Paulo connaît une période d'euphorie, avec un indice Bovespa qui a franchi pour la première fois de son histoire la barre des 100 000 points, terminant l'année sur une hausse spectaculaire de 35 %. Pour 2020, le gouvernement prévoit des privatisations en série et plusieurs réformes de la fiscalité ou du statut des fonctionnaires... De quoi séduire les investisseurs étrangers, alors que le nombre d'homicides a fortement reculé durant l'année écoulée. « Nous sommes sur la bonne voie ! », se réjouit le président.

Seule ombre au tableau : début novembre, après 580 jours derrière les barreaux, l'ex-président Lula a pu sortir de prison grâce à une décision favorable du Tribunal suprême fédéral. Mais le leader de la gauche brésilienne demeure coupable, inéligible et ne représente pas encore une menace sérieuse… Un fait divers sordide, repris par la presse à scandale, vient certes ternir la réputation de l'extrême droite. À savoir, le meurtre d'une personne « trans » dans un motel de Marilia, ville moyenne de l'intérieur de São Paulo. Le corps de Marcelle Brandina, 23 ans, étranglée, fut retrouvé an un plus tôt, le 10 décembre 2019, au bord d'une route rurale par un cueilleur de mangues. Le meurtrier, Leonardo Cafer Júnior, est un fervent bolsonariste, homme blanc de 44 ans, père de famille administrateur d'entreprises, rigoriste et conservateur, « *cidadao de bem* » – bon citoyen – autoproclamé. Pas le genre de personne qu'on imaginerait commettre un assassinat crapuleux dans un motel… Est-ce un hasard ? Ou le fruit d'un « privilège » réservé aux Blancs ? Le 25 décembre 2019, jour de Noël, l'homme reçoit un traitement de faveur et obtient une mesure de liberté provisoire.

En soi, le meurtre n'a pas tellement surpris. Au Brésil les motels, ou *love motels*, défraient la chronique depuis des décennies. Ces lieux de rendez-vous intimes entre adultes font partie du paysage urbain de toutes les villes. Au nombre de 5 000, répartis sur tout le territoire, ils emploient 150 000 personnes, pour 100 millions de nuitées par an, et produisent un chiffre d'affaires annuel approchant les 700 millions d'euros environ. Noirs et Blancs, jeunes et vieux, riches ou pauvres, hétéros ou *queer*, à deux ou davantage… toute la société s'y retrouve pour des moments torrides dans des chambres payées à l'heure. Le concept a débarqué au Brésil dans les années 1960, sous la très puritaine dictature militaire, dans un pays qui rêve alors de transgression et de sensualité. Dans ces « temples du sexe », au nom souvent explicite (Nude, Fantasme, Fleur de Lys, ou même Carbonara...), tous les fantasmes sont permis et il y en a pour tous les goûts, depuis la chambre « classique » (draps rouges, lit rond, miroirs, jacuzzi...) jusqu'aux suites les plus extravagantes : Taj Mahal, tente berbère, yacht, cockpit d'avion, temple grec, ring de boxe, donjon « sadomaso » médiéval... le tout dans la plus stricte intimité. Les clients viennent en voiture et accèdent à leur chambre directement depuis un garage. Les chambres sont insonorisées et disposent d'une antichambre ou d'un système de trappe, permettant de se faire livrer sans entrer en contact avec les employés... Guère étonnant, dès lors, si ces lieux de plaisir sont aussi des hauts lieux d'adultère, de prostitution et le siège de crimes crapuleux...

Quoi qu'il en soit, ni le retour de Lula ni les démêlés judiciaires du « tueur bolsonariste » du motel n'ont de quoi gâcher les vacances de fin d'année du chef de l'État, dont l'agenda est totalement vide. Le 26 décembre, Jair Bolsonaro trouve ainsi le temps de quitter quelques minutes la résidence de l'Alvorada pour aller jouer au Super Loto dans un petit établissement de l'ouest de Brasília. Le lendemain, il s'envole vers la côte de Salvador de Bahia. Direction, la base d'Aratu : un lieu paradisiaque et prisé par tous les présidents brésiliens, bordé d'une plage de sable blanc aux eaux vert émeraude, au cœur du Nordeste.

Mais Bolsonaro ne résiste pas à l'envie de tester sa popularité. Le 30 décembre, il fait une visite surprise au musée nautique du phare de Barra, l'une des principales attractions touristiques de Salvador, ville connue pour ses églises baroques et son *pelourinho*, petite place pentue bordée de maisons colorées, où les esclaves étaient autrefois suppliciés au pilori. Ici, le leader d'extrême droite n'a obtenu que 31 % des voix au second tour face au candidat du Parti des travailleurs, Fernando Haddad. En chemise bleue, sous 29 degrés, il est pourtant accueilli par une foule en liesse qui scande son surnom de *Mito*. Ravi de cet accueil, encore, Bolsonaro fait étalage de sa simplicité, saluant les employés d'une *churrascaria*, ces restaurants de viande brésiliens, et buvant un simple jus de maïs. De retour à la base Aratu, vêtu d'un maillot de foot, il s'assoit finalement à l'ombre d'un arbre en compagnie de sa fille Laura, 9 ans. Mais des militaires habitant la base s'approchent. À nouveau, le président ne se fait pas prier, et les salue, autant de s'adonner avec plaisir à un marathon de selfies. Trop heureux de se montrer à son aise, jusque dans le fief de Lula…

En cette fin 2019, Jair Bolsonaro donne l'impression de jouir du pouvoir et de se sentir tout-puissant. Début novembre, il a annoncé sa sortie du Parti social-libéral, qu'il avait rejoint lors de sa campagne victorieuse. La formation est devenue la première force politique au Congrès, mais les querelles de pouvoir incessantes avec Luciano Bivar, président et père fondateur de la formation, ont eu raison de ce bref mariage de circonstance.

Afin de consolider son implantation locale et de préparer l'avenir, le chef de l'État est déterminé à créer son propre parti. Baptisé Alliance pour le Brésil, ou APB, celui-ci aurait vocation à être dirigé par ses fils, « Zéro un », « Zéro deux » et « Zéro trois », mais aussi « Zéro quatre », Jair Renan, son quatrième garçon, âgé de seulement 20 ans. La chose est loin d'être acquise. Au Brésil, la reconnaissance d'un parti politique est un véritable chemin de croix bureaucratique, nécessitant l'appui et la signature de 492 000 citoyens répartis à travers tout le pays. Mais, porté par cette période favorable, Jair Bolsonaro est confiant et, à ce stade, n'a aucun doute sur sa capacité à mobiliser. Le 21 novembre, jour de lancement de la future formation, il reçoit un suprenant cadeau offert par un partisan : à savoir, une plaque « Alliance pour le Brésil » lourde de 50 kilos et formée par 4 000 cartouches d'armes à feu...

Heureux, peut-être pas. Mais sans limite, cela ne fait aucun doute. Durant le mois de décembre, le président du Brésil a multiplié les attaques toujours plus violentes contre ses adversaires, et en particulier la presse. À un reporter l'interrogeant sur les soupçons de corruption pesant sur son fils Flávio, il répond : « Et alors ? Toi tu as terriblement une tête d'homosexuel, et je ne t'accuse pas d'être homosexuel pour autant ! » En cette fin d'année, sa cible préférée s'appelle Alberto Fernandez, nouveau président de l'Argentine, investi le 11 décembre 2019. Un avocat érudit et madré, issu de la gauche péroniste et ami personnel de Lula : en bref, tout ce que Jair Bolsonaro vomit. Durant la campagne, le président du Brésil a promis l'apocalypse au libéral Mauricio Macri en cas de victoire de l'opposition. Sans surprise, il n'a pas décroché son téléphone pour féliciter son homologue victorieux, se contentant de déclarer que les Argentins avaient « mal choisi » leur dirigeant et dépêchant Hamilton Mourão pour assister à l'investiture. Son cercle rapproché est allé plus loin encore dans l'offense. Le ministre des Affaires étrangères, Ernesto Araújo, évoque le triomphe des « forces du mal » à Buenos Aires et le fils du président, Eduardo, croit bon de publier un montage photo le représentant arme à la main par opposition au fils d'Alberto Fernandez, Estanislao, *drag-queen* assumée, amateur de mangas et de cosplay, vêtu d'un costume de Pikachu. « Fils du président de l'Argentine / Fils du président du Brésil », écrit-il en commentaire... L'état d'esprit du moment est résumé en une phrase, prononcée début décembre. Jair Bolsonaro décide de faire du 4 octobre la journée nationale du rodéo. On lui fait alors remarquer qu'il s'agit aussi de la journée internationale des animaux « Et alors ? répond le chef de l'État. Pour nous, le politiquement correct n'existe pas. »

Est-ce l'ivresse du pouvoir qui lui donne le tournis ? Le 23 décembre, à la veille du réveillon de Noël, aux alentours de 21 heures, Jair Bolsonaro glisse dans sa salle de bains du palais de l'Alvorada et se cogne violemment la tête. Emmené en urgence à l'Hôpital des forces armées de Brasília, le président s'en sort finalement avec un hématome sans gravité et une légère perte de mémoire. Quelques jours plus tard, c'est au tour de la première dame de se rendre à l'hôpital. Rien de grave : une simple chirurgie esthétique visant à changer ses prothèses mammaires en silicone et corriger un étirement du muscle de l'abdomen, résultat de sa dernière grossesse. Revenu à Brasília, le leader d'extrême droite passe le Nouvel An à son chevet. Et, le 1er janvier, peu après minuit, alors que 2,9 millions de touristes étrangers et de Brésiliens sont rassemblés sur la plage de Copacabana pour le grand feu d'artifice de fin d'année, le président publie sur Twitter un message plein d'enthousiasme : « Que le Brésil continue son chemin de prospérité et que cette année soit aussi victorieuse pour le Brésil que celle de 2019. Nous allons, ensemble, travailler jour et nuit pour changer le destin de notre nation. À TOUS UN JOYEUX ET BÉNI 2020 ! »

Au même moment, à l'autre bout du monde, à Wuhan, en Chine, les autorités enquêtent sur la présence d'un mystérieux virus. Apparu sur un marché de la ville, ce dernier s'attaque aux voies respiratoires et semble extrêmement contagieux. Très bientôt, il déferlera sur la planète.

DEUXIÈME PARTIE

XI

Au milieu de la nuit, est-on encore si certain d'être vivant ? « La nuit assombrit tout. La nuit n'a pas de remède... », poursuit le sombre poème de Carlos Drummond de Andrade. À Brasília, le palais de l'Aurore, tout entier tourné vers le soleil naissant, est certes d'abord une célébration de la vie. Mais avec l'obscurité surgissent les ténèbres. Des ombres menaçantes se dessinent sur les murs blancs. Les fauteuils, tables basses, bureaux et guéridons paraissent autant d'animaux féroces, jaguars, macaques, tapirs... Prêts à bondir et réduire en charpie le fragile chef de l'État.

La mort ? Depuis son arrivée au pouvoir, le « Mythe » n'a cessé de l'évoquer et de l'invoquer. Mais toujours pour la relativiser. La balayer. « Et alors ? » ; « C'est notre destin à tous » ; « Pas moyen de l'éviter »... Jamais il n'a su trouver les mots pour en parler. En fin de mandat, sa mère décède à l'âge de 94 ans. Il se rend dans la ville de son enfance pour la veillée funèbre. Face aux proches et familiers, le président prend la parole. « Le départ de ma mère fait partie du cycle de la vie. Mais même comme ça, c'est difficile de comprendre la mort », se risque le « Mythe ». Le lendemain matin, il joue au loto et rentre à Brasília.

Au final, la seule mort qui retient son attention, c'est la sienne. « Elle est dans l'intérêt de beaucoup de monde », lançait-il avant son arrivée au pouvoir. Mais comment échapper à sa fin ? À l'angle nord du palais, le grand salon d'État abrite une longue table de travail, mais aussi, posées sur une commode coloniale, deux urnes funéraires marajoaras, antique civilisation de l'embouchure de l'Amazonie. Dans ces deux globes de céramique, striés de motifs indéchiffrables, les anciens déposaient les os des défunts, considérés comme « la maison de l'âme ». Là encore, rien qui puisse émouvoir le « Mythe ». Au sujet des familles de victimes de la dictature, cherchant désespérément le corps de leurs disparus, il déclarait autrefois : « Ceux qui cherchent des os, ce sont les chiens ! »

⋆

À peine élu, le voilà déjà qui s'ennuie à mourir. Cavalão n'est pourtant pas resté longtemps au conseil municipal de Rio de Janeiro. Dès 1990, il l'emporte aux élections législatives et, avec plus de 67 000 voix, devient député fédéral. En moins de trois ans, le petit capitaine est passé de la « quatrième division » à la première ligue brésilienne. Il a troqué ses treillis et son béret rouge pour d'élégants costumes-cravates bien ajustés. Il est désormais appelé à peser sur les grandes décisions du pays.

Le Congrès n'est pas un lieu comme les autres. De tous les bâtiments imaginés par Oscar Niemeyer, c'est sans doute le plus impressionnant et le plus mystérieux. Il est l'écrin de Brasília, un symbole et une fierté nationale. Sous le ciel sec et pur du Cerrado, se détachent un parallélépipède allongé, deux tours jumelles de 100 mètres de haut et, surtout, deux coupoles. La première, orientée vers le ciel, surmonte la Chambre des députés, ouverte sur le monde et le bouillonnement de la société. L'autre, repliée vers le sol, domine le Sénat, absorbé et méditatif, tout à sa réflexion.

Le Congrès est une ville au cœur de la capitale. Un dédale de couloirs aux lumières tamisées et de gigantesques salons moquettés, s'étendant sur plusieurs milliers de mètres carrés, meublés par les plus grands designers brésiliens du XXe siècle. Près de 30 000 fonctionnaires travaillent dans ces lieux. Parmi eux, 513 députés, 81 sénateurs, mais aussi des légions de secrétaires, copistes, cuisiniers, serveurs et même plus de 70 *ascensoristas*, ces liftiers dont le travail consiste à appuyer sur le bouton des ascenseurs. Rien n'est trop beau pour les parlementaires, dont les cabinets comptent souvent plusieurs dizaines d'assistants. Le Congrès brésilien est l'un des plus chers de la planète, avec près de 7 millions d'euros dépensés chaque année pour chacun de ses membres, soit sept fois le budget du pouvoir législatif français… Il n'est devancé dans ce domaine que par les États-Unis.

Au sein du prestigieux édifice, le capitaine a hérité de l'un des bureaux les plus ingrats : le minuscule « 482 », situé au fond de l'annexe 3, avec vue sur une vilaine paroi de béton. Pour « l'embellir », le député le décore de photos de sa famille et accroche au mur les portraits des cinq généraux-présidents de la dictature. Immédiatement, il a fait de la défense des soldats sa priorité. Le cabinet du capitaine est rempli de journaux et de paperasse, scrutés avec soin par ses assistants parlementaires à la recherche d'anniversaires d'officiers, de cérémonies de diplomation de cadets ou d'enterrement de généraux… À chaque fois, il s'empresse de rédiger une carte afin de féliciter, soutenir ou réconforter les soldats et leurs familles. À l'occasion, il organise lui-même des rassemblements publics, auxquels participent nombre de femmes de militaires – ces derniers étant privés du droit de manifester.

Mais les « caciques » du Congrès n'ont que faire de ce petit député marginal et passablement excité, dont le bureau est situé si loin des lieux de décision, et qu'on ne laisse monter à la tribune que le jeudi et le vendredi – jours où les élus retournent à leurs circonscriptions et où l'hémicycle est vide. Outre la défense des militaires, Cavalão rivalise de propositions cocasses : interdiction de l'alcool dans l'avion, instauration d'une « journée du détective », autorisation d'applaudir le drapeau dans les cérémonies officielles… mais ses amendements sont systématiquement rejetés. Esseulé, méprisé, le capitaine erre seul à travers les longs couloirs. De temps à autre, il tapote à la porte des bureaux voisins pour proposer un café ou un goûter. Vaines tentatives pour se faire des amis… Le plus souvent, le député repart bredouille.

L'élite militaire continue de traiter en paria le sulfureux « Capitaine de la bombe ». Passé dans la réserve, Cavalão est accusé de « mauvaise influence » et se voit à partir de 1991 interdire formellement l'accès aux casernes, aux fêtes militaires et jusqu'aux plages des officiers de Rio. Rageur, il continue à faire campagne à proximité des installations « vert olive ». Un jour de 1992, lors d'une séance de tractage à proximité de l'Académie des Aiguilles noires, il se voit intimer l'ordre de quitter les lieux par le commandant de la base, qui, face à son refus, décide d'appeler la fourrière pour faire saisir sa voiture. Mais le député n'en a cure. Il s'assoit alors sur le capot de sa Chevrolet bleue, et se laisse embarquer, dressé à l'arrière de la remorque.

Encore et toujours, Cavalão navigue à contre-courant. En 1989, à l'occasion de la présidentielle, organisée au suffrage direct, le Brésil devient la troisième plus grande démocratie du monde. Le scrutin prend alors la forme d'une véritable fête, avec 82 millions d'électeurs et 22 candidats en lice, s'affrontant pour la première fois en direct à la télévision lors de débats passionnés. Preuve de la soif de renouvellement qui saisit alors le pays : au premier tour, tous les candidats de « l'ancien monde » sont balayés. À gauche, c'est la déroute de Leonel Brizola, vieux chef du Parti démocratique travailliste, qui ne finit que troisième ; au centre, Ulysses Guimaraes, père de la Constitution, n'obtient que 4,7 % des voix ; à droite Paulo Maluf, gouverneur de São Paulo sous la dictature et candidat des anciennes élites de la junte, réalise un score à peine meilleur.

Au second tour, s'affrontent deux visages « neufs » que tout oppose. D'un côté, Lula le métallo, chef du Parti des travailleurs, mène une campagne lyrique en faveur de la fin des inégalités (« Lula lá ! Sans peur d'être heureux ! », clame son jingle, entonné par Gilberto Gil et Chico Buarque). Face à lui, ancré à droite, on trouve Fernando Collor de Mello : un quarantenaire aux allures de play-boy, blanc et propre sur lui, riche héritier d'une dynastie politique du petit État nordestin de l'Alagoas. Ce dernier obtient le soutien de l'establishment, et en particulier de la puissante TV Globo… ce qui ne l'empêche pas de se présenter en candidat « anti-élite », s'autoproclamant « chasseur de maharadjahs », c'est-à-dire des fonctionnaires publics corrompus. Populiste avant l'heure, Fernando Collor mène une campagne brutale contre son adversaire ouvrier, que ses partisans qualifient de « crapaud barbu ». Dans l'entre-deux-tours, son équipe fait diffuser le témoignage vidéo d'une ancienne conquête de Lula, Miriam Cordeiro, accusant l'ouvrier d'avoir tenté de la forcer à avorter de leur fille Lurian, née quinze ans plus tôt. Un mensonge éhonté, qui aura néanmoins un puissant effet sur l'opinion d'un pays catholique et conservateur. Le 17 décembre 1989, Collor l'emporte avec 53 % des voix.

Un candidat démagogue au propos radical qui parvient à se faire élire président dès sa première candidature ? Tout cela donne évidemment des idées à Cavalão… Mais, dans le même temps, ce Brésil démocratique, sans guerre ni chasse aux rouges, l'ennuie et le désespère. D'autant que, pour ne rien arranger, son couple bat de l'aile. En 1992, le capitaine est parvenu à faire élire son épouse,

Rogéria, pour le remplacer au Conseil municipal de Rio. Mais, vite, la jeune femme prend son autonomie. Assidue et travailleuse, celle-ci s'investit sur les questions environnementales, le planning familial, le droit des femmes, la culture et l'éducation et va jusqu'à proposer l'instauration d'une journée en hommage à Zumbi, cet esclave insurgé, référence de la gauche. Populaire, Rogéria est réélue en 1996 avec près de 25 000 voix – le double du score obtenu dix ans plus tôt par son mari, qui fulmine. « Elle était une femme au foyer. On avait un accord : elle devait m'appeler pour décider de son vote sur les questions polémiques », explique-t-il.

Le couple se déchire à coups de votations, mais aussi de trahisons. À Rio, Rogéria multiplie les infidélités. Ses collègues lui prêtent toute une brochette d'amants, plus ou moins imaginaires : des élus, des assistants parlementaires et même ses propres gardes du corps... Sur la place Cinelândia, on fait les yeux doux à la « belle du Conseil » et on moque ouvertement le mari « cornu » de Brasília. Certaines mauvaises langues vont jusqu'à conseiller à Cavalão de surveiller les sorties de sa femme, avec qui les disputes se multiplient, toujours plus violentes. « Je n'ai jamais battu mon ex-épouse, mais plein de fois j'ai déjà eu envie de la fusiller », témoignera le capitaine.

Humilié, ce dernier n'est pourtant pas en reste. À Brasília, « Gros Cheval » accumule les conquêtes, reçues (pas toujours discrètement) dans son appartement de fonction. Ses amis de l'époque se souviennent de lui comme l'un des plus gros *comedors*, littéralement « mangeurs » ou « baiseurs » du Congrès. Au milieu des années 1990, Cavalão fait une rencontre décisive, celle d'Ana Cristina Vale. Une jolie brune, à la taille de guêpe et aux yeux de miel, native, comme Rogéria, de Resende, cette cité bordant l'Académie des Aiguilles noires. Née en 1967 dans un milieu modeste, Ana Cristina a remporté des concours de beauté (elle fut élue « Miss Printemps » de son collège) et, selon ses propres mots, serait « née pour être reine ». Elle rêve d'une vie confortable et d'une ascension sociale rapide. À seulement 19 ans, elle épouse un cadet prometteur, et déménage avec lui à Brasília, où elle devient assistante parlementaire. C'est là, lors d'une manifestation en faveur de la revalorisation des salaires des militaires, qu'elle attire l'attention du « Capitaine de la bombe ». Les amants ont douze ans d'écart et sont tous deux mariés. Dès 1998, naît leur fils, Jair Renan.

Avec Rogéria, la séparation est consumée et le divorce acté en 1999. Mais, l'année suivante, un nouvel épisode baroque viendra déclencher le courroux de son ex-époux. Résolue à briguer un troisième mandat, Rogéria décide de faire campagne en utilisant le nom de famille de son ancien époux. Ulcéré, ce dernier prend alors une initiative inédite : présenter comme candidat face à son ex-femme rien de moins que… leur propre fils ! Carlos, âgé de seulement 17 ans, qui rêvait plutôt d'une carrière d'ingénieur aéronautique, est le « fils chéri » de Cavalão, et a tout juste l'âge de se présenter. Mais son père ne lui laisse pas le choix, et mène en sa faveur une campagne « coup de poing » dans tous les sens du terme. Lors d'une séance de distribution de tracts, dans la zone Nord de Rio, l'un des assistants parlementaires de Rogéria est pris à partie et frappé par des hommes de main, envoyés par le capitaine-député. Face aux policiers, cette dernière accusera son « ex » de souffrir de « déséquilibre mental et psychologique ».

Poussé par cette haine qui reste son meilleur combustible, Cavalão remporte son pari. Avec un peu plus de 16 000 voix contre seulement 5 109, Carlos écrase Rogéria. Fort de cette expérience, le patriarche fera élire ses deux autres fils, Flávio à l'Assemblée régionale de Rio, et Eduardo à la Chambre des députés. Cavalão cornaque ses « hamsters », leur interdisant de prendre des décisions seuls ou de donner des interviews sans son accord. Une véritable franchise politique naît alors, composée avec ses filiales et son « PDG », basé à Brasília. « Ce ne fut pas une élection du fils contre la mère, mais, oui, du fils avec le père », balaie le capitaine. Fiévreux et tourmenté, Carlos conservera toute sa vie le traumatisme d'avoir « tué » la mère.

*

La mort a débarqué sans prévenir, alors que s'achevait à peine la plus grande fête du monde. Le 26 février 2020, le Brésil entier est encore dans la rue pour la *quarta-feira de cinzas*, ce « mercredi des Cendres », dernier jour du Carnaval. Au terme d'une semaine de délire et de parade, qui réunit à Rio plus de 10 millions de fêtards, l'école de samba de Viradouro est désignée championne des défilés *cariocas*. Sur la piste du Sambodrome, celle-ci fait sensation, avec ses chars allégoriques contant l'histoire des lavandières noires et esclaves d'Itapuã, à Bahia, parvenues au XIXe siècle à acheter leur liberté à force de labeur. L'école l'emporte face à ses rivales de Mangueira, qui représente un Jésus de favela frappé par les policiers, et de Portela, qui célèbre les beautés naturelles et la culture des indigènes tupinambas. Autant d'hommages vibrants et féeriques aux femmes puissantes, aux favelas, à la nature, à la liberté, à la résistance et à la diversité. Autant d'attaques frontales contre Jair Bolsonaro.

Car au-delà des clichés éculés, des plumes, des paillettes et des bikinis, le Carnaval est la plus politique de toutes les fêtes brésiliennes. Héritier de la tradition médiévale du Mardi Gras et des célébrations populaires de l'*entrudo* portugais, il s'est toujours montré provocant envers les autorités publiques. Depuis 1935 et les premiers défilés *cariocas* dans le centre de Rio, les *marchinhas* contestataires sont innombrables. Pendant la Seconde Guerre mondiale, l'une d'elles ridiculise un certain dictateur à la « moustache qui ressemble à une mouche » et en 1953 la *Maria Candelária* moque les fonctionnaires publics qui font semblant de travailler. Dans les années 1950, certaines écoles furent proches du Parti communiste, et d'autres, quelques années plus tard, s'opposèrent à la censure de la dictature militaire. En 1986, l'Império Serrano réclama un « peuple bien nourri, un pays développé, la paix et le logement ». Deux ans plus tard, la Mangueira célèbre les cent ans de l'abolition avec une question amère : « Se pourrait-il que la loi d'or tant rêvée, signée il y a si longtemps, ne soit pas la fin de l'esclavage ? » En 2017, l'Imperatriz Leopoldinense évoque la réforme agraire et le poids des latifundiaires... La liste est infinie.

S'afficher sur les gradins du *Sambódromo* est un passage obligé pour tout président brésilien, forcé, à cette occasion, de faire preuve d'un minimum d'humour et d'autodérision... mais Jair Bolsonaro ne s'est jamais plié à l'exercice. Méfiant vis-à-vis de cette grande célébration hédoniste, où toutes les amours, mêmes homosexuelles, sont permises, le président du Brésil rejoint ici les vues des églises évangéliques moralistes et ultra-conservatrices, qui vomissent le Carnaval. Début mars 2019, lors de la première édition de son règne, il ne se prive pas de gâcher la fête, publiant sur son compte Twitter une « bombe scatologique ». Concrètement : une vidéo obscène et non sourcée, montrant deux individus sur un supposé char de Carnaval, s'adonnant à la pratique de la *golden shower*, c'est-à-dire de la douche d'urine... « Je ne me sens pas à l'aise de montrer cela, mais nous devons exposer la vérité pour que la population sache et définisse ses priorités. Voilà ce que sont devenus beaucoup de *blocos* [fanfares] de rue. Commentez et tirez-en les conclusions. » Il s'attire alors un déluge de critiques. Mais ravit aussi ses alliés pentecôtistes. Surtout, il parvient une nouvelle fois à attirer l'attention.

Un an plus tard, en 2020, c'est une nouvelle autrement plus grave qui s'abat sur le Brésil. Ce 26 février, jour de gloire et de réjouissances, un tout premier cas positif au Covid-19 est diagnostiqué dans le pays. Jusqu'alors, le géant latino-américain se croyait à l'abri de cette épidémie née au lointain Orient. Derrière ses forêts et ses océans, le Brésil s'est toujours vécu à l'écart du monde et invulnérable. Surtout, les Brésiliens sont fiers de leur système de santé, le SUS (Système unique de santé), mis en place au retour de la démocratie, et qui garantit un accès universel et gratuit aux soins. Le pays dispose par ailleurs d'une longue expérience dans la lutte contre les épidémies, en particulier en Amazonie, et a remporté récemment de grands succès, notamment face au sida ou au virus Zika. Il a donné naissance à de grands noms de la virolo-infectiologie, tels les médecins Carlos Chagas ou Oswaldo Cruz, à qui l'on dédie timbres, billets de banque, et noms de quartiers… Le Covid n'a qu'à bien se tenir.

Et pourtant, très tôt, à Brasília, un homme s'inquiète. À 55 ans, Luiz Henrique Mandetta, beau brun au visage poupon, est considéré comme l'un des « adultes » du gouvernement. Descendant d'immigrés italiens, ce membre d'un riche et puissant clan politique du Mato Grosso do Sul (trois de ses cousins germains sont maire, député et sénateur) porte mocassins et chemise griffée à ses initiales. Mais sous le vernis aristocratique, c'est aussi un médecin orthopédique reconnu et un fin connaisseur du SUS. Arrivé au pouvoir, Jair Bolsonaro le nomme au ministère de la Santé. Le président veut choyer le monde très élitiste et conservateur des médecins chez lequel il se sait populaire. Les « blouses blanches » ont vécu comme un affront les politiques sociales du Parti des travailleurs qui, à partir de 2013, ont permis l'envoi de plusieurs milliers de docteurs cubains « communistes » dans les régions les plus pauvres et isolées du Brésil. Homme de droite, Mandetta entame le démantèlement de ces programmes. Mais, républicain intransigeant, il s'entoure aussi d'une équipe de techniciens compétents et, à la différence de la plupart de ses collègues, se refuse à procéder à une chasse aux sorcières au sein de son ministère. Les listes de « communistes » transmises en début de mandat par le député Hélio Lopes sont jetées à la poubelle.

Fin 2019, le monde de la santé bruisse de rumeurs au sujet de cette mystérieuse « pneumonie » de Wuhan. Mais Luiz Henrique Mandetta prend la chose au sérieux. Contrairement à l'opinion générale, il sait son pays mal préparé à une vague épidémique. Sous-financé, bureaucratique, désorganisé, le SUS manque de tout : de lits, de respirateurs, de masques et surtout de bras. Un Brésilien doit en moyenne parcourir 155 kilomètres pour trouver un hôpital capable d'offrir des soins complexes, notamment respiratoires (en Amazonie, cela peut aller jusqu'à 500 kilomètres en pirogue...). De quoi préoccuper le ministre de la Santé. « C'est quoi ce virus ? », interroge dès janvier Mandetta auprès de ses homologues étrangers, dont la Russe Veronika Skvortsova, avec qui il a sympathisé lors des réunions BRICS. Officiellement, Pékin assure avoir la situation sous contrôle... mais, fin janvier, met brutalement Wuhan sous cloche et construit en urgence et en à peine dix jours un hôpital entier. « Personne n'y comprend rien ! », écume Mandetta, qui évoque, face à ses collaborateurs, un « ennemi invisible ».

Très vite, les cas explosent. Le virus se diffuse à l'Asie, à l'Europe et aux États-Unis. Mais au Brésil, alors que le Carnaval approche, l'insouciance domine. Engagé dans une course contre la montre, Mandetta est déterminé à donner à son pays une longueur d'avance. Le 23 janvier, un Centre des opérations d'urgence est inauguré. Mais pour aller plus loin, il a besoin de l'accord du « patron ». « C'est quoi cette merde ? », l'interroge quelques jours plus tard Jair Bolsonaro. Mandetta, tout juste rentré du Forum économique mondial de Davos, explique au chef de l'État l'ampleur du défi et, immédiatement, fixe trois priorités : déclarer l'état d'urgence sanitaire, faire voter au Congrès une loi fixant les conditions de quarantaine et rapatrier en urgence les Brésiliens coincés à Wuhan. Sur ce dernier point, le président se montre plus que réticent. « Ce genre de vol, ça coûte cher ! », affirme-il publiquement.

Dans un premier temps, Mandetta obtient satisfaction. Dès le 4 février (un mois et demi avant la France), l'état d'urgence sanitaire est décrété, et, dans la foulée, la loi sur la quarantaine adoptée. Sous la pression de l'opinion publique, émue par le sort de ses concitoyens bloqués en Chine, Bolsonaro se résout à rapatrier les « rescapés » de Wuhan… mais à sa manière. Le « sauvetage » est transformé par le président en une grande opération de communication au service de l'armée, mobilisant quatre avions et une centaine de personnels pour seulement 34 Brésiliens.

Ces derniers sont débarqués en grande pompe et face aux caméras sur la base aérienne d'Anápolis, l'une des plus importantes de l'armée, à moins de 150 kilomètres de la capitale. Le tout, au risque de contaminer pilotes et techniciens, et de paralyser la défense nationale.

Par chance, l'opération est un succès. Le 23 février, après deux semaines de quarantaine, les soldats ayant participé au rapatriement des Brésiliens de Wuhan sont « libérés », tous négatifs. À ce stade, la situation paraît sous contrôle, et alors que débutent les vacances du Carnaval, Luiz Henrique Mandetta décide de s'octroyer quelques jours de repos dans sa ferme située dans l'intérieur de l'État du Mato Grosso do Sul. Un lieu isolé où ne passent ni Internet ni portable. « Appelez-moi sur le fixe en cas d'extrême urgence ! », intime Mandetta à son équipe. Mais au bout de 72 heures seulement, le téléphone retentit. « Nous avons notre premier cas », grésille au bout de la ligne la voix de João Gabbardo dos Reis, numéro 2 du ministère. Un chef d'entreprise de 61 ans, de São Paulo, rentré récemment de Lombardie, vient d'être testé positif au Covid-19. Quelques jours plus tôt, il a participé à un déjeuner de famille réunissant plus de 30 personnes. Fini les vacances. Le 27 février au matin, le ministre de la Santé reprend la route de Brasília. Fumeur depuis sa jeunesse, il arrête ce jour-là brutalement la cigarette.

XII

Au palais de l'Alvorada, voilà des années que personne n'a plus livré les journaux au petit matin. Dès le début de son mandat, le « Mythe » a ordonné de mettre fin à tous les abonnements aux grands médias du pays. Les journalistes, qu'il considère comme les représentants d'une corporation élitiste, mensongère et arrogante, se sont vu traiter d'« idiots », de « menteurs », d'« escrocs », de « vautours », d'« ordures », d'« homosexuels »... Il leur a conseillé de « retourner à l'école maternelle » et d'« aller se faire foutre », leur a adressé quantité de menaces et de bras d'honneur. Un traitement spécial est réservé aux femmes, soupçonnées d'échanger leurs scoops contre des faveurs sexuelles.

Pourtant, la presse, il l'a toujours lue assidûment. Voracement. Sa carrière n'a-t-elle d'ailleurs pas commencé par la publication d'un article ? Ses sorties outrageantes et fantaisistes ne font-elles pas vendre du « papier » ? Pour peu, il aurait pu devenir journaliste. Adolescent, il gagnait son argent de poche comme livreur de journaux, mais aussi comme inventeur de mots croisés ; entre ses 16 et 21 ans, il en publie une vingtaine dans le grand quotidien Estado *de São Paulo. Chaque matin, le « Mythe » frappait à la porte des abonnés de la ville. Et, fier comme Artaban, montrait son nom bien en évidence dans le journal.*

Les journalistes, il aime leur jouer des tours. Leur tendre des pièges. Comme celui-ci, arrivé un matin à la porte de l'Alvorada. Les reporters attendent alors en nombre le chef de l'État pour commenter les derniers chiffres du PIB. Mais en lieu du président, c'est finalement un humoriste qui sort de la voiture blindée. Un sosie attifé d'une perruque, de grotesques faux sourcils et ceint d'une écharpe vert et or… « C'est moi le président ! », lance le clown « Carioca », imitant le ton bourru et le léger zozotement du président, avant de distribuer des bananes à la presse (au Brésil, une « banane » signifie un bras d'honneur…). Les reporters sont restés bouche bée. Le « Mythe », lui, aura rarement autant ri.

*

Ce soir du 23 mai 1999, Cavalão se sent en confiance. À 44 ans, le voilà invité en « prime time » d'une grande émission de la télévision brésilienne : « Câmera Aberta », sur la TV Bandeirantes (la « Band »). La ligne politique de la chaîne est plutôt conservatrice et le présentateur, Jair Marchesini, est un *xará*, c'est-à-dire un homonyme, portant le même prénom, qui s'est pour l'occasion habillé comme lui en vert kaki. Assis à une table face au journaliste, le député de Rio tourne le dos à un décor orange vif, couleur de brasier, comme si le studio avait pris feu.

Et de fait, en cette soirée d'automne austral, le député est bien décidé à tout incendier.

« À travers le vote, on ne changera jamais rien dans ce pays ! Rien ! Absolument RIEN ! Les choses ne changeront, malheureusement, que si on commence une guerre civile et qu'on fait le travail que le régime militaire n'a pas fait : tuer quelque 30 000 personnes, à commencer par FHC [Fernando Henrique Cardoso, le président de l'époque]. Et tant pis s'il meurt des innocents, quand il y a une guerre il y a toujours des innocents qui meurent ! Moi, je serai heureux de mourir, s'il meurt 30 000 marginaux avec moi. Sans ça, on va en rester à du gna-gna-gna-gna-gna et on ne va arriver nulle part ! »

Tout au long de l'interview, qui dure trente-trois minutes, Cavalão lève les bras, tape du poing, gifle l'air de la paume de la main et fait le signe du pistolet avec les doigts. Défend sans vergogne la torture, la peine de mort, l'armement de la population. Le tout, pour le plus grand plaisir de son *xará*, qui, assuré de voir monter son audimat, le relance avec gourmandise. « Si vous étiez aujourd'hui président de la République, vous suspendriez le Congrès ? » Réponse : « Sans aucun doute ! Je ferais un coup d'État le jour même ! LE JOUR MÊME ! »

Immédiatement, l'entretien soulève l'indignation et déchaîne les critiques. « Les folies de quelqu'un qui, de toute évidence, est en train de perdre la raison » sont dénoncées par le président de la Chambre du Sénat, le Bahianais Antonio Carlos Magalhães, et par le chef de l'État lui-même : « Des affirmations de ce type montrent que ce député ne s'est pas converti à la démocratie », s'émeut Fernando Henrique Cardoso dans un communiqué, lu par son porte-parole, Georges Lamazière, un diplomate d'origine française, appelant le Congrès à « prendre des mesures adéquates » contre ce député, dont il est désormais sérieusement envisagé de casser le mandat. « J'ai déjà dit plein de fois ces choses-là à la tribune ! », proteste Cavalão, qui, bravache, affirme craindre davantage d'être « castré » que « cassé ».

En public, l'élu s'indigne. En privé, il jubile. Une nouvelle fois, il a atteint son but : tous les regards se sont tournés vers lui. Le « dérapage » demeure le meilleur moyen d'attirer l'attention, dans ce cocktail éprouvé de violence gratuite, de provocation spontanée et de vulgarité publique assumée, qui procure l'ivresse du scandale. Sa sortie, qui vient parfaire le mythe d'un capitaine aux avant-postes, brutal mais sincère, rustre mais honnête, est tout sauf une « sortie de route » incontrôlée. Elle est le point d'orgue d'un « jeu de massacre » commencé il y a près d'une décennie, et qui atteint alors son apogée, finissant de transformer le fougueux « Capitaine de la bombe », luttant contre les inégalités au sein de l'armée, en inquiétant « Député de la haine », marqué à l'extrême droite.

Après l'euphorie des années 1980, le Brésil a la gueule de bois. Au pouvoir, Fernando Collor a vite fait de décevoir. Pour lutter contre l'inflation, ce dernier prend une série de mesures aussi drastiques qu'impopulaires : changement de la monnaie, privatisations, coupes budgétaires, et, surtout, confiscation provisoire de l'épargne des ménages. Cette dernière provoque une véritable panique : les Brésiliens de la classe moyenne s'en vont faire la queue devant les distributeurs pour retirer leur argent. Furieux, certains vont même jusqu'à utiliser leurs voiture comme bélier pour défoncer la porte des banques. Impopulaire, Collor perd la confiance des élites et est dénoncé par son propre frère pour avoir touché plusieurs millions de dollars en pots-de-vin. Autant d'argent qui serait, entre autres, venu financer de coûteux travaux dans sa résidence de Brasília, la *Casa da Dinda*, un palais « babylonien » de 13 000 mètres carrés, avec piscines, cascades artificielles et héliport... Indignés, les Brésiliens manifestent en masse pour obtenir sa destitution, votée par la Chambre des députés le 29 septembre 1992. Pathétique fin de règne, pour cet éphémère « chasseur de maharadjahs ».

Au pouvoir, on trouve désormais le « vice-président », Itamar Franco. Un centriste de 62 ans, sénateur du Minas Gerais. Mais ce personnage solitaire, effacé et dénué de charisme se montre tout aussi incapable de résoudre les problèmes du pays, et en premier lieu cette hyperinflation, qui rogne les salaires et approche les 2 000 % annuels... le tout, alors que l'insécurité explose et que près de 100 000 Brésiliens ont été assassinés en trois ans. En moins d'un an, Itamar change à quatre reprises de ministre de l'Économie et deux fois de monnaie... Durant le Carnaval de Rio, en 1994, il se laisse photographier en contre-plongée sur un podium du Sambodrome en compagnie d'un top model, Lilian Ramos, alors dénuée de sous-vêtements... « La République a perdu sa culotte ! », se gaussent les journaux, ridiculisant un peu plus le très pudique chef de l'État.

Déçu et en colère, le Brésil se questionne et se cherche. Associée à la sécurité et la croissance, la dictature commence à susciter un début de nostalgie… Un homme politique singulier vient alors catalyser ce début de frustration, sinon de déception. Enéas Carneiro, plus connu sous le nom de « Docteur Enéas » ou « Enéas » tout court. Né en 1938 dans l'État de l'Acre, perdu aux confins de l'Amazonie, fils d'un barbier et d'une mère au foyer, cet étudiant brillant parvient à devenir l'un des cardiologues les plus reconnus du pays. Orgueilleux, élitiste, voire méprisant, Enéas se voit comme le sauveur du Brésil, et, en 1989, se lance en politique par la grande porte comme candidat à la présidentielle. Soutenu par les groupuscules d'extrême droite et les nostalgiques de la dictature, il n'obtient que 0,53 % des voix. Mais il se fait un nom, ou plutôt un visage et une voix : dans ses clips de campagne ô combien anxiogènes, Enéas surgit sur fond vert et jaune tel un prophète de l'apocalypse, barbe de gourou, lunettes gigantesques, vociférant d'une voix rauque sur les notes de la *Cinquième Symphonie* de Beethoven… Avant de conclure : *Meu nome é Enéas !!!* (« mon nom est Enéas ! »). Un slogan qui deviendra la signature de ce « Jean-Marie Le Pen do Brasil », nationaliste exalté, opposé à l'avortement et favorable à l'acquisition de l'arme atomique, visage singulier et carnavalesque de l'extrême droite de l'époque. À la présidentielle de 1994, il obtient 7 % des voix et devient le troisième homme du scrutin, avant, en 2002, d'être élu député fédéral de São Paulo avec 1,5 million de voix : le meilleur score jamais obtenu dans l'histoire du pays pour un candidat aux législatives.

Cavalão n'a jamais été un proche d'Enéas, ni même membre de sa formation, le Parti pour la reconstruction de l'ordre national (Prona), où se retrouvent tous les groupuscules d'extrême droite. Mais la victoire par le chaos est devenue son arme maîtresse. Le capitaine, expert en bombes rhétoriques et en missiles médiatiques, qui, année après année, trouve des cibles expiatoires aux maux du Brésil. Le trafiquant de drogue ? « Il faut lui casser la gueule pour qu'il ouvre son bec. » Les indigènes ? « Quel dommage que la cavalerie brésilienne ait été moins efficace que l'américaine : au moins eux, ils ont exterminé leurs Indiens. » Les paysans sans-terres ? Des « terroristes » contre qui il préconise le « plomb » du fusil ou le « lance-flammes ». Les corrompus ? Ils méritent le *pau de arara*, nom d'une technique de torture pratiquée sous la dictature militaire, consistant à pendre une victime à un bâton de bois, pieds et poings attachés.

Les Brésiliens connaissaient déjà le visage du « Capitaine de la bombe ». Ils découvrent désormais sa voix, et sa façon si particulière de parler. Ce ton bourru, buté, guttural, qui crache et vocifère plus qu'il ne discourt. Cette intonation martiale, alignant sermons et leçons de morale comme autant d'évidences universelles. Le tout contrastant avec ce zozotement prononcé, ce débit spontané, ce vocabulaire souvent populaire, voire vulgaire, constellé de néologismes, d'erreurs d'accords ou de grammaire.

Le « style Cavalão » est caractérisé par d'interminables soliloques sans queue ni tête, de phrases sans fin ni commencement, prononcées en flots ininterrompus, entrecoupés d'innombrables *pô* et *porra* (putain) ou *tá ok* (c'est ok ?). Il y a chez lui quelque chose du sergent-chef, du bon père de famille et du gamin de rue. Certains y voient de la grossièreté, de l'indécence. D'autres, une forme d'honnête spontanéité, de sincérité populaire… Cavalão est sans filtre. Il « ne semble faire aucune distinction entre parler et penser », pourrait-on dire, reprenant une formule utilisée par Conrad dans son roman *Nostromo*, récit des péripéties du Costaguana, une république fictive latino-américaine.

Contre les « ennemis du peuple », Cavalão prêche en faveur d'un « régime d'exception » et prône la dissolution du Congrès. Comme exemples, il prend le dictateur chilien Augusto Pinochet ou le Péruvien Alberto Fujimori, homme fort du Pérou, au pouvoir de 1990 à 2000, qui réprime alors dans le sang la rébellion du Sentier lumineux. En 1998, il va jusqu'à prendre la défense des élèves d'un collège militaire de la ville de Porto Alegre qui ont cru bon d'élire Adolf Hitler comme leur « personnage historique préféré ». Ces derniers sont simplement « en manque d'ordre et de discipline », estime-t-il. Deux ans plus tard, en 2000, dans la revue *Istoé*, il pousse la provocation plus loin encore, et va jusqu'à donner des conseils à qui souhaiterait assassiner le chef de l'État : « Ce n'est pas difficile de tuer le président. Il suffit d'avoir un peu de courage. Son système de sécurité est défectueux. (…) On pourrait par exemple utiliser une arme à feu avec une lunette et tuer le président même à Brasília. Avec une arbalète, vous pouvez éliminer une personne à 200 mètres. Même avec un canif, on peut atteindre la gorge du président. »

La stratégie de l'emporte-pièce est payante, pour Cavalão, comme pour les médias qui l'accueillent à bras ouverts. Avec ce « bon client », les journalistes gagnent des lecteurs et des téléspectateurs. Dès 1993, le prestigieux *New York Times* publie une interview du « député de la haine », « un soldat devenu homme politique [qui] veut le retour du régime militaire au Brésil », titre le grand quotidien américain. Nul ne semble inquiet ni préoccupé par ce monstre en gestation… Après tout, pourquoi se préoccuper de ce « petit » parlementaire, dépeint au mieux comme un « crétin » ou un « guignol », au pire comme un « illuminé » ou un « fou furieux » ? Au Congrès, les demandes de destitution resteront lettre morte. Dans le même temps, le capitaine imprime sa marque dans l'opinion, perçu comme certes rustre et vulgaire, mais aussi populaire et honnête, à l'opposé d'une classe politique élitiste et corrompue. Tout au long des années 1990, Cavalão est réélu député de Rio de Janeiro. Et, sur la « Band », le 23 mai 1999, il conclut cette décennie de bruit et de fureur par cette phrase on ne peut plus éloquente : « Vous pouvez ne pas m'aimer, mais je suis une personne sincère ! »

*

Cleonice Gonçalves avait 63 ans, les cheveux noirs et la peau métisse, le regard fatigué et souvent triste. Une fois par semaine, elle parcourait les 120 kilomètres reliant sa modeste et lointaine cité de Miguel Pereira au quartier de Leblon, le plus huppé du Brésil, situé au bord de la plage, au sud de Rio. Depuis ses 13 ans, elle travaillait comme domestique employée à temps plein au service d'une riche famille *carioca*. Un triste destin partagé par des millions d'*empregadas* brésiliennes, exploitées, sous-payées, séparées de leurs familles, dormant sur leur lieu de travail.

Début mars 2020, la « patronne » de Cleonice revient d'Italie avec des symptômes grippaux. Mais, malgré les alertes liées au coronavirus, ne compte pas se passer de son indispensable employée de maison, pourtant sexagénaire, souffrant de diabète et d'hypertension. Le 16 mars, Cleonice commence elle aussi à se sentir malade. Immédiatement, la « bonne » est renvoyée dans sa lointaine cité en taxi – les maîtres de maison ne se donnant même pas la peine de l'amener à l'hôpital... Et, dès le lendemain, décède. Cleonice sera l'une des toutes premières victimes brésiliennes du Covid-19. Une des plus emblématiques, aussi, de cette catastrophe sanitaire sans précédent qui s'apprête à fondre sur l'un des pays les plus inégalitaires au monde.

Entre la mi-mars et la mi-avril, les contaminations grimpent en flèche, de manière exponentielle et à travers tout le pays. Au ministère de la Santé, Luiz Henrique Mandetta est sur tous les fronts. Il prône la distanciation sociale, négocie dans l'urgence l'achat de masques et de respirateurs avec la Chine, soutient la construction d'hôpitaux de campagne et les mesures de restrictions prises par les autorités locales. Au sein de son administration, les réunions se tiennent à plusieurs mètres de distance et chaque fonctionnaire est tenu d'apporter ses propres verres et stylos. « Je ne travaille qu'avec la science ! », répète un Mandetta précis, compétent, qui troque le costume-cravate pour un simple gilet bleu du SUS (Système unique de santé) plus facile à laver. En quelques jours, le député du Mato Grosso do Sul change de dimension. Il devient le visage de la lutte contre l'épidémie, le « médecin du Brésil ». Son action est plébiscitée par plus de trois Brésiliens sur quatre.

Cependant, au Planalto, Jair Bolsonaro n'a que faire de ce « nouveau coronavirus ». Le 4 mars, il organise en grande pompe la cérémonie d'intronisation de sa nouvelle secrétaire à la Culture, Regina Duarte, une ancienne actrice de *telenovela* de 73 ans, surnommée des décennies durant « la petite amoureuse du Brésil », et, passée à l'extrême droite, « la fiancée du président ». Pas l'ombre d'un masque ni d'un gel hydroalcoolique lors de ce grand raout, où tous les présents s'enlacent, s'embrassent et se chuchotent à l'oreille… Trois jours plus tard, accompagné de ses principaux ministres, Bolsonaro s'envole vers la Floride, pour une tournée économique et un dîner à Mar-a-Lago avec son « ami » Donald Trump (une rencontre confirmée à la dernière minute par un président américain visiblement indifférent). Pas moins de 24 membres de la délégation brésilienne seront testés positifs au Covid-19.

Mais l'épisode n'échaude pas le chef de l'État. Au contraire. Le 15 mars, Bolsonaro rompt brutalement sa quarantaine post-Floride, et participe sans masque à un rassemblement organisé par ses partisans sur la place des Trois Pouvoirs. « Ce que ce peuple fait, ça n'a pas de prix ! », exulte le « Mythe », toujours sans masque, saluant ses supporters, prenant des selfies... et contrevenant à toutes les recommandations du ministère de la Santé. Dans les jours suivants, le président prône le retour au travail et un isolement dit « vertical », ne concernant que les personnes âgées, tance les gouverneurs pro-confinement (des « exterminateurs d'emplois ») et multiplie ses dangereuses sorties au milieu de la foule. « Personne ne peut m'ôter mon droit constitutionnel d'aller et venir ! », insiste-t-il.

Surtout, alors que l'épidémie progresse, le président multiplie les déclarations minimisant la gravité de l'épidémie, dans un inventaire à la Prévert, chaque jour plus extravagant et infâme. Le Covid est « surestimé » (9 mars), c'est un « fantasme » (10 mars), « d'autres grippes ont tué davantage » (11 mars), « on ne peut pas entrer dans une névrose » (15 mars) car la « vie continue » (17 mars), et ce virus n'est finalement qu'une « petite grippe » (20 mars), à laquelle il faut faire face « comme des hommes et non comme des gamins » car « nous allons tous mourir un jour » (29 mars) et que c'est une « pluie qui va mouiller 70 % » de la population (3 avril). Lui, de toute façon, ne risque rien (« avec mon passé d'athlète, si j'étais contaminé, je n'aurais pas à me faire de souci »), et le Brésilien moins encore : « Il n'attrape jamais rien. Il saute dans un égout, nage, ressort… et rien ne lui arrive » (26 mars). Le summum sera cependant atteint à la fin avril. « Je ne suis pas croque-mort, OK ? », rétorque le président le 20 avril à un journaliste qui l'interroge sur la hausse exponentielle des décès, avant, huit jours plus tard, sur le même sujet, de déclarer : « Et alors ? Qu'est-ce que vous voulez que j'y fasse ? Je m'appelle Messias, mais je ne fais pas de miracles ! » « Et alors » : deux mots qui viendront signifier l'indifférence absolue du chef de l'État face à la tragédie en cours.

Le monde entier est épouvanté par le langage du président, aussi cru que cynique. Des décennies durant, le Brésil avait pourtant réussi à vendre l'image d'un pays où régnerait « l'homme cordial ». Mal traduite et mal comprise, l'expression est issue du livre *Racines du Brésil*, œuvre de référence du grand historien Sérgio Buarque de Holanda (et par ailleurs père du chanteur Chico Buarque). Publié en 1936, il explore en profondeur et avec brio la formation compliquée du Brésil. Son cinquième chapitre, *O homem cordial*, revient sur un aspect tout particulier de la culture brésilienne : l'affectivité. Soit l'émotion, la spontanéité, l'élan du cœur, l'horreur des formalités sociales, des conventions, l'envie intime d'établir un contact sensible avec ses contemporains. Et non pas, comme cela a pu être dit ou répété, une supposée « gentillesse » ou de la « politesse » et des « bonnes manières ». Tout l'inverse en réalité.

Pourtant, depuis les années 1920, ce caractère supposément « gentil » du Brésilien devint presque une marque déposée. Le tout, avec la complicité de générations d'intellectuels et journalistes étrangers, trop heureux de dénicher dans cet exotique et lointain laboratoire tropical les qualités qui manquent cruellement à une Europe barbare. Le principal « coupable » de cette propagande fut malheureusement l'immense Stefan Zweig. Face à la montée du nazisme, le romancier juif et autrichien s'exile au Brésil et signe son livre *Brésil, terre d'avenir* : le portrait d'un géant « gentil », dénué de violence et de racisme. Autant de chimères, qui imprimeront durablement l'image d'un « bon gros Brésil » à l'étranger. « Avant de quitter la vie de mon plein gré et dans mon bon sens, je suis poussé à remplir une dernière obligation : remercier de tout cœur cette merveilleuse terre du Brésil qui m'a procuré à moi et à mon travail un repos si aimable et si hospitalier », écrira Zweig avant de se suicider avec son épouse Lotte, à Petropolis, le 22 février 1942. « Aimable », le Brésil, et ce jusqu'à la fin.

Mais l'histoire de ce pays, de l'extermination des indigènes jusqu'à l'esclavage en passant par les massacres de la police, n'est en réalité que violence. Et Jair Bolsonaro, tout à la fois spontané et brutal, colle parfaitement à « son » Brésil. Dans aucun pays de la planète, pas même dans les États-Unis de Donald Trump, un dirigeant ne sera allé aussi loin dans la négation du Covid-19 et le mépris de ses victimes. Mais comme toujours avec le président du Brésil, rien de tout cela n'est totalement spontané. Fidèle à sa culture viriliste, teintée de complotisme, Bolsonaro se refuse instinctivement à prendre au sérieux le danger d'un « petit » virus – un « truc de pédé », selon lui. Mais, face à cette crise qui le dépasse, et contre laquelle il ne sait comment lutter, le leader d'extrême droite tient d'abord à garder la main. Face à une crise qui promet de ravager l'économie, il s'agit d'apparaître aux yeux de l'opinion comme le « champion » de l'emploi et du travail. « Je ne condamnerai pas le peuple à la misère pour recevoir les éloges des médias ! », tonne Bolsonaro, réaffirmant au passage son autorité vis-à-vis de son trop populaire ministre de la Santé. Rien de tel que des outrances en rafale pour attirer l'attention des médias et détourner le regard de ses propres difficultés...

Depuis son ministère, sur l'Axe monumental, Luiz Henrique Mandetta observe ces sorties avec stupeur. « Président, avez-vous déjà vu une personne agoniser par asphyxie ? Il n'y a pas de pire mort au monde », interroge-t-il. Afin d'émouvoir le chef de l'État, il va jusqu'à évoquer le sort de ses propres parents, Hélio et Maria, octogénaires. « La mort des vieux, c'est le cycle de la vie ! », rétorque Bolsonaro, inébranlable. Épouvanté, Mandetta réclame alors l'organisation d'une réunion au sommet, réunissant certains des membres les plus proéminents du gouvernement. Celle-ci a lieu le 28 mars, vers 9 heures du matin, dans la bibliothèque du palais de l'Alvorada. Après un long exposé, détaillant les principaux aspects de la crise, le ministre de la Santé pose à ses collègues une question lourde de sens : « Est-ce que nous sommes prêts pour le pire des scénarios : des camions de l'armée transportant des cadavres à travers les rues, avec retransmission en direct sur Internet ? » Irrité, Bolsonaro met rapidement fin à l'échange. Et, le lendemain, appelle à de nouveaux rassemblements.

Mandetta se sait désormais sur un siège éjectable. Mais pas question de démissionner. « Un médecin n'abandonne pas son patient », répète-t-il. Durant les semaines suivantes, le président prend pourtant un malin plaisir à *fritar*, ou mettre sur le gril, le « médecin du Brésil ». Ce dernier « manque d'humilité », tance Bolsonaro le 2 avril, avant, trois jours plus tard de menacer d'utiliser son stylo pour démettre les membres du gouvernement qui « se prennent pour des stars ». « Vous êtes déloyal avec moi ! », aurait alors lancé Mandetta au chef de l'État. Contraint et forcé par ses ministres « adultes », et en particulier les militaires, Bolsonaro accepte le 11 avril de visiter le chantier d'un hôpital de campagne à proximité de Brasília... Mais, à peine arrivé, il entame un bain de foule. Le tout, sous les yeux de son ministre de la Santé consterné.

Entre les deux hommes, le point de rupture est atteint. « Le Brésilien ne sait pas s'il doit se fier au ministre de la Santé ou au président », déclare Mandetta le lendemain de la visite, dans un entretien accordé à la TV Globo, appelant à une « parole unifiée » au sommet de l'État. Choqués par tant d'audace, les généraux retirent leur soutien au médecin, à la grande satisfaction de Jair Bolsonaro, qui, en pleine vague pandémique, remercie son ministre le 16 avril. Aussi prévisible soit elle, la nouvelle est accueillie avec colère et consternation par une grande partie de la population. Des concerts de casseroles éclatent depuis les fenêtres des grandes villes du pays. Ému, Mandetta donne une ultime conférence de presse. « N'ayez pas peur ! La science est la lumière, et c'est grâce à elle que nous allons nous en sortir ! », enjoint le « médecin du Brésil », affublé de son éternel gilet bleu, des sanglots dans la voix, serrant dans la main une dernière tasse de café. Et prévient : « Nous ne sommes qu'au début de la bataille. »

XIII

La nuit, ce sont les vrais gardiens de l'Alvorada : ces figurines religieuses, en bois et feuille d'or, façonnées au XVIIIe *siècle, à l'apogée de la période coloniale. Posés sur les commodes et les guéridons des salons du rez-de-chaussée, avec leurs tenues chamarrées et leurs grands yeux expressifs. Les saints baroques scrutent depuis des décennies les allées et venues des présidents du Brésil. Ici, une Marie Madeleine, le visage fendu par une méchante entaille, paraît pleurer pour le salut du pays. Plus loin, une docte Thérèse d'Avila en collerette argentée, livre à la main, fait la leçon aux résidents du palais.*

Mais rares sont celles à avoir survécu au nouvel occupant. Lors de son emménagement, le « Mythe » a exigé le retrait des petites statues catholiques au regard oppressant (mais aussi des objets évoquant les croyances afro-brésiliennes). Ordre a été donné par son épouse, évangélique, qui organise de temps à autre des cultes dans les sous-sols du palais. L'une des premières victimes fut cette représentation en bois de sainte Barbe. La martyre d'Héliopolis est pourtant la patronne des mineurs, des artificiers, des artilleurs et de tous ceux qui manient des explosifs. Sa protection aurait pu être utile au chef de l'État.

Dans ce temple de l'Aurore, les architectes ont pensé à tout, même à l'éveil de l'âme. À l'extérieur, tout au bout d'une rampe donnant sur le salon d'État, se trouve la chapelle du palais. Une petite nef – courbes sensuelles, vitraux colorés, murs en bois dorés et apaisant plafond bleu. Une statuette de la « Vierge de l'Alvorada », quelques cierges et deux fauteuils de génuflexion à velours rouge complètent le décor. Si la bibliothèque est le lieu du savoir et la piscine celui du plaisir, la capela *est celui du recueillement. Celui du pardon, aussi, pour les crimes et les péchés. Nul ne se souvient d'avoir vu le « Mythe » y mettre les pieds.*

*

Que faire ? En ce début des années 2000, « Gros Cheval » passe du galop au surplace, voire à la marche arrière. Aux législatives de 2002, le voilà certes réélu pour un quatrième mandat, mais avec seulement 88 000 voix. Un net recul. Et de fait, dans ce Brésil qui va de mieux en mieux, son discours « imprime » de moins en moins. La même année, Lula triomphe enfin dans les urnes. Après trois candidatures malheureuses, le métallo l'emporte au scrutin présidentiel. Pour la première fois en près d'un demi-siècle, le Brésil connaît une réelle transition démocratique : le social-démocrate Fernando Henrique Cardoso, dit « FHC », sociologue raffiné et polyglotte qui enseigna en 1968 à Nanterre, passe l'écharpe *auriverde* autour du cou de Lula, ouvrier syndiqué et chef du Parti des travailleurs, qui n'a pour tout diplôme que celui de tourneur-fraiseur.

Tout oppose ces deux animaux politiques, qui, en réalité, se complètent à merveille. De 1994 à 2002, comme ministre de l'Économie, puis président, « FHC » a mis un terme à l'hyper-inflation, assaini les comptes et crédibilisé le Brésil à l'international, préparant le terrain pour Lula, qui, au pouvoir, signe une décennie de progrès sans précédent. Grâce à ses programmes sociaux, 40 millions de Brésiliens sortent de la pauvreté, la faim est éradiquée, le taux annuel de déforestation chute de 85 % et toute une génération accède enfin à l'université. Doté d'un charisme sans égal, le métallo fait du Brésil le leader des « pays du Sud », inaugure des dizaines d'ambassades en Afrique ou en Amérique latine et obtient l'organisation au Brésil de la Coupe du Monde de 2014 et des Jeux olympiques de 2016. Certes, il n'entame que peu de réformes structurelles. Il ne touche ni au fonctionnement des institutions, ni aux fondements de l'école, ni aux pratiques de la police, au système des impôts ou à la répartition des terres. Mais le pays offre malgré tout au monde une façade dorée. Un triomphe, symbolisé par cette une de *The Economist*, montrant, en 2009, le Christ du Corcovado décollant telle une fusée dans le ciel de Rio. « J'adore ce mec ! », lance la même année un Barack Obama admiratif au sujet de Lula. « C'est l'homme politique le plus populaire au monde ! »

Le Brésil n'a jamais autant attiré et fasciné que durant cette décennie de gauche. De quoi accabler et dérouter

Cavalão, plus que jamais ancré à l'extrême droite. Ce dernier tente vainement de reprendre la main par une ultime polémique (« Toi je ne te violerai pas parce que tu ne le mérites pas ! », lance-t-il en 2003 face aux caméras à la députée du Parti des travailleurs, Maria do Rosário, avec qui il a alors une violente altercation) mais d'instinct, il sent qu'il est grand temps d'élargir sa base électorale. Et, rapidement, trouve sa cible de choix : les évangéliques.

Leur ascension météorique est le phénomène le plus notable observé dans la société brésilienne depuis la fin du XXe siècle, dans ce qui était jusqu'alors universellement considéré comme le « plus grand pays catholique du monde ». Qu'on en juge par ces simples chiffres : en 1980, l'Église romaine pesait pour près de 90 % de la population contre 6 % pour les protestants. Trente ans plus tard, en 2010, le rapport est de 65 % pour 25 %. Et aujourd'hui, sans doute de 50 % contre 33 %. Le Vatican y perd en moyenne 1 % de ses fidèles chaque année. Certains analystes prévoient que le nombre d'évangéliques devrait dépasser celui des catholiques à l'orée de 2032.

Les causes de cette tectonique des plaques sont connues, et complexes. Il en va d'abord des faiblesses de l'Église apostolique romaine. Celle-ci se trouve également marquée du sceau de son action sous la dictature. À travers des figures internationalement connues, tel Dom Hélder Câmara, archevêque de Recife et d'Olinda, petit homme au dos voûté et au charisme exceptionnel, mais aussi le courageux Paulo Evaristo Arns, « cardinal des droits de l'homme » de São Paulo, ou le franciscain Leonardo Boff et l'écrivain dominicain Frei Betto, les chefs catholiques s'engagent alors contre la junte, dénonçant la torture, rendant hommage à ses victimes. À São Paulo, les « pastorales populaires » appuient les grèves des sidérurgistes. En Amazonie, les prêtres protègent les indigènes des exactions de l'armée. Dans le Nordeste, la Commission pastorale de la terre, la CPT, prend parti pour les sans-terres contre les grands propriétaires. Et tous sont menacés par le régime. « Quand je donnais à manger aux pauvres, on m'appelait un saint. Quand j'ai demandé pourquoi ils sont pauvres, on m'a traité de communiste », ironise Dom Hélder Câmara.

Répudiés par un Jean-Paul II ultra-conservateur, hostile à ce clergé « rouge », les chefs catholiques brésiliens subissent également à partir des années 1980 la désaffection, voire le rejet, d'une bonne partie de la population, de plus en plus conservatrice. Les pasteurs néo-pentecôtistes, inspirés de l'exemple étasunien, saisissent l'opportunité et s'engouffrent dans la brèche. Face à cette Église romaine austère, vieillissante, « gauchiste » et élitiste, ils opposent une foi colorée, extravagante, intégriste et, surtout, florissante. C'est l'avènement de la « Théologie de la prospérité », selon laquelle le chrétien a le droit de s'enrichir à volonté sur terre (en échange du paiement de dîmes et de dons au ministère, bien entendu...). Tout à la fois lieu de fête, refuge contre la violence et temple de l'espoir, les églises évangéliques triomphent dans les solitaires campagnes d'Amazonie ou du Mato Grosso et dans les périphéries, noires ou métisses, des grandes métropoles du Sud-Est, abandonnées par l'État. L'Église la plus puissante, l'Assemblée de Dieu, compte plus de 20 millions de fidèles. Le pasteur le plus fortuné, le milliardaire Edir Macedo, se déplace en voiture de luxe et jet privé, produit CD de gospel et best-sellers en librairie, possède l'une des chaînes de télé les plus populaires du Brésil, la Record, et bâtit des églises vastes comme des stades de foot, répliques kitschissimes du Temple de Salomon.

Conservateur et extravagant : voilà un électorat tout désigné pour Cavalão. Et tant pis si lui-même n'est pas évangélique mais catholique et s'il n'a jamais beaucoup fréquenté les bancs de l'église. Au Congrès, il se rapproche des leaders du « lobby de la Bible », qui compte déjà quelques dizaines d'élus, et notamment du sénateur Magno Malta, charismatique chanteur de gospel à peau tannée, élu du petit État d'Espirito Santo. Mais son pasteur « favori » demeure Silas Malafaia. À près de 50 ans, ce *carioca* au visage faustien, d'origine grecque, préside au ministère de l'« Assemblée de Dieu victoire dans le Christ », installée dans le nord de Rio. Cette « voix prophétique », comme il aime à se présenter, est d'abord un télévangéliste hors norme. Son programme de prêche, doublé en anglais, est diffusé par satellite et retransmis dans le monde entier. Malafaia y crève l'écran, transformant ses sermons en shows enflammés usant de toute la palette de la pantomime : regard courroucé, cris de rage, rire strident, souffle exaspéré, doigt pointé vers le ciel… Il devient l'un des pasteurs les plus populaires du pays.

Dans ses sermons ultra-conservateurs, Silas foudroie les « gauchistes », les « drogués », les « avorteurs » et les militants « LGBTistes », traités de « clowns », de « corrompus », d'« hypocrites », d'« enfoirés » ou d'« ordures ». Dans les années 2000, afin de leur mener la guerre, le pasteur de Rio se cherche des alliés au Congrès. Et, rapidement, tombe sur Cavalão, député de sa ville. Les deux hommes se ressemblent, tant dans leurs convictions que dans leur manière de parler. Surtout : leurs intérêts convergent, l'un cherchant à accroître ses réseaux au sein de l'élite politique et l'autre à construire un nouvel ancrage populaire. Ensemble, ils ferrailleront contre le gouvernement du PT. Et deviennent amis intimes.

Au Congrès, le député se met au service des pasteurs. « Tant pis s'il était catholique : il était notre petit soldat, envoyé en première ligne », se rappelle l'un d'entre eux. Cavalão interrompt les débats, convoque la presse, participe aux manifestations anti-avortement ou anti-mariage gay et signe tous les amendements proposés par le lobby évangélique. Au long des années 2000, il fait des homosexuels sa cible favorite. Une « bonne baffe » permettrait, selon lui, de « corriger » un enfant « un peu gay », estime le capitaine, qui associe l'homosexualité au sida, à la prostitution et à la pédophilie. « Je ne vais pas jouer à l'hypocrite : je serais incapable d'aimer mon fils s'il était homosexuel. Je préférerais qu'il meure dans un accident de voiture, plutôt qu'il ramène un "moustachu" à la maison », lâche-t-il sans fard dans une interview au magazine

Playboy en 2011, ajoutant : « Je ne suis pas obligé d'aimer tout le monde. »

Au Parlement, Cavalão mène croisade contre un soi-disant « kit gay » du Parti des travailleurs censé faire la propagande du mouvement LGBT à l'école (en réalité, un simple manuel pédagogique destiné à inciter les élèves à la tolérance…) et mène la vie dure au socialiste Jean Wyllys, jeune métis de Bahia, ancienne star de la téléréalité et l'un des rares élus à assumer son homosexualité. Dans les couloirs, et jusque dans l'hémicycle, le capitaine le siffle, le traite de *veado* ou de *bichinho* (« cerf » et « petite bête », équivalent de « pédé » ou « tarlouze »). Un jour, les deux hommes se croisent aux toilettes. « Le rêve des homos, ce serait qu'on retire ces parois de séparation entre chaque urinoir pour qu'ils puissent voir nos bites ! », lance alors à la cantonade le capitaine en ouvrant sa braguette.

Outre Magno Malta et Silas Malafaia, une autre personnalité va enseigner à Cavalão le « parler évangélique » : Michelle Reinato, assistante parlementaire au Congrès et fervente chrétienne, devient à partir de 2007 la nouvelle compagne du député. Avec Ana Cristina, l'idylle n'aura duré que quelques années. La native de Resende, qui rêvait de luxe et de confort, ne s'est jamais habituée aux manières frustes de son capitaine. Elle ne supporte plus de passer ses vacances à pêcher avec lui à Angra dos Reis, près de Paraty, où le couple possède une maison. Ana exige l'achat d'un yacht… Exaspéré, Cavalão décide d'aller voir ailleurs.

Au Congrès, il fait la connaissance de Michelle, brune aux grands yeux noirs, vingt-sept ans plus jeune que lui. Une beauté froide et une bonne chrétienne, née et grandie à Ceilândia, l'une de ces pauvres et tristes « cités satellites », villes-dortoirs ceinturant Brasília. Cette dernière dissimule difficilement un passé familial des plus tortueux. Son grand-père est mort assassiné et sa grand-mère maternelle a été emprisonnée pour trafic de drogue ; sa mère fut un temps inquiétée pour fabrication de faux documents ; l'un de ses oncles purge une peine de 14 ans de prison pour viol sur enfant ; un autre passera lui aussi quelque temps derrière les barreaux pour une supposée implication dans les milices de la capitale… Autant d'événements qui pousseront Michelle à se convertir au protestantisme et à s'engager dans les œuvres sociales de l'Église, en particulier vis-à-vis des sourds-muets – elle-même parle couramment la langue des signes.

Pour séduire la « belle » du Congrès, le capitaine se montre d'abord des plus rustres. La mère de Michelle, Maria das Graças, se souvient encore de ce jour où elle reçut un paquet adressé à sa fille, contenant sept pièces de lingerie féminine… Une par jour de la semaine. « Il pense que je n'ai rien à me mettre ou quoi ?! », s'indigne alors la jeune femme, qui convertit vite ce député machiste à des manières plus galantes. Cavalão vient finalement lui-même demander l'assentiment de Maria afin de pouvoir sortir avec sa fille. Le couple s'affiche dès lors au Parlement comme à l'église, Michelle entraînant son député à la rencontre des pasteurs de Rio et Brasília. Et, en 2013, lors d'un événement savamment mis en scène pour les photographes des magazines people, les deux tourtereaux se marient.

La cérémonie, présidée par Silas Malafaia lui-même, a lieu dans une salle des fêtes (la « Maison Rose ») du nord de Rio, entre pastiches de colonnades grecques et profusion de roses blanches. Michelle dédie à son époux « Grande amor » chanson d'un chanteur de gospel nommé « Kim », membre du très pieux groupe « Catedral ». Ému, Cavalão prononce quelques mots attendus : « Je ne vais pas dire que je t'aime, car ce serait un pléonasme. Tu es une partie de moi. » Chacun l'a compris : le capitaine ne s'est pas seulement marié à une jolie brune, mais aussi à la foi chrétienne. Pour lui, une nouvelle vie commence, main dans la main avec les pasteurs néo-pentecôtistes. L'année suivante, au scrutin législatif, le député remporte un septième mandat avec plus de 464 000 voix : sept fois plus que lors de sa première élection. À son éternel slogan de parachutiste, « le Brésil au-dessus de tout », il ajoute désormais un nouveau mot d'ordre, « Dieu au-dessus de tous »

*

Ils sont une douzaine, debout en cercle face au palais de l'Alvorada. Les hommes en short et T-shirt blanc, les femmes parées de robes aux couleurs du drapeau national. Et tous lèvent les bras vers le ciel. Ce dimanche 5 avril 2020, Jair Bolsonaro, appuyé par des leaders évangéliques, a appelé à une journée de jeûne et de prière pour lutter contre le Covid-19. « S'ils se trompent et périssent, nous périrons aussi. S'ils prennent la bonne décision, nous serons bénis », lance sur un ton apocalyptique la pasteure du groupe réuni devant la résidence présidentielle, au sujet des membres du gouvernement.

Alors que les cas de Covid explosent au Brésil, afin de ne pas donner l'impression d'être inactif, le président cherche une parade. Alors, pourquoi pas une prière pour remobiliser sa base ? En 2018, une écrasante majorité d'évangéliques ont voté en sa faveur et, depuis son arrivée au pouvoir, Bolsonaro n'a eu de cesse de choyer ses « fidèles ». Le président reçoit régulièrement les chefs néo-pentecôtistes au palais. Au ministère de la Famille, il a placé la pasteure Damares Alves, une fondamentaliste, qui promet de nommer sous peu un juge « terriblement évangélique » au Tribunal suprême fédéral. « Cet État est laïque, mais notre gouvernement est chrétien ! », assure Jair Bolsonaro, qui ne manque jamais une occasion de rappeler que son deuxième prénom est « Messie » et aime à se présenter en envoyé du « Très-Haut » : « Je suis ici pour remplir la mission que Dieu m'a confiée et lui seul peut me faire sortir d'ici ! », répète-t-il à qui veut l'entendre. En ce début de pandémie, le président fait en tout cas son maximum pour garder les temples ouverts, incluant les activités religieuses dans la liste des « services essentiels ». Il suit ainsi les conseils des « grands » pasteurs télévangélistes, et en particulier de Silas Malafaia, anti-masque assumé, qui estime que « l'Église doit rester l'ultime bastion de l'espérance du peuple ! ».

À partir du mois de mai 2020, le Brésil prend de plein fouet la vague pandémique. Partout, on creuse des tombes et des fosses communes à la pelle, à la pioche, à la tractopelle. Les hôpitaux sont pleins et les urgentistes dépassés. Des capes de pluie et des sacs-poubelle sont utilisés comme dérisoire protection contre le virus. À São Paulo, on enterre de jour comme de nuit pour éviter les embouteillages de corbillards aux abords des cimetières. « Nous sommes à la limite de la barbarie », s'effondre en larmes Arthur Virgílio Neto, maire de Manaus, ville martyre, où les cercueils sont entassés dans des fosses communes… En trois mois, 100 000 malades décèdent du Covid. Le Brésil devient le deuxième foyer mondial de l'épidémie derrière les États-Unis.

Après le renvoi de Luiz Henrique Mandetta, la raison quitte peu à peu le pouvoir. En lieu et place de son populaire ministre, Jair Bolsonaro nomme Nelson Teich, un oncologue effacé, qui, sur fond de dissensions avec le président, ne restera que vingt-huit jours à son poste. Face à l'épidémie qui progresse, le président se refuse à prendre la moindre mesure de confinement. Chaque jour, le chef de l'État se replie sur son aile « idéologique », composée de pasteurs illuminés et de complotistes hauts en couleur. Parmi eux, le milliardaire Edir Macedo, puissant chef de l'Église universelle, qui voit dans le Covid une « tactique » orchestrée par l'alliance de Satan pour semer la « terreur ». Ou encore, le ministre des Affaires étrangères, Ernesto Araújo, qui évoque publiquement l'existence du « comunavirus », un virus inventé de toutes pièces par la Chine communiste pour affaiblir l'Occident. Il est suivi en cela par les fils du chef de l'État, mais aussi par son collègue, Abraham Weintraub, qui, en mai 2019, a remplacé Ricardo Velez à l'Éducation. Ancien professeur d'économie à la carrière médiocre, cet anti-marxiste radical (il accuse les universités d'accueillir sur leur campus des « plantations extensives » de marijuana » ainsi que des « sans-terres et des gens à poil »), vulgaire (il traite la mère trop critique d'une internaute de « jument galeuse et édentée ») et, comble pour un ministre de l'Éducation, remplit ses posts de fautes d'orthographe (dans le plus célèbre d'entre eux, il cite « Kafta » au lieu de « Kafka »), publie le 4 avril une série de tweets ironiques, et racistes, remplaçant les « r » par des « l » afin d'imiter un supposé accent chinois : « Géopolitiquement, qui pouLait soLtiL LenfoLcé, en teLme Lelatifs, de cette cLise mondiale ? »

Alors que le virus ravage le pays, d'étranges visiteurs du soir défilent au Planalto. Des médecins, diplômés, souvent reconnus par leurs pairs. Il y a là Nise Yamaguchi, oncologue brésilienne d'origine japonaise. Ou encore Paolo Zanotto, virologue de profession et « antivax » assumé. L'ophtalmologue Antônio Jordao, ancien chef du syndicat des médecins de l'État du Pernambouc. Mais le « cacique » du groupe demeure Osmar Terra : un grand chauve à moustache de 70 ans, vieux routier de la politique brésilienne, ancien ministre, député du Rio Grande do Sul, ex-communiste passé à droite. Médecin de formation, il a dans les années 2000 présidé le Conseil national des secrétaires de santé, le CONASS, l'une des entités gestionnaires du SUS, chargé de coordonner les politiques de santé des États de la fédération.

Dès le début de l'épidémie, les réunions avec ce « cabinet parallèle » se multiplient. Par opportunisme ou conviction, les « médecins du président » relativisent la gravité du virus, nient la réalité des chiffres, et jugent « inefficaces » toutes mesures de confinement. « L'épidémie va se terminer en juin ! », assure Osmar Terra. Autant de « prophètes » en blouse blanche qui ravissent Bolsonaro. « Ces gens sont alignés avec nos idées », confie-t-il un jour à un Mandetta accablé. Face au président, les « conseillers de l'ombre » plaident en faveur d'un remède miracle, l'hydroxychloroquine, facile à produire, et dont l'efficacité, assurent-ils, a été démontrée par un « grand médecin français », Didier Raoult, alors érigé en pape de la virologie moderne. Le chef de l'IHU de Marseille n'a-t-il pas été cité en référence par Donald Trump lui-même ? Si le chef de la première puissance mondiale le dit, cela doit être vrai…

Relayées en masse sur les réseaux sociaux, ces thèses rencontrent un certain succès. Car le Brésil est, entre tous, particulièrement vulnérable aux *fake news*. Dans une société accro aux réseaux sociaux, où l'éducation a toujours été le privilège des plus riches, et où plus d'un quart de la population est encore considéré comme analphabète fonctionnel (c'est-à-dire éprouvant de réelles difficultés à lire ou écrire un texte simple), n'importe quelle vague rumeur peut vite se transformer en vérité absolue. Aujourd'hui même, 7 % de la population brésilienne est convaincue que la Terre est plate (un chiffre qui monte à 1 sur 10 chez les plus pauvres, et à la campagne), soit 11 millions de citoyens. Dans bien des régions, on se soigne encore à l'aide de remèdes traditionnels, à l'efficacité parfois douteuse : écorces, lianes du Pérou, lait d'Amapa, écailles de piranha ou graisse d'anaconda.

Le phénomène traverse en réalité toute l'histoire du Brésil, pays superstitieux, inquiet et mystique. Quelle que soit sa religion, on s'offre des amulettes protectrices, tire les coquillages pour connaître son futur et pratique la *macumba*, cet ensemble de rituels, associés à de la « magie noire ». On laisse un balai derrière la porte, pour éloigner les visites inopportunes. On plante des « épées de Saint-George » (en français, langues de belle-mère) à la fenêtre pour éloigner le mauvais œil. On prie *São Gonçalo* afin de trouver un mari aux vieilles célibataires. On honore *São Longuinho* par « trois petits sauts et trois petits cris » afin de retrouver un objet précieux. On répète en boucle le nom du martyr *São Brás* pour faire passer le mal de gorge ou le hoquet des enfants. « Oreille qui brûle, c'est que quelqu'un parle mal de toi », « Main qui gratte, c'est que tu vas gagner de l'argent », « Sandales retournées, c'est que ta mère va décéder », disent les Brésiliens. Guère étonnant si dans les années 1940 et 1950, le programme radio d'Almirante rencontre un tel succès. Henrique Foréis Domingues de son vrai nom, animateur sur la radio Tupi, il y conte alors aux auditeurs, le soir venu, de supposées « histoires vraies », toutes plus surnaturelles et macabres les unes que les autres : messes noires, lévitations, vautours funestes, fantômes autostoppeurs, mortes errant à proximité des cimetières… Écouté par des millions de Brésiliens, le programme provoque quantité de nuits blanches, et même quelques suicides.

À l'écoute de ses conseillers en blouse blanche, Bolsonaro jubile : il a trouvé la parade, et pense pouvoir convaincre son peuple de son efficacité. Dès la fin mars, il commence à faire la promotion du « remède miracle » qui, associé à un cocktail d'ivermectine, d'azithromycine et de diverses vitamines, constituerait selon lui un « traitement précoce » efficace. Pas un déplacement, pas une intervention publique sans que le « Capitaine Chloroquine » exhibe une boîte bleu et blanc de son médicament préféré. « C'est la seule prévention, le seul traitement que nous ayons ! », plaide le président, qui passe de la parole aux actes. Dans les mois qui suivent, des millions de comprimés du médicament sont produits aux frais de l'État par les laboratoires de l'armée et distribués à travers tout le pays. Le ministère de la Santé élabore un « protocole sanitaire »… Le « kit Covid » sera même secrètement testé sans leur consentement sur des patients malades par le groupe de santé privé, Prevent Senior. Plusieurs y trouveront la mort.

Qu'importe si le monde entier, à commencer par Donald Trump, cesse vite de croire à l'efficacité de ce « remède miracle ». « D'ici peu, vous me donnerez tous raison », clame Bolsonaro, qui, le 7 juillet, annonce avoir été testé positif au Covid-19. Atteint d'une forme légère de la maladie, le président profite de son isolement forcé pour faire la propagande de son « traitement précoce ». « Tout se passe bien ! », se réjouit le chef de l'État sur les réseaux sociaux, gobant des pilules de chloroquine. Mais une nouvelle fois, le ciel semble vouloir envoyer un signe au leader d'extrême droite. Pendant sa quarantaine, alors qu'il prend le soleil sur la pelouse, Jair Bolsonaro tente de nourrir les nandous du palais… et blaguant devant les caméras, il exhibe une boîte de chloroquine face à une autruche. Celle ci lui tourne alors ostensiblement le dos.

XIV

Si, au milieu de la nuit, le président est pris d'une fringale, il n'a que l'embarras du choix. Le palais possède trois salles à manger. Une au premier étage, sur la mezzanine, pour les dîners de famille. Une au rez-de-chaussée, pour les déjeuners rapides. Et enfin, la plus vaste, la plus somptueuse : la salle des banquets. Dix mètres de hauteur sous plafond, et une table pouvant accueillir plus de trente convives. Le tout, avec chandeliers d'argent, tapisseries florales, commodes antiques… Et pourtant, jamais ou presque le « Mythe » ne les utilise. Il préfère se sustenter dans la cuisine du palais, en compagnie des employés de la résidence.

En matière de gastronomie, le président n'a jamais renoncé à ses goûts simples, sinon rustiques. Au petit-déjeuner, il « suce » une mangue, accompagnée d'une eau de coco et de pain beurré. À midi, c'est crêpe à la saucisse, riz, haricots, et viande grillée. Le « Mythe » a horreur des plats crus et trop sophistiqués. Au Japon, il refuse de toucher à un somptueux banquet impérial de poissons, optant pour des nouilles instantanées dégustées à l'hôtel après les festivités. À Rome, il décline un café de salumeria *pour un vulgaire Coca-Cola. Et lorsqu'il accueille à sa table le puissant John Bolton, conseiller à la Sécurité nationale de Donald Trump, c'est pour lui servir des yaourts pour enfants et des briques de jus de fruits bon marché.*

« Le président mangerait même des cailloux », dit-on. Mais où s'arrête le « Mythe » ? Où commence le « Menteur » ? Les « déplacements cantine » du « président nouille » sont devenus un classique. En début de mandat, on le retrouve attablé au self-service d'un supermarché de la très chic station de ski de Davos. Sur une autre photo, publiée sur les réseaux sociaux, le président tartine du lait condensé sucré sur du pain de mie. Une mise en scène écœurante, mais qui « fait peuple »... et ravit ses partisans. Une boulangère de Rio s'empresse alors de servir à ses clients un petit « pain du capitaine ». Quelques mois plus tard, c'est un vignoble du Sud qui lance son mousseux brut « Il Mito ». Puis un boucher du plateau central de dévoiler son « rumsteck Mito ». Mais cette pièce de bœuf de Kobe est tout sauf « populaire ». Elle se vend à plus de 300 euros le kilo...

⋆

La scène se déroule en 2016, face à un plat de crevettes grillées au sésame. Accompagné de son fils Eduardo, Cavalão a convié une vieille connaissance à déjeuner dans un restaurant de Barra da Tijuca, à Rio : Augusto Heleno. Un général quatre étoiles de 69 ans, aux airs de Droopy bougon, cheveux blancs et raie marquée, que le député connaît et admire de longue date. Heleno est une légende noire de l'armée brésilienne. Né à Curitiba, capitale du Paraná, ce Sud « blanc » brésilien, cet homme fut un temps considéré comme le meilleur officier de sa génération. Reçu premier aux trois principaux concours de l'armée, le « triple couronné » au physique de fer monte rapidement en grade. En 2004, il est envoyé par Lula lui-même comme tout premier commandant de mission des Nations unies pour la pacification en Haïti, la Minustah. Un honneur insigne.

Mais, sur le terrain, le faiseur de paix se révèle un chef de guerre impitoyable. Nostalgique assumé de la dictature et de ses méthodes brutales, il lance, le 6 juillet 2005, l'opération « Poing de fer » sur le quartier pauvre de Cité Soleil, à Port-au-Prince. Des centaines de casques bleus, épaulés par des dizaines de blindés et d'hélicoptères, fondent sur ce haut lieu du trafic de drogue. Après sept heures de bataille et 22 000 coups tirés, on relèvera jusqu'à 70 victimes, dont des femmes et des enfants. Sur place, l'événement est un traumatisme, considéré comme l'un des pires massacres jamais commis par les Nations unies. Rentré au pays deux mois plus tard, Heleno estime qu'« un bandit avec un fusil en main doit être fusillé » et rêverait de voir ses méthodes « Poing de fer » appliquées dans les favelas de Rio. Gagné par l'hubris, il se croit assez puissant pour critiquer publiquement la politique du Parti des travailleurs en Amazonie, « lamentable pour ne pas dire chaotique »... Furieux, Lula met « Droopy » au placard, relégué au Département des sciences et technologies de l'armée. Jamais Heleno n'accédera au commandement suprême, auquel il se croyait prédestiné.

En 2016, c'est donc un homme amer et revanchard, passé dans la réserve et travaillant désormais comme directeur de la communication au sein du Comité olympique brésilien, que Cavalão convie à déjeuner. Amateur de femmes et de bon whisky, Heleno fut son instructeur à l'Académie. Les deux hommes, qui partagent un anti-communisme féroce et le goût des blagues de soudards, ont vite sympathisé. Le capitaine a par ailleurs une confiance absolue dans celui qui est à la fois son supérieur et son aîné, et qu'il considère selon ses proches comme un grand frère, voire un mentor. En cette année charnière, à mi-mandat, il décide donc de dévoiler son grand projet. « Heleno, je pense à me présenter à la prochaine présidentielle ! », prévue pour octobre 2018, lance Cavalão, qui, sans doute impressionné par sa propre audace, s'empresse d'ajouter : « Vous devez penser que je suis fou ! », et de partir dans un grand éclat de rire. Mais « Droopy » ne sourit pas. Tout l'inverse : il prend l'idée très au sérieux. Car, le général le sent : pour la première fois en trois décennies, Cavalão colle totalement à l'air du temps.

À cette époque, la décennie dorée de la gauche a pris fin. En 2015 et 2016, le pays connaît une récession historique, que ne parvient pas à juguler la présidente au pouvoir, Dilma Rousseff. Héritière désignée de Lula, cette *mineira* d'origine bulgare, ancienne guérillera marxiste torturée sous la dictature, est arrivée au pouvoir en 2011. Après avoir fait face deux ans plus tard à un mouvement de contestation sans précédent de la jeunesse contre la vie chère, Dilma est confrontée à partir de 2014 au tsunami du *Lava Jato*, gigantesque opération anti-corruption, qui met au jour un système dantesque de pots-de-vin, impliquant le groupe pétrolier Petrobras ainsi que ceux du BTP OAS et Odebrecht. Des centaines de personnalités publiques sont poursuivies et envoyées derrière les barreaux. Les enquêtes sont pilotées par une « task force » de procureurs basés à Curitiba et traitées par un « petit juge » local, Sergio Moro. Quarantenaire à la crinière brune et à la voix de crécelle, ce dernier accède à la célébrité et devient pour beaucoup le « shérif du Brésil ». Mais un shérif controversé et aux méthodes de cow-boy, flirtant avec les limites du droit. Moro, qui fait du Parti des travailleurs sa cible privilégiée, n'hésite pas à faire « fuiter » des informations confidentielles dans la presse et à coordonner ses actions avec les procureurs. Par ricochet, le PT devient synonyme de népotisme et de corruption pour une majorité de Brésiliens. Courageuse mais dénuée de charisme et victime d'un machisme outrancier, Dilma Rousseff est lâchée par ses alliés de l'establishment, qui refusent de sombrer avec elle. Sous prétexte de « pédalage budgétaire », une pratique courante destinée à masquer la mauvaise santé des comptes publics, elle est destituée le 31 août 2016. Pour beaucoup, il s'agit ni plus ni moins d'un coup d'État.

Après des années de mise à l'écart, le camp conservateur relève la tête. Sur le pavé de Rio, São Paulo et Brasília, vêtue de maillots de la Seleção et de drapeaux *auriverde*, émerge la « nouvelle droite », qui prend conscience de sa puissance. Au sein des manifestations, réunissant parfois plusieurs millions de protestataires, on trouve des pasteurs conservateurs, tel Silas Malafaia, mais aussi de jeunes libertariens, vomissant les politiques du PT, comme Kim Kataguiri, étudiant d'origine japonaise âgé de 20 ans et leader du Mouvement Brésil Libre, le MBL. Des grands patrons, tel Paulo Skaf, président de la puissante Fédération des industries de São Paulo, la FIESP, et des entrepreneurs, comme Rogério Chequer, fondateur du mouvement *Vem para Rua* (« Sortez dans la rue »). Des représentants de l'establishment corrompu, tel le président de la Chambre des députés Eduardo Cunha, et des « disciples » de l'essayiste complotiste Olavo de Carvalho, comme l'ancienne procureure Bia Kicis. Des stars de *telenovela*, comme Regina Duarte, et des acteurs porno, tel Alexandre Frota. Des journalistes, telle Joice Hasselmann, blonde explosive et présentatrice de populaires émissions télé, ou des monarchistes assumés, comme Carla Zambelli, cheveux roux et sourire éclatant, fondatrice du groupe *Nas Ruas* (« Dans la rue »), qui milite contre la corruption.

Cavalão le voit : il n'est plus seul. Ses idées triomphent dans la rue. Et bientôt dans les urnes ? Lui-même accompagne le mouvement plus qu'il ne l'organise. Mais, avec brio et outrance, il va *in fine* réussir à l'incarner lors d'un événement symbolique. Le 17 avril 2016, le Brésil entier a les yeux rivés sur la Chambre des députés où est mise aux voix la destitution de Dilma Rousseff. Dans l'intimidant hémicycle aux barreaux gris, l'ambiance est survoltée. Les élus se poussent, s'agglomèrent, hurlent, sifflent, s'insultent. « *Tchau querida !* », rugissent les députés de droite. « Fascistes ! », rétorquent ceux de gauche. Trente ans après la fin de la dictature, les représentants de la démocratie brésilienne offrent au monde l'image de supporters de foot éméchés, prêts à en venir aux mains. Mais, comme souvent, la palme de l'abject reviendra à Cavalão. Dans un court discours, le député annonce dédier son vote – positif – à « la famille », à « la liberté » mais aussi et surtout, ajoute-t-il, à « la mémoire » du colonel « Carlos Alberto Brilhante Ustra, la terreur de Dilma Rousseff ! ». Cris, huées et sifflets. La salle s'indigne devant tant d'outrance. Plus tard dans la journée, le député socialiste Jean Wyllys lui crachera au visage.

Il faut mesurer toute la violence de cette sortie. Si la dictature brésilienne ne fut pas la plus brutale d'Amérique latine (434 victimes, contre plus de 3 000 au Chili et au moins 30 000 en Argentine), elle fut cependant la plus longue (vingt et un ans) et usa sans vergogne de la torture. En tout, 20 000 Brésiliens y furent soumis. Les centres d'interrogatoires les plus craints, placés sous le commandement du Détachement d'opérations d'information-Centre opérationnel de défense intérieure, le « DOI-CODI », se trouvaient alors à São Paulo, au numéro 921 de la rue Tutoia. Là, dans un petit bâtiment quelconque de deux étages, succession de salles carrelées aux murs beiges, 7 000 personnes – dont Dilma Rousseff – subirent les supplices les plus barbares : déshabillés, battus, violés, pendus pieds et poings attachés à un bâton de bois, ou « grillés » sur la chaise électrique, sous l'œil de militaires sadiques, qui torturent en riant et se masturbant. Les « séances » se pratiquent la fenêtre ouverte. Tout le voisinage entend les cris des suppliciés.

De 1970 à 1974, les lieux furent dirigés par le colonel Carlos Brilhante Ustra, un anti-communiste forcené devenu un criminel en treillis. Après la chute du régime, il bénéficie de la loi d'Amnistie, mais, pour répondre aux accusations des survivants, publiera en 2006 le livre *La Vérité suffoquée* : un immonde pavé révisionniste, où cet officier à la retraite balaie les critiques et justifie les méthodes de la junte : « Dans aucun endroit du monde on ne combat le terrorisme avec des fleurs », explique Ustra. Ce dernier obtient alors le plein soutien de Cavalão, qui qualifie le colonel de « héros national » et qui affirme avoir *La Vérité suffoquée* comme livre de chevet. « L'erreur de la dictature fut de torturer au lieu de tuer », soutient le député, qui s'opposera de toutes ses forces à la Commission nationale de la vérité, mise en place par Dilma Rousseff en 2011 pour faire la lumière sur les crimes du régime.

Quoi qu'il en soit, en rendant hommage à un tortionnaire au cœur du temple de la démocratie, le député fait forte impression parmi la « nouvelle droite ». Trente ans après sa tribune dans *Veja*, il acquiert encore une fois une aura nationale. Pour lui, c'est un nouveau départ. Dans la foulée, Cavalão adhère au Parti social-chrétien, le PSC, l'une des principales formations évangéliques au Congrès, et, le 12 mai 2016, se rend en Israël pour une cérémonie toute particulière : rien de moins que son baptême. Vêtu de blanc, les mains jointes en prière et les yeux fermés, le capitaine est immergé dans les eaux vertes et calmes du Jourdain, sous l'assentiment du pasteur Everaldo, président du PSC. Rien de mieux qu'une bénédiction avant de lancer l'offensive vers le pouvoir. Mais à cette époque, ses ambitions demeurent modestes. « Si je fais 10 % des voix, déjà, je serai content ! », confie-t-il. 10 % ? Ce serait effectivement un exploit. Deux ans avant le scrutin, les sondages ne lui donnent que 4 % d'intentions de vote. Chacun, alors, pense que le capitaine se prendra une « gamelle ».

*

Jair Bolsonaro a la fringale. De viande, mais d'abord et surtout de foule. Ce samedi 9 mai 2020, il convie ses partisans à un grand *churrasco* au palais de l'Alvorada. « Il y aura un petit match de foot, mais pas d'alcool, sinon la première dame va virer tout le monde ! », s'enthousiasme le président, qui dit avoir convié 1 300 personnes. De quoi créer un gigantesque cluster, alors que la première vague de Covid-19 déferle sur le Brésil et que des centaines de malades décèdent chaque jour dans les hôpitaux du pays transformés en mouroirs. Face au tollé suscité par sa provocation, le chef de l'État décide d'annuler le barbecue géant. Mais ne compte pas renoncer à son « week-end détente ». Le samedi venu, il est filmé, effectuant un tour de jet-ski sur les eaux tranquilles du lac Paranoá. Le président sourit. La vie est belle… Le même jour, le Brésil franchit la barre des 10 000 décès liés à l'épidémie.

En réalité, en cet automne austral, le « trublion » de Brasília est à la peine. Sa popularité chute. À la Chambre des députés, une soixantaine de demandes en destitution ont été déposées et une nouvelle fronde s'organise, autour du président de la Chambre des députés, Rodrigo Maia. Pour ne rien arranger, le Tribunal suprême fédéral, dit STF, qui enquêtait sur la diffusion massive de *fake news*, se penche désormais également sur l'action des mouvements d'extrême droite soupçonnés de comploter contre la démocratie. Le 27 mai, des perquisitions sont effectuées contre une trentaine de blogueurs, chefs d'entreprise, militants ou députés proches du chef de l'État.

Au même moment, la presse fait ses gros titres sur de potentiels détournements de fonds publics. Les fils du président Bolsonaro, Flávio et Carlos, sont visés, mais aussi ses compagnes, actuelles ou anciennes, dont Ana Cristina Valle, deuxième épouse du chef de l'État. Dans les années 2000, celle-ci dirigea le cabinet de Carlos Bolsonaro au Conseil municipal de Rio et plaça l'une de ses meilleures amies à la tête de celui de Flávio, devenu député régional. Elle aurait alors, selon la justice, piloté un vaste système de détournement de fonds publics, nommant des familiers comme fonctionnaires « fantômes », en échange de la rétribution d'une partie de leurs salaires. Entre 1998 et 2008, Ana et Jair achètent quatorze biens immobiliers, dont cinq payés en liquide, et troquent leur appartement de la populaire zone Nord de Rio pour un condominium aisé de Barra da Tijuca. Le patrimoine du couple approche alors le million d'euros.

Mais la menace la plus sérieuse vient du gouvernement. Le 24 avril, emboîtant le pas à Luiz Henrique Mandetta, le ministre de la Justice et de la Sécurité publique, Sergio Moro, annonce sa démission. Le « shérif » de Curitiba fut en 2018 la plus belle « prise » du nouveau président. Mais, malgré les sourires de façade, le courant n'est jamais passé entre les deux hommes les plus populaires de la droite. Bolsonaro ne supporte plus les grands airs et le ton condescendant du magistrat. Surtout, il l'accuse de ne pas assez tenir en bride les agents de la Police fédérale, la PF, équivalent local du FBI américain, enquêtant sur sa famille. Durant sa première année au pouvoir, le président n'a manqué aucune occasion de rabaisser son rival, menaçant de retirer d'un coup de stylo ses attributions, vidant de sa substance son « paquet anti-crime », entré en vigueur en janvier 2020, et le poussant aux mises en scène les plus humiliantes. En octobre 2019 : face aux photographes, Jair Bolsonaro pointe alors du doigt son ministre et, martial, mime un pistolet prêt à tirer. Sergio Moro, tête baissée, les mains croisées, semble attendre d'être exécuté.

Mi-avril 2020, la coupe est pleine. Échaudé par la progression des « affaires », le président annonce son intention de remplacer le directeur de la Police fédérale, subordonné au ministère de la Justice. Problème : Mauricio Valeixo, chargé du poste, est un proche parmi les proches de Sergio Moro. Ce dernier s'oppose à la décision et, en privé, dénonce une ingérence inacceptable de l'exécutif dans le judiciaire… provoquant la rage de Jair Bolsonaro. Ce dernier se déchaîne lors d'une réunion rassemblant l'ensemble de son gouvernement le 22 avril. Confidentielle mais filmée, celle-ci sera finalement diffusée par la justice un mois plus tard. En roue libre face à ses ministres, le leader d'extrême droite aligne les insultes (« putain ! », « merde ! », « fumier ! », « crevard ! »...), appelle à armer la population (« Un peuple armé ne sera jamais l'esclave de personne ! ») et ordonne de remplacer le chef de la PF. « Je ne vais pas attendre que toute ma famille se fasse niquer ! (...) On va le changer ! (...) Et si ce n'est pas possible, on changera de ministre ! Point final ! On n'est pas ici pour rigoler ! », éructe le président. Deux jours plus tard, Sergio Moro démissionne. Un événement mis en scène par le Planalto comme une rupture amoureuse. « Je lui ai toujours ouvert mon cœur, mais je doute qu'il m'ait déjà ouvert le sien (...) je ne vais pas dire que j'ai pleuré, mais j'ai été très triste », déclare Bolsonaro.

Mais de cette rupture amoureuse, va-t-il découler une rupture politique ? Et, pourquoi pas, un coup d'État ? Beaucoup, à l'époque, le croient. De plus en plus, le président perd ses nerfs. « Je vais intervenir ! », lance-t-il, entre deux hurlements, face à ses ministres militaires, réunis lors d'une banale séance de travail au Planalto, le 22 mai 2020, selon les informations de la revue *Piaui*. Concrètement : il s'agirait d'envoyer la troupe pour fermer le Tribunal suprême et arrêter ses juges, qui exigent alors de faire saisir son téléphone portable. La déclaration à l'emporte-pièce provoque l'affolement chez les généraux présents, et en particulier Augusto Heleno. Au pouvoir, l'ancien

« triple couronné » est devenu le bras droit de Bolsonaro et occupe l'influent cabinet de la Sécurité institutionnelle, le GSI, en charge des données informatiques, des services secrets mais aussi de la protection du chef de l'État et de sa famille. Ce 22 mai, face à un président hors de lui, il use de toute son autorité morale et parvient à le dissuader. « Ce n'est pas le moment pour ça ! », tranche Heleno.

Mais dans les semaines suivantes, le président continue ses sorties incendiaires. « C'est terminé, putain ! (...) Des journées [comme celle-ci] ne se reproduiront plus ! (...) Il y a des limites ! », s'enflamme-t-il le 27 mai, suite aux perquisitions décidées par le Tribunal suprême, rejoint par son fils et député, Eduardo, qui appelle à prendre une « mesure énergique », et tant pis si son père est « taxé de dictateur ». « Ce n'est plus le moment de se demander si [un coup de force] va arriver, mais quand ! », lance « Zéro trois », provoquant un mouvement de panique immédiat au Congrès. Certains députés se voient discrètement offrir l'asile par les ambassades étrangères. Rodrigo Maia se rappelle avoir reçu un coup de fil de son homologue, Sergio Massa, président de la Chambre des députés argentine : « Si ça dégénère, sache que tu peux venir trouver refuge chez nous. » Le 31 mai, un nouveau rassemblement des partisans de Jair Bolsonaro est organisé à Brasília. Dans la foule, certains appellent ouvertement à une intervention militaire et à la dissolution du Congrès et du STF. Euphorique, le président salue ses « troupes » depuis un hélicoptère survolant la capitale, avant de les passer en revue à dos de cheval : une image calquée sur celle de son idole, le général Newton Cruz, figure de la répression durant la dictature.

Parmi les « soldats » alors présents se distingue un petit groupe inquiétant : les « 300 du Brésil ». Le nom de ces derniers est inspiré du titre du blockbuster éponyme, sorti en 2006, contant la résistance héroïque d'un petit groupe de Spartiates contre les invasions perses. Ses membres, influencés par les suprématistes blancs américains et par les thèses farfelues de l'essayiste complotiste Olavo de Carvalho, dressent un campement sur les pelouses de l'Axe monumental. S'organisant comme une véritable milice au cœur de la capitale, les « 300 » (qui ne sont en réalité qu'une trentaine) affirment être armés et disent effectuer des exercices d'entraînement militaire visant à « exterminer la gauche », organisent des défilés aux flambeaux et vont jusqu'à « bombarder » le Tribunal suprême à coup de feux d'artifice. Mené par Sara Winter, une ancienne Femen passée à l'extrême droite, le groupe obtient le soutien public de plusieurs cadres du pouvoir, en particulier des députées Bia Kicis et Carla Zambelli, égéries des manifestations « anti-Dilma », devenues députées « ultra-bolsonaristes ».

Ces « 300 » ne sortent pas de nulle part, et ne sont pas sans précédent. Au cours de son histoire, notamment durant les années 1920 et 1930, le Brésil a eu lui aussi son mouvement fasciste. À l'époque, la création du Parti communiste local effraie une partie des classes moyennes urbaines. De petits groupes d'inspiration mussolinienne voient le jour et l'un d'eux, l'Action intégraliste brésilienne, rencontre un succès foudroyant. En quelques années, l'AIB devient la plus grande formation d'inspiration fasciste en dehors de l'Europe, comptant selon certaines études plus de 500 000 membres. Mené par un petit homme moustachu et charismatique, le journaliste Plinio Salgado, les « chemises vertes » défilent dans les rues de São Paulo ou Rio en rangs serrés et le bras tendu. Anti-communiste forcené, Plinio prône l'avènement d'un « nouveau Brésil » régénéré, dictatorial, et s'entoure de quelques antisémites notoires. Habile manœuvrier, il adapte l'idéologie fasciste à celle de son pays métissé. Le mouvement prône la concorde des « trois races », blanche, noire et indigène. Ses membres se saluent en hurlant *Anauê !*, un mot issu de la langue indigène tupi et s'identifient grâce à la lettre grec sigma, Σ, qui signifie « somme » ou « unité ».

L'aventure ne dure guère. Dissous par Getúlio Vargas, le mouvement intégraliste s'éteint dans les années 1940. Mais les idées fascistes et nazies ne cesseront de circuler à bas bruit dans la société brésilienne. Il ne s'agit pas tant d'antisémitisme (les juifs ne représentent d'ailleurs que 0,06 % de la population) que d'un culte hitlérien de l'homme fort et conquérant. Dans les années 1980, des groupes de skinheads et *carecas* (« crânes rasés ») hantent la banlieue de São Paulo, tabassant homosexuels et « gauchistes ». Ils offriront quelques années plus tard leur soutien à Bolsonaro, organisant des manifestations en sa faveur et relayant sa propagande en ligne. À l'approche du scrutin de 2018, le futur chef de l'État prendra cependant ses distances, devenant un défenseur acharné d'Israël – une cause chère aux pasteurs évangéliques. Cela ne l'empêchera pas, arrivé au pouvoir, de commettre quantité de « gaffes ». En 2021, il accueille avec tous les honneurs à Brasília la députée d'extrême droite allemande Beatrix von Storch, petite-fille de Johann Ludwig von Krosigk (1887-1977), ministre des Finances d'Adolf Hitler. Les slogans de la présidence bolsonariste (« Le travail, l'union et la vérité libéreront le Brésil », « Le Brésil au-dessus de tout ») rappellent en outre les antiennes du Troisième Reich. En la matière, le scandale le plus retentissant eut cependant lieu en décembre 2019 : le dramaturge Roberto Alvim, secrétaire à la Culture du gouvernement, se fait connaître du grand public en prononçant un discours reprenant le style vestimentaire et les expressions de Joseph Goebbels, avec en arrière-fond, l'opéra *Lohengrin* de Richard Wagner. Il est immédiatement débarqué par Bolsonaro.

Mais en ce mois de mai 2020, le président sait qu'il n'est pas prêt pour un coup de force. Face à un Congrès remonté et un Tribunal suprême proactif, le rapport de force n'est pas favorable. Surtout, à l'image d'Augusto Heleno, les militaires sont réticents, sinon hostiles. Défendre Bolsonaro et faire bloc autour de lui, oui. Mais l'ériger en dictateur du Brésil, non. Ou, tout du moins, pas encore. « Les militaires ne veulent pas entrer en politique », rassure en privé le général Edson Leal Pujol, discret commandant en chef des forces armées et ancien « camarade de promo » du président. Conservateur mais légaliste, ce dernier s'oppose à toute rupture institutionnelle et aurait notamment refusé une demande du président, lui intimant d'envoyer des avions de chasse survoler à toute vitesse et basse altitude la place des Trois Pouvoirs afin de faire exploser les vitres du Tribunal suprême fédéral et du Congrès… Effaré, Pujol aurait opposé un refus catégorique. « Si Bolsonaro tente un coup d'État aujourd'hui, il le fera tout seul », résume alors un général. De guerre lasse, Jair Bolsonaro observe finalement sans intervenir le 13 juin 2020 la police démonter le campement des « 300 du Brésil ».

XV

Au bout de la nuit, il le sait, ils seront là. Fidèles au rendez-vous, comme chaque matin, au palais de l'Aurore. Avec le « live » du jeudi dans la bibliothèque, le cercadinho*, ou « petit cercle », est l'autre « rituel » immuable du président. Un petit bain de foule au milieu de ses partisans, qui l'attendent chaque matin (et souvent chaque soir) à la sortie de l'Alvorada. Sortant de sa voiture pour aller à leur rencontre, le « Mythe » leur adresse un sourire, une accolade, une blague, ou une petite phrase polémique. On trouve là tout un concentré d'un certain Brésil : policiers virils en T-shirt moulant, youtubeurs smartphone à la main, pasteurs Bible sous l'aisselle et professeurs anti-marxistes avec leurs élèves... tous venus « éterniser » l'instant à coup de selfies, partagés immédiatement sur les réseaux sociaux.*

Outre le revolver et le stylo, le smartphone est le troisième attribut du « Mythe ». Un véritable sceptre, avec lequel il rend la justice et lance des fatwas en ligne. Mais qui permet surtout à ce président inquiet et insomniaque, replié dans son bunker-dressing, de garder le contact avec le monde réel. Ou plutôt, « son » monde réel. Celui des réseaux sociaux. Des rumeurs et des fausses nouvelles. Au début de son mandat, les services secrets tentèrent de lui imposer un téléphone crypté afin de sécuriser ses communications. Mais impossible d'y installer WhatsApp, Facebook ou Telegram. « Pas pratique », estime le « Mythe », qui, d'une phrase cinglante, renvoie alors dans les cordes ses agents de sécurité : « Je n'ai rien à cacher ! »

Hors de question de se couper de « son » peuple. Le lien permanent avec ses fidèles est pour le président comme une cure de jouvence. Même si, à la longue, les choses se sont compliquées. Depuis quelques mois, le nombre de partisans l'attendant au cercadinho *s'est réduit. Le président y passe chaque fois moins de temps. Parfois, une voix critique parvient même à se faufiler dans le « petit cercle ». Ainsi, un immigré haïtien, à mi-mandat et en pleine pandémie, lui lance. « Tu es fini ! Tu n'est plus le président ! » En silence, le « Mythe » l'a écouté, les mains jointes, l'air crispé. Avant de tourner les talons.*

*

Le 28 mars 2016, le journal *Le Monde* publie un petit article consacré au Brésil. Le thème est plutôt léger, et concerne le site *Sensactionalista*, « site d'information parodique, qui tourne en dérision le système politique et la corruption endémique du pays », comparé au *Gorafi* français. Le texte énumère les « cibles favorites » du média. Parmi elles, on trouve Eduardo Cunha, président de la Chambre des députés. Mais aussi un obscur député d'extrême droite, « sorte de Jean-Marie Le Pen version brésilienne », témoigne le papier. Le propos à son sujet demeure volontairement vague. Nul n'imagine alors Cavalão capable d'accéder à la présidence de la République.

Certes, avec la destitution de Dilma Rousseff, une fenêtre d'opportunité semble s'ouvrir pour le capitaine. Soupçonné par les enquêteurs du *Lava Jato* d'être « le commandant suprême d'une organisation criminelle », Lula est reconnu coupable, le 12 juillet 2017, de blanchiment d'argent et corruption, et condamné par le juge Sergio Moro à neuf ans et six mois de prison. Son crime ? Avoir reçu un triplex en bord de mer de la part de l'entreprise d'ingénierie OAS en échange de faveurs dans l'attribution de marchés publics. Une accusation balayée par l'ancien président, et qui n'est fondée sur aucune preuve matérielle, mais qui finit de jeter le discrédit sur le Parti des travailleurs. Une situation dont compte bien profiter Cavalão.

Ce dernier n'est encore qu'un petit député sans influence, dit « bas clergé », pour lequel nul ne songe sérieusement à voter. Cavalão doit gagner en notoriété. Mais, sans argent, sans parti, sans relais, comment s'adresser au peuple ? La solution est offerte sur un plateau par son fils Carlos. Ce *geek* visionnaire, « mauvais génie » de la Toile, qui a ouvert les comptes Facebook et Instagram de son père autour de 2010, estime qu'une élection peut se remporter par les réseaux sociaux. Et prend en exemple la victoire de Donald Trump, vainqueur de la présidentielle américaine le 8 novembre 2016 en grande partie grâce à son compte Twitter. De son côté, le Brésil est en passe de devenir le deuxième marché mondial de WhatsApp, derrière l'Inde, avec plus de 120 millions d'utilisateurs. La messagerie instantanée est citée comme principale source d'information par près de 8 Brésiliens sur 10, contre seulement la moitié pour la télévision et 8 % pour les journaux traditionnels…

Le capitaine se laisse vite convaincre. Depuis ses débuts, Internet le fascine. Dès 2007-2008, il a fait installer dans son bureau du Congrès plusieurs ordinateurs et nommé un assistant chargé de la veille en ligne. « Ma campagne se fera à 90 % sur les réseaux sociaux », confie-t-il dix ans plus tard à ses soutiens. Carlos promeut une stratégie de *firehosing*, ou « tuyau d'incendie », une tactique de propagande prisée des complotistes, consistant à déverser en ligne et à grande échelle des flots constants de fausses informations. Mais pour y arriver, il faut muscler les comptes du candidat, qui n'ont alors que trop peu d'abonnés. Trouver des relais influents, influenceurs, blogueurs et stars des réseaux sociaux, capables d'activer leurs *trolls, bots, cybords, sockpuppets* et autres inquiétantes « milices digitales ».

Un personnage exubérant va attirer l'attention, et les égards, du clan. Olavo de Carvalho, essayiste polémique et philosophe autoproclamé, est devenu en quelques années le « gourou » de l'extrême droite complotiste brésilienne. L'homme a la « gueule » d'un intellectuel, visage blafard, cheveux blancs, grosses lunettes et lèvres charnues, d'où pend souvent une pipe incandescente. Il réside en Virginie depuis 2005, dans une modeste petite maison de Richmond, au bout d'une allée sans histoire. C'est là qu'il entrepose ses 20 000 livres et sa collection d'armes à feu. Son fusil favori est un Steyr Mannlicher, arme autrichienne utilisée pour la chasse à l'ours. La peau d'un baribal noir sert d'ailleurs de tapis dans le salon.

Mais le gibier préféré d'Olavo reste le « rouge ». Il les combat depuis plus de trente ans, et sous toutes ses formes : marxistes, féministes, LGBTistes, « avortistes », antiracistes, globalistes, progressistes... Contre eux, il a publié durant la décennie 1990 sa « trilogie de combat », des best-sellers, qui forment le cœur de son œuvre, où il dénonce l'« imbécillisation » du monde et l'emprise des « intellocrates ». Alors que la planète post-guerre froide vit à l'heure de la « fin de l'histoire », Olavo détonne mais s'attire aussi le mépris de la classe intellectuelle, qui moque ce « pseudo-philosophe », autodidacte, né dans une famille modeste de São Paulo et dénué de diplômes universitaires. Dans les années 1960-1970, Olavo fut brièvement membre du Parti communiste, avant de se piquer de métaphysique et de fonder une école d'astrologie, baptisée « Jupiter ». Un temps, il rejoint la *tarîqa Maryamiyya*, l'ordre néo-soufi de l'ésotériste suisse Frithjof Schuon, mélange syncrétique d'islam, hindouisme, christianisme, croyances amérindiennes et pensée gréco-antique...

Rejeté en son pays, Olavo prend la direction des États-Unis. « La modération dans la défense de la vérité est un service rendu au mensonge », répète cet homme érudit au langage de charretier, qui n'hésite pas à insulter ses adversaires. Comprenant vite l'impact des réseaux sociaux, l'essayiste lance dès 2009 un *Curso Online de Filosofia* (Cours en ligne de philosophie), le « COF ». Le format est simple : Olavo parle seul en scène, assis devant sa bibliothèque, entre deux bouffées de pipe et une gorgée de liqueur à l'orange. Le cadrage est incertain, le son laisse à désirer. Mais le polémiste fait mouche. En dix ans, 12 000 étudiants se forment aux « lumières » du maître, chaque jour plus obscures et fumeuses. Le sida, pour Olavo, peut se transmettre par la salive. La cigarette est bonne pour la santé et le réchauffement climatique est une pure invention. Luther et Calvin sont des « fils de pute », Isaac Newton a disséminé le « virus de l'idiotie sur Terre », Giordano Bruno « n'a fait aucune découverte », Galilée a « un fond de charlatanisme » et la théorie de l'évolution de Darwin est « pleine de trous ». Le « philosophe » a des doutes sur la relativité d'Einstein et la forme ronde de la Terre. Selon lui, Pepsi utilise des fœtus avortés pour sucrer ses sodas. Et le vaccin, bien entendu, provoque la mort.

Tout cela peut sembler grotesque. Mais tapie au fond du Web, une véritable communauté prend corps. En 2016, les disciples « olavistes » ou *olavetes* manifestent en faveur de la destitution de Dilma Rousseff, aux cris de « Olavo a raison ». Ils fondent quantité de blogs, sites, comptes et canaux d'information afin de relayer la bonne parole du « maître », qualifié par certains de « cher père » ou de « génie ». Parmi eux, on trouve de vraies stars du Net dont le plus fameux des olavistes demeure Allan dos Santos, un ancien séminariste catholique, biberonné aux thèses conspirationnistes américaines. Son site *Terça Livre*, qui se décline en groupe Telegram et chaîne YouTube, se présente comme la plus grande plate-forme conservatrice du continent.

Ce n'est pas la première fois qu'un chef charismatique, entre gourou sectaire et moine-soldat, défraie la chronique au Brésil. Loin de là. On pourrait citer, entre autres, le cas si fameux d'Antônio Conselheiro (« le Conseiller »). À la toute fin du XIXe siècle, ce prophète millénariste, barbu au regard halluciné, proclame depuis Canudos, au cœur du Sertão bahianais, la sécession avec la jeune République laïque. Ce dernier ne prédit rien de moins que le retour de Jésus sur terre, sous les traits du roi portugais Sebastião Ier, héritier de la dynastie des Aviz, défait par les armées arabes à la bataille de Ksar El Kébir, le 4 août 1578, et dont le corps ne fut jamais retrouvé. « Le Conseiller » réunit autour de lui plusieurs dizaines de milliers de pauvres hères noirs et métis, qui, entre 1896 et 1897, résistent vaillamment à trois expéditions successives de l'armée brésilienne, avant d'être défaits. Canudos est rasée et 20 000 à 30 000 « illuminés » massacrés. Abattu, « le Conseiller » est décapité, sa tête expédiée à l'école de médecine de Salvador pour y être disséquée, à la recherche d'une trace de folie… Une histoire si bien racontée par l'écrivain Euclides da Cunha, alors reporter du journal *Estadão* dépêché à Canudos, dans son livre *Os Sertões* (*Hautes Terres*), publié en 1902.

S'il veut l'emporter lors de la prochaine élection, Cavalão doit à tout prix obtenir l'appui d'Olavo de

Carvalho, véritable « Conseiller » des temps modernes. La tâche n'est pas si aisée qu'il y paraît. Certes, les fils du député sont des olavistes convaincus. Dès 2012, Flávio s'est rendu aux États-Unis pour décorer l'essayiste de la médaille Tiradentes, plus haute distinction de l'État de Rio. Des liens ont été noués, notamment entre Eduardo et le blogueur Allan dos Santos. Mais le rustre capitaine se méfie d'Olavo, cet intellectuel polyglotte, dont il n'a jamais lu aucun ouvrage. Tant pis : il a trop besoin de l'appui de ses « milices digitales ». De son côté, Olavo estime que le député est « limité intellectuellement » mais sent qu'il est le seul « capable de virer les gauchistes du pouvoir ». Un mariage de raison est scellé.

Le succès de cette improbable alliance est foudroyant. Entre la mi-2016 et mi-2017, la présence en ligne de Cavalão atteint des sommets. Le nombre de ses abonnés Twitter double, et triple même sur Instagram. Le candidat devient en quelques mois l'homme politique le plus populaire du pays sur Facebook, son compte dépassant les 5 millions de *followers*. Ses posts sont repris, échangés, likés, commentés plusieurs centaines de milliers de fois sur les plates-formes WhatsApp ou Telegram, touchant instantanément des dizaines de millions de Brésiliens. Pour beaucoup, qui voient en lui un homme neuf, il devient une « légende », un « guerrier », un « héros ». On commence à lui attribuer un surnom : *Mito* – le « Mythe ». Fini le temps où le capitaine était pris à la légère. Le 2 octobre 2017, *Le Monde* évoque à nouveau le cas de Cavalão. Mais, cette fois, sur un ton autrement inquiet :

« Le personnage que l'on pensait cantonné à un triste folklore brésilien est à ce jour parmi les favoris du scrutin. »

*

C'est un petit commando, réuni dans un bunker installé au troisième étage du Planalto, à quelques pas du bureau du chef de l'État. Il est composé pour l'essentiel d'une demi-dizaine de « combattants ». De jeunes hommes, trentenaires, avec pour tout gilet pare-balles ou treillis des T-shirts et informes blue-jeans, qui, du matin au soir, gardent le regard braqué sur leurs ordinateurs ou leurs smartphones, mâchouillent des clémentines et posent sans vergogne leurs pieds sur la table. De loin, on pourrait croire à un inoffensif groupe de *geeks*. Mais au Brésil, tout le monde les craint et les connaît sous le nom de « cabinet » ou « bureau de la haine », en charge de l'administration des réseaux sociaux de Jair Bolsonaro,

Le chef du groupe s'appelle Carlos. Depuis 2019, le deuxième fils du président est de toutes les réunions stratégiques, auxquelles il assiste le plus souvent silencieux, pianotant discrètement sur son portable. Pour l'épauler, il a recruté des fidèles, tous des cracks du Net. Parmi eux, José Matheus Salles Gomes, Nordestin de Fortaleza, capitale du Ceará, considéré comme l'inventeur durant la dernière campagne de l'expression *Mito*. Ou encore Tercio Arnaud Tomaz, autre Nordestin, fondateur de la très populaire page Facebook *Bolsonaro Opressor 2.0*, qui réunit plus d'un million d'abonnés, et présente le capitaine comme un homme « humble » et « honnête ». À ce trio, il convient d'ajouter Filipe Martins : un natif de l'intérieur de São Paulo, catapulté à seulement 31 ans conseiller aux affaires internationales du chef de l'État. Influent en ligne, ce jeune homme bien mis est un trumpiste enthousiaste, proche des suprémacistes blancs américains et d'Olavo de Carvalho, qui le considère comme l'un de ses plus brillants disciples.

Depuis le début du mandat, les « gamins de l'Internet », comme les appelle le président, sont devenus les chefs de guerre du bolsonarisme, véritables généraux à la tête d'une « armée de la haine », présente partout dans le pays. Sur ses comptes Twitter, Instagram, YouTube et Facebook, le chef de l'État dispose de plus de 40 millions d'abonnés. Mais la « galaxie Bolsonaro » se décline aussi en une multitude de sites internet, de trolls, d'influenceurs et vidéastes, relayant sa propagande. Il y a *Terça Livre*, d'Allan dos Santos, bien sûr, mais aussi *Brasil Paralelo*, sorte de « Netflix de droite » conspirationniste, les comptes du catholique fondamentaliste Bernardo Küster, l'entrepreneur ultra-libéral Leandro Ruschel, les canaux « Média sans masque », « Brésil sans peur », ou *Senso incomum*, ou autres blogs spécialisés dans la géopolitique, les jeux vidéo, le bien-être… tous marqués de près ou de loin par l'influence des thèses d'Olavo de Carvalho.

Sur ordre du président, relayé par le « général Carlos », le « cabinet de la haine » lance ses foudres contre les cibles du jour, souvent désignées à l'occasion du *cercadinho*, ce « petit cercle » de fidèles acclamant chaque matin le chef de l'État face au palais de l'Alvorada, et qui rappelle à certains les promenades rituelles du despote dominicain Rafael Trujilo, au pouvoir de 1930 à 1961 et héros de *La Fête au bouc* de Mario Vargas Llosa, qui aimait se balader en fin de journée entouré de fidèles flagorneurs et partisans mielleux, suivant la longue *avenida* Máximo Gómez en direction de la mer des Caraïbes : « Un bain purificateur qui lui rendait ses forces », écrit le maître péruvien... Mais, concernant Jair Bolsonaro, le rite vise certes à se ressourcer, mais d'abord et surtout à attaquer. Noms, adresses, photos, numéros de téléphone, mails des ennemis du pouvoir sont jetés en pâture par le « cabinet de la haine » aux internautes d'extrême droite. Prises sous un déluge de bombes, prenant la forme d'insultes, messages orduriers et menaces de mort, les victimes des « milices digitales » sont forcées de fermer tous leurs réseaux sociaux et, parfois, de déménager ou solliciter une escorte policière. Mais en cette seconde partie de l'année 2020, alors que le Brésil laisse derrière lui sa première vague, avec déjà plus de 150 000 morts, les « gamins » du président se sont trouvé une nouvelle cible de choix : les vaccins.

Un peu partout dans le monde, ces derniers suscitent l'espoir d'une sortie de crise. Les signaux les plus encourageants viennent des deux vaccins à ARN messager, Pfizer/BioNTech ou Moderna, au taux d'efficacité supérieur à 94 %. Mais au Brésil, le candidat le plus sérieux demeure le chinois CoronaVac. Certes moins efficace, mais le gouverneur de droite de l'État de São Paulo, João Doria, a noué au mois de juin 2020 un partenariat entre l'Institut

Butantan, équivalent régional du Pasteur français, et la firme pharmaceutique Sinovac. Le laboratoire se voit garantir la livraison et même la production de millions de doses. Un coup de maître pour Doria, qui prend la pose à toute occasion, un paquet du futurs vaccins à la main. À 62 ans, ce publicitaire multimillionnaire, nez pointu et cheveux gominés, a déjà pris le contrôle de la région la plus riche du pays, mais aussi du Parti de la social-démocratie brésilienne, le PSDB, qui gouverna le Brésil de 1994 à 2003 sous les mandats de Fernando Henrique Cardoso. Ancien allié de Jair Bolsonaro, il a depuis retourné sa veste et se pose comme le principal adversaire à droite du président. Et se rêve en « sauveur du Brésil ».

À Brasília, hors de question de laisser la voie libre au « traître » Doria. Pour lui faire barrage, Bolsonaro a nommé, en mai 2020, à la tête du ministère de la Santé un homme qu'il sait obéissant : le général de division Eduardo Pazuello. Un haut gradé ventripotent, arrogant et brutal, qui a certes coordonné en 2018 l'accueil humanitaire des réfugiés vénézuéliens en Amazonie, mais ne connaît strictement rien au Système unique de santé de son pays. Ce qui ne l'empêche pas, dès son arrivée, de faire la leçon, et même de donner de longs « cours de SUS » à ses interlocuteurs. « Vous n'y connaissez rien, bon Dieu ! Dites-nous plutôt où sont les masques ! Où sont les respirateurs dont nous avons besoin ?! », explose de rage Mauro Junqueira, représentant des secrétaires de municipaux santé du Brésil, en interrompant l'un des lénifiants exposés du ministre. Mais Pazuello n'en a cure. Il défend la chloroquine et milite contre les mesures d'isolement. Il s'entoure de colonels et moque les fonctionnaires « trouillards » revêtant des masques au ministère de la Santé. « Celui qui est heureux dans sa vie n'attrape pas le Covid ! », répètent les assistants du ministre, qui gagne alors un surnom peu flatteur : *général Pesadelo*, le général Cauchemar.

Pour Jair Bolsonaro, l'urgence est de ralentir à tout prix le processus de vaccination. Et tant pis si le Brésil doit en souffrir et si des Brésiliens en meurent. Le pays est pourtant l'un des plus « pro-vaccin » au monde, devenu au fil des décennies une référence mondiale dans la lutte contre les épidémies. Certes, cela ne fut pas toujours le cas. Sous les tropiques, chacun a gardé en mémoire l'épisode de la « révolte » de 1904. Le 31 octobre de cette année-là, les autorités de Rio décrètent une mesure radicale : la vaccination obligatoire contre la variole. Les méthodes employées par Oswaldo Cruz, jeune épidémiologiste de 30 ans formé à Paris auprès de l'Institut Pasteur, et directeur général de la santé publique, sont, à l'époque, des plus brutales. Pour mettre fin aux épidémies qui ravagent la ville, ce dernier a déjà ordonné la démolition de quartiers entiers et l'expulsion de 100 000 habitants. Il organise les médecins en brigades épaulées par la police, autorisées à pénétrer de force dans les logements pour les désinfecter au soufre. « Louis XIV de la seringue », Oswaldo s'attire la haine du peuple *carioca* qui, le 10 novembre 1904, entre en insurrection. Les tramways sont brûlés, des arbres et des becs de gaz arrachés, des barricades montées.

La répression est féroce : elle fait 30 morts et 110 blessés. 945 manifestants sont arrêtés, 461 seront déportés dans l'État de l'Acre, aux confins de l'Amazonie.

En 2020, tout cela paraît bien loin. Vite pardonné, Oswaldo Cruz est aujourd'hui considéré comme un héros national. À Rio, un quartier entier porte son nom, de même que l'institut médical de référence de la ville, le « Fiocruz », installé dans un palais mauresque dominant la baie. En 1973, le Brésil met en place un programme national de vaccination, centralisé et volontariste, et parvient à éradiquer en quelques années la polio, le tétanos, la rougeole et la rubéole. Mieux : le géant latino-américain produit aujourd'hui 75 % des vaccins qu'il consomme et la « mascotte » de la vaccination, *Zé Gotinha* (« Joe la gouttelette »), sympathique petit bonhomme blanc à la tête en forme de goutte, est une superstar chez les enfants. Le système a prouvé son efficacité lors de l'épisode de grippe H1N1, en 2009, durant lequel 30 millions de doses de vaccin furent administrées en seulement un mois. Le pays a également remporté des succès face au VIH ou au virus Zika. Un motif de fierté pour les Brésiliens, dont 8 sur 10 disent souhaiter être vaccinés contre le Covid-19. L'un des chiffres les plus élevés au monde…

Mais le locataire du Planalto ne l'entend pas de cette oreille. Jair Bolsonaro, viriliste ostentatoire et « antivax » assumé, affirme à plusieurs reprises son refus obstiné d'être vacciné (« Personne ne peut obliger quelqu'un à se vacciner ! ») et appelle ouvertement la population à ne pas servir de cobaye aux firmes pharmaceutiques. « Si [après avoir reçu votre injection] vous vous transformez en crocodile, ce sera votre problème ! », déclare-t-il en décembre 2020, lors de l'un de ses traditionnels « lives » du jeudi. Sa principale cible demeure le CoronaVac : un vaccin « chinois » et « communiste » qu'il accuse de provoquer « mort, invalidité et anomalies ». Sur Internet, le « cabinet de la haine » embraie. Le général Carlos et ses officiers promeuvent le boycott du Butantan, diffusent un hashtag *#NONauvaccinchinois*, et propagent les thèses les plus farfelues. Le CoronaVac contiendrait le cancer, un esprit satanique ou même des puces électroniques capables de surveiller la population. Le tout, à l'unisson d'un Olavo de Carvalho qui estime que l'épidémie « n'existe pas » et que les vaccins « tuent ou rendent fou ».

Mais Jair Bolsonaro ne s'en tient pas à la propagande des « gamins de l'Internet ». À la différence de son idole Donald Trump, qui renonce vite à défendre la chloroquine et investit plusieurs milliards de dollars dans le développement de vaccins efficaces, le président du Brésil va des mois durant refuser obstinément de négocier des achats de doses avec la plupart des firmes pharmaceutiques internationales. Ainsi en va-t-il de Pfizer qui fait, au mois d'août 2020, une offre généreuse, portant sur 70 millions de doses d'ARN messager. Le 12 septembre suivant, le Grec Albert Bourla, directeur général de la firme, va jusqu'à envoyer un message personnel au président du Brésil, afin de rappeler l'urgence de la situation et la « forte demande » émanant d'autres pays. Jair Bolsonaro ne se donne même pas la peine de répondre.

Pire : tout à sa haine de João Doria (traité en public de « canaille » et d'« ordure »), le président fait son possible pour entraver jusqu'au processus de test du vaccin. Une pression maximale est mise sur le ministère de la Santé. Tout achat de CoronaVac par le ministère de la Santé sera considéré comme une « trahison » et le 10 novembre 2020, Jair Bolsonaro obtient de l'Agence nationale de surveillance de la santé, l'Anvisa, la suspension au Brésil des essais de phase 3 du vaccin « chinois ». La cause ? Le décès d'un volontaire, en réalité un suicide, sans rapport avec la dose injectée. Après quarante-huit heures de flottement, le processus reprend son cours. Mais c'est assez pour semer le doute dans l'opinion. De son côté, le général Cauchemar, Eduardo Pazuello, ne prend pas la peine d'annoncer de calendrier de vaccination. « La campagne débutera au jour J à l'heure H », déclare-t-il le 11 janvier 2021, face à une presse médusée, alors que la plupart des grands pays ont déjà entamé leur campagne.

Sous la pression, en particulier des milieux économiques, l'Anvisa finit par autoriser mais très en retard, le 17 janvier, l'usage des vaccins d'AstraZeneca et, surtout, du CoronaVac. Le même jour, de premières doses sont administrées à São Paulo. La première Brésilienne vaccinée s'appelle Monica Calazans, infirmière noire de 54 ans, diabétique, souffrant d'hypertension, qui devient instantanément le visage de l'espoir contre le Covid-19. « N'ayez pas peur ! Voilà venue notre chance de sauver des vies », lance cette dernière, en larmes, sous le regard satisfait d'un João Doria triomphant. « Aujourd'hui, c'est le jour du V : le jour du vaccin, de la vérité, de la victoire et de la vie », lance le gouverneur de droite. L'enthousiasme sera de courte durée. Depuis quelques semaines, un nouveau variant, baptisé Gamma, apparu dans la région de Manaus, commence à déferler sur le pays. Au Brésil, la deuxième vague commence. Elle sera plus meurtrière encore.

XVI

À l'Alvorada, le premier étage est celui de la famille. Le rez-de-chaussée est dédié au travail. Et les loisirs sont relégués au sous-sol. Comme cachés, enterrés, honteux. Le temple des présidents du Brésil aurait-il été pensé pour renvoyer une image de gravité ? S'agissait-il d'affermir l'image du pays du football et du Carnaval, et dont on a longtemps dit qu'il n'était « pas sérieux » ? Avec ses murs lambrissés, ses petites tables rondes et son billard à six trous, la « salle de jeux » fait d'ailleurs davantage penser à un strict club anglais qu'à un joyeux boteco de samba carioca.

Mais pour le « Mythe », les loisirs se déroulent dans l'eau. La pêche est de loin le principal thème abordé lors de ses « lives » du jeudi. Le président aime à poser, torse nu, sortant des poissons de l'eau ; ou bien en compagnie du secrétaire du gouvernement chargé de la pêche, qu'il surnomme « Zéro six », comme s'il était son dernier enfant. Il est intarissable lorsqu'il s'agit de dénoncer les organismes de protection de l'environnement. Une cause toute personnelle : lui-même fut condamné il y a dix ans à une lourde amende après avoir été surpris en flagrant délit de pêche illégale au milieu d'une réserve écologique. Arrivé au pouvoir, il fit annuler sa condamnation (jamais réglée) et démettre le fonctionnaire l'ayant sanctionné…

Là encore, le « Mythe » se pose en martyr. Homme du peuple, persécuté par les puissants… Mais, en la matière, son « atout moteur » demeure la moto, son autre passion. Sa dernière acquisition, une Honda de couleur bleue, une « Crossover » milieu de gamme « à l'allure aventurière », rangée au garage. Au Brésil, la « bécane » est un moyen de transport populaire et les « bikers » penchent souvent à l'extrême droite. Avec eux, le « Mythe » organise des motocadas, *ces « manifs à moto » avec casque et veste en cuir. Il est aussi un amateur de « mototherapie », virée sur les routes pour se vider la tête. Mais sa sécurité l'en a dissuadé. Le « Mythe » en est souvent réduit à faire des tours au guidon de sa cylindrée, sur la petite piste de l'Alvorada, longue de seulement deux kilomètres. Vitesse maximale autorisée : 20 km/h. Évidemment, il ne la respecte jamais.*

⋆

Cache-t-il son jeu ? En ce début d'année 2018, Cavalão demeure modeste lorsqu'il s'agit d'évoquer ses ambitions. À cette époque, lors de la descente de l'avion qui l'emmène de Rio vers Brasília, le candidat croise le chemin d'une vieille connaissance, qui est aussi un éternel rival. Chico Alencar, 68 ans, est depuis trente ans l'une des figures de proue de la gauche *carioca*. Avec ses cheveux bouclés et son air rêveur, ce socialiste libertaire fut élu en 1988, en même temps que le « Capitaine de la bombe », conseiller municipal de la ville. Depuis, ce dernier a gravi les échelons, jusqu'à devenir député fédéral. Avec son collègue d'extrême droite, les rapports sont glacials. Les deux hommes se détestent cordialement, et l'on ne pourrait imaginer deux figures plus opposées. Une photo, prise en 2014, montre Chico et Cavalão en train de faire campagne sur une plage de Rio. Le premier porte un T-shirt à l'effigie du Mahatma Gandhi. Le second, celui d'Emílio Garrastazu Médici, le général-président le plus sanguinaire de la dictature.

Mais ce jour-là, à la sortie de l'avion, ces deux animaux politiques décident de donner le change, et engagent une brève conversation. « Et alors ?!, demande Chico Alencar, il paraît que tu vas être candidat à la présidentielle. Dis-moi, tu penses vraiment la gagner cette élection ? Tu veux vraiment devenir président ? » Ce à quoi Cavalão rétorque sans hésiter : « Ah non ! Tu sais, être au second tour, pour moi, ce serait déjà une victoire ! En vrai, je n'ai aucune envie de devenir président de la République. Je ne veux pas de cette écharpe présidentielle. Mon rêve, ce que je veux vraiment, c'est prendre ma retraite pour m'occuper de ma famille et finir ma vie à pêcher au bord de la plage ! »

Chico Alencar est éberlué. Le capitaine est devenu un candidat sérieux, populaire dans l'opinion. Les sondages lui donnent autour de 16 % d'intentions de vote, en deuxième position derrière Lula, qui cavale en tête à plus de 35 %. Au mois de janvier de la même année, le leader de la gauche a certes vu sa condamnation aggravée en seconde instance à 12 ans et un mois de prison. Mais il n'a pas encore épuisé tous ses recours, en particulier devant le Tribunal suprême fédéral, auprès duquel ses avocats ont déposé des demandes en *Habeas corpus*. Il compte bien laver son honneur et prendre sa revanche au scrutin du 7 octobre.

Au Brésil, une élection ne se gagne pas qu'en « descendant » au peuple. Il faut aussi « monter » vers les élites. De la colonie esclavagiste à la république « café au lait », celles-ci dominent toujours ce pays qui est l'un des plus inégalitaires au monde, où les 1 % les plus riches accaparent plus de la moitié des richesses nationales. Gagner la confiance de la « haute » est un travail de longue haleine, qui ne s'improvise pas. L'ouvrier Lula, traité de « crapaud barbu », dut s'acharner pour y parvenir. En 2002, année de sa victoire, il fit tailler sa barbe, troqua ses T-shirts rouges pour des costumes-cravates et jura que son programme ne gênerait ni les banques ni le marché. « *Lulinha, paz e amor* », « Petit Lula, paix et amour », disait son slogan de l'époque.

À quelques mois du scrutin, la priorité de l'élite financiaro-industrielle brésilienne est d'éviter le retour d'un Lula revanchard. Mais les alternatives sont minces. Le candidat de la droite « classique », Geraldo Alckmin, gouverneur de São Paulo et président du PSDB, dénué de tout charisme, est surnommé le « sorbet de *chuchu* », une cucurbitacée insipide, et plafonne à 8 % dans les intentions de vote. Du côté du Planalto, ce n'est guère plus brillant. L'ancien vice-président Michel Temer, 77 ans, qui a comploté pour renverser sa « patronne » Dilma Rousseff, est une caricature d'aristocrate *paulista*, féru de poésie et tiré à quatre épingles. Au pouvoir, l'homme forme un gouvernement exclusivement composé d'hommes et gèle pour vingt ans les dépenses fédérales. Lui-même se retrouve englué dans des affaires de financement illégal de campagne, pour des montants dépassant les 3 millions d'euros. Il ne recueille que 3 % d'opinions favorables.

Dans le cœur de l'élite, il y a une place à prendre. Et Cavalão compte bien l'occuper. Mais comment faire ? Le rustre et provincial capitaine ne maîtrise aucun des codes du gratin de São Paulo, cette capitale économique et culturelle qui écrase de son pouvoir le reste du Brésil. São Paulo, c'est la « ville de toutes les énergies (...), de toutes les anarchies, la ville sauvage », selon les mots de l'ancien correspondant du *Monde*, Charles Vanhecke. 12 millions d'habitants (davantage que le Portugal), 122 milliards d'euros de produit intérieur brut (autant que le Maroc), 6 millions de voitures, 120 000 employés municipaux, 50 000 bars et restaurants, 33 000 taxis, 450 théâtres et cinémas, 150 musées, onze stades de foot... Un labyrinthe de béton et d'acier. Une sorte de banlieue sans fin et sans commencement, traversée par le rio Tietê, un égout à ciel ouvert. À la différence de Rio, bâtie entre pics et lagunes, la « ville la plus laide du monde », édifiée sur des collines pluvieuses, n'a jamais rien eu pour elle.

Au fil des siècles, grâce à l'argent du café et de capitaines d'industrie audacieux, elle s'est pourtant érigée en plus grande métropole d'Amérique latine accueillant une vibrante diaspora portugaise, italienne, juive, allemande, japonaise, libanaise… C'est ici, en février 1922, qu'a éclos le modernisme brésilien, lors d'une semaine de manifestation artistique organisée au Théâtre municipal, autour de figures aussi célèbres que les écrivains Mário et Oswald de Andrade, Víctor Brecheret, le compositeur Heitor Villa-Lobos, les peintres Tácito de Almeida et Di Cavalcanti… tout cela a aussi produit une élite cosmopolite, qui affiche son luxe sur l'Avenida Paulista, cette 5e Avenue du Brésil, où s'alignent banques, musées et lieux de pouvoir. La jet-set réside dans de luxueux condominiums fermés, fait ses courses à Miami, et ne se déplace qu'en hélicopère (la flotte de São Paulo en compte plus de 400, la plus importante au monde !). Une richesse, qui côtoie sans complexe la misère des favelas. São Paulo, ville fascinante, ville révoltante, ville vivante qu'a su si bien décrire Caetano Veloso dans son mélancolique « Sampa », devenu l'hymne de la mégapole, chantant « la force du pognon qui construit et détruit de belles choses », « l'horrible fumée qui monte éteignant les étoiles » mais aussi les « poètes de champs et d'espaces » et les « dieux de la pluie » de cette ville plus poétique qu'on ne le croit…

En bon Rastignac des tropiques, Cavalão s'interroge : comment diable prendre d'assaut cette élite ? Aux yeux du *quatrocentao*, ce groupe de vieilles familles débarquées à São Paulo il y a quatre cents ans, le capitaine d'Eldorado n'est guère plus qu'un cul-terreux de province. Mais le candidat sait aussi qu'il a une carte à jouer. Elle prend l'aspect d'un juriste *carioca*, cheveux coupés court et carrure de lutteur. À 54 ans, Gustavo Bebianno, avocat de renom, passé par certains des meilleurs cabinets du pays et ceinture noire de ju-jitsu, est depuis des années un admirateur éperdu de Cavalão, dont il partage le patriotisme, le franc-parler et l'« anti-PTisme » radical. À partir de 2017, il se met au service du candidat qu'il appelle avec révérence « capitaine » ou « monsieur ». Et à qui il décide d'ouvrir grand son carnet d'adresses.

Bebianno a l'idée de recourir à l'aide de Paulo Marinho : un richissime sexagénaire, ami de vingt ans, né lui aussi à Rio, patron d'une société de conseil en entreprise et déjà engagé à droite. Enthousiasmé par la candidature du capitaine et résolu à empêcher la gauche luliste de revenir au pouvoir, ce dernier met sa sublime résidence du quartier chic de Jardim Botânico, au pied du Cordovado, à la disposition de l'équipe du candidat et fait jouer ses réseaux. La première cible sera Paulo Guedes, un économiste de 68 ans, au visage soucieux et au teint hâlé. Disciple de l'école de Chicago, cet ultra-libéral forcené prône depuis des années un démantèlement radical de l'État-providence. Mais Guedes est aussi un homme très bien introduit, cofondateur du think tank Millenium, et capable de « vendre » Cavalão auprès des grands patrons *paulistas*. À la mi-novembre 2017, une rencontre est organisée entre les deux hommes dans la salle de réunion d'un hôtel de Barra da Tijuca. Arrogant et brutal, Guedes prône alors la privatisation de toutes les entreprises publiques brésiliennes. « Même Petrobras ?! », s'étrangle le capitaine. « Bien sûr ! », rétorque Guedes, qui donne au candidat une leçon d'économie, s'achevant par « L'idéologie, c'est idiot et coûteux ». Au terme d'une conversation de cinq longues heures, le contact s'avère positif. « Seriez-vous d'accord pour m'aider ? », demande Cavalão. « Bien sûr, toujours ! », assure Paulo Guedes.

À ce dernier, le capitaine promet en cas de victoire un poste de super-ministre de l'Économie, rassemblant planification, industrie et commerce. En échange, Paulo Guedes se met au service du candidat. Il fait jouer ses relations et parvient à organiser des réunions avec le « gratin » brésilien. Banque Itaú, conglomérat minier Votorantim, hydrocarbures Ultra, pâtes à papier Suzano, agences de location de voiture Localiza, magasins de vêtements Riachuelo… Le capitaine rencontre par dizaines les patrons du « Tout-São Paulo ». Sa candidature séduit en particulier Abilio Diniz, 81 ans, patriarche des patrons *paulistas*, magnat de la grande distribution et quatrième plus grand actionnaire de Carrefour. Elle enthousiasme jusqu'à Paulo Skaf, escogriffe sexagénaire et président de la toute-puissante Fédération des industries de l'État de São Paulo, la FIESP, qui siège dans un vaste immeuble en forme de pyramide maya dominant l'Avenida Paulista. Au Brésil, ce dernier est considéré comme un quasi-vice-ministre de l'Économie, représentant les intérêts de 130 000 industries et 131 syndicats d'une région peuplée comme l'Argentine et générant à elle seule le tiers du PIB national.

Mais le chef d'entreprise le plus épris de Cavalão demeure Luciano Hang. À 55 ans, l'homme est, avec plus de 5 milliards de dollars de patrimoine, considéré comme l'une des dix plus grandes fortunes brésiliennes. Il préside la chaîne de magasins Havan, sortes de gigantesques bazars bon marché des zones périurbaines, décorés de statues de la Liberté. Nationaliste et conservateur, cet homme au crâne chauve a des airs de Jeff Bezos sous acide et aime à s'afficher, en costume vert, cravate dorée, hurlant, mégaphone à la main. Natif de Brusque, dans l'intérieur de l'État méridional de Santa Catarina, parfois comparé à Donald Trump, Luciano Hang est connu pour être un négociateur habile mais aussi pour ses démêlés judiciaires. Réduction des cotisations sociales, comptes fantômes, non-paiement des impôts… en 2008, Luciano Hang écope de 13 ans et 9 mois de prison pour blanchiment d'argent et évasion de devises. Engluée dans le marasme de la justice brésilienne, la peine finira par être prescrite.

Dans sa campagne à destination de l'élite, Cavalão ne néglige aucune piste. En octobre 2017, l'homme d'affaires américano-brésilien Gerald Brant, trumpiste, proche de Flávio et d'Olavo de Carvalho, organise pour le candidat une visite à New York, où il est reçu par l'agence Bloomberg et le prestigieux think tank Council on Foreign Relations. À tous, il délivre un message simple : « Je suis le candidat pro-marché »… mais ne cache à personne qu'il ne connaît « rien » à l'économie. Chaque question trop complexe est systématiquement bottée en touche et renvoyée à Paulo Guedes, surnommé le *posto Ipiranga*, du nom d'une chaîne de stations-service, où le candidat puiserait son combustible à idées. Mais le capitaine ne parvient pas toujours à faire illusion. Le 10 août 2018, une réunion est organisée à São Paulo, au domicile de Fabio Wajngarten, le patron d'une société de publicité, qui habite un superbe penthouse au cœur de la mégapole. 62 chefs d'entreprise sont conviés. L'intervention de Cavalão est un désastre, celui-ci se contentant d'aligner maladroitement platitudes et lieux communs. Présent, le général Augusto Heleno s'isole sur le balcon de l'appartement, près de la piscine, et se croyant seul, passe un appel. « Ce mec ne connaît rien à rien, putain ! Il n'est absolument pas préparé ! »

Mais alors que le scrutin approche, les grands patrons n'ont guère le choix. « Le capitaine est limité intellectuellement, mais il a l'air honnête », explique-t-on chez les riches *paulistas*. Surtout, il est facilement manipulable. Peu à peu, les digues sautent et les grands patrons du Brésil sortent du bois pour soutenir Cavalão. Tant pis pour ses remarques racistes, ses menaces contre la démocratie ou l'environnement. « *Business is business.* » Le 4 avril 2018, l'avenir s'éclaircit : après dix heures de débats et soumis à d'intenses pressions de la part de l'élite financière et militaire, le Tribunal suprême fédéral rejette l'*Habeas corpus* de Lula et décide son incarcération. Replié au siège du syndicat des métallos ABC, dans la banlieue de São Paulo, et protégé par des milliers de partisans en colère et en larmes, le leader dans les sondages finit par se rendre et, trois jours plus tard, passe sa première nuit derrière les barreaux. Mais, avant de quitter la scène, il prononce un dernier discours : « Les puissants peuvent tuer une, deux, trois roses, mais ils ne pourront pas empêcher la venue du printemps ! », lance le tribun de gauche. À six mois du scrutin, les « puissants » ont fait leur choix. Celui de l'extrême droite.

*

Ce mercredi 7 avril 2021, à la nuit tombée, des tintements de flûtes de champagne se font entendre dans le quartier de Jardim Europa, l'un des plus chics de São Paulo. À l'angle des rues Mexico et Costa Rica, un dîner tout particulier a lieu dans la vaste demeure aux murs blancs de l'homme d'affaires Washington Cinel. Patron de l'une des principales sociétés de sécurité privée du Brésil, la Gocil, ce dernier est un ancien de la Police militaire, amateur d'armes et favorable aux intérêts de l'agro-négoce, qui porte lunettes à grosse monture et costume sur mesure. Il accueille tout sourire ses invités autour de petits fours et de gorgées de Veuve Clicquot. Une vingtaine de chefs d'entreprise sont présents, prêts à accueillir et écouter un hôte de marque : le président Jair Bolsonaro.

En cette première moitié de 2021, le président du Brésil est dos au mur. Plus de la moitié de la population rejette son action. Au moins 400 000 Brésiliens ont succombé durant la deuxième vague du Covid-19, portant le bilan total à plus de 600 000 victimes : une hécatombe sans précédent, à laquelle s'ajoute un crash économique historique. En 2020, le Produit intérieur brut a plongé de 4,1 %. Dans les campagnes, la faim réapparaît et dans les villes des dizaines de milliers de familles sont jetées à la rue. Les experts estiment que d'ici la fin de l'année, on pourrait compter jusqu'à 61,1 millions de personnes vivant sous le seuil de pauvreté, soit un habitant sur trois. Un véritable naufrage, dont Jair Bolsonaro est personnellement responsable. Au mois d'avril 2021, le Sénat décide l'ouverture d'une commission d'enquête censée faire la lumière sur les crimes commis par le gouvernement dans la gestion de la crise. Celle-ci est symboliquement présidée par Omar Aziz, élu de l'État d'Amazonas dont la capitale Manaus fait figure de « ville martyre » du Covid-19.

Longtemps simple poste militaire à la rencontre des rios Negro et Solimoes, Manaus fut d'abord le rêve (ou la folie) d'une élite : celle de la « fièvre du caoutchouc », entamée à la fin du XIXe. La « ruée vers la sève », le latex des hévéas, fait alors la richesse des « patrons » de Manaus, qui équipent leur cité perdue au milieu de la jungle d'élégants pavements, de réverbères, tramways, lignes de téléphone et câbles électriques. Rien n'est trop beau pour cette ville, reliée par bateau vapeur à New York et Liverpool, couverte de palais néo-classiques et qui s'offre un sublime théâtre, tout de marbre de Carrare, miroirs vénitiens, et tuiles alsaciennes… plus dure sera la chute. Début XXe, la concurrence des hévéas asiatiques fait chuter les prix et provoque la ruine de la cité. Décadente et mélancolique, la plus grande cité d'Amazonie ne retrouvera le devant de la scène qu'un siècle plus tard, lors d'un nouvel effondrement, celui du Covid-19. C'est là qu'ont été tournées certaines des images les plus tragiques de la pandémie : familles décimées, cadavres abandonnés, fosses communes creusées à la tractopelle… Début 2021, sous les coups du variant Gamma, né dans sa région et plus contagieux, la ville se retrouve à nouveau au cœur de la tempête et, le 14 janvier, à court d'oxygène. Des dizaines de malades étouffent et décèdent sous les yeux de soignants impuissants. Une situation qui indiffère le gouvernement de Brasília. Informé plus d'une semaine à l'avance sur le risque de pénurie, le ministre de la Santé, Eduardo Pazuello, n'a pas bougé le petit doigt.

Acculé et de plus en plus infréquentable, Jair Bolsonaro a besoin de redorer son image auprès des chefs d'entreprise. Pourquoi pas, dès lors, en organisant un dîner, comme au temps de la campagne victorieuse de 2018, lorsque le gratin de São Paulo venait lui « manger dans la main » ? C'est chose faite, ce 7 avril 2021. Entouré de son ministre de l'Économie, Paulo Guedes, et du patron de la FIESP, Paulo Skaf, le président du Brésil prend donc la direction de la maison de Washington Cinel. À l'évidence, on est loin des grandes heures du bolsonarisme triomphant. Malgré quelques noms importants, aucun « très grand » patron n'a fait le déplacement. Même le très conservateur Abilio Diniz, patriarche des patrons *paulistas*, s'est fait excuser… L'excentrique Luciano Hang n'a, lui, pas été invité, pour éviter d'effrayer les autres convives de marque. Dans le « dernier carré », on trouve pour l'essentiel des seconds couteaux à la réputation sulfureuse.

Jair Bolsonaro doit se rendre à l'évidence : le départ du populaire juge Sergio Moro et l'action du gouvernement durant la pandémie lui ont fait perdre en grande partie le soutien si chèrement conquis de l'élite économique brésilienne. Fin mars 2021, une pétition rédigée par des chefs d'entreprise, banquiers ou analystes financiers demandant au président des mesures plus énergiques pour lutter contre le Covid-19 a recueilli plus de 1 500 signatures. Parmi eux, on trouve Luis Stuhlberger, fondateur du portefeuille financier Verde Asset, fort de 51 milliards de *reais* d'actifs, et ancien électeur de Bolsonaro. Il évoque désormais sa « honte d'être brésilien ». Gabriel Kanner, président de l'institut Brasil 200, réunissant des chefs d'entreprise libéraux et proche de Paulo Guedes, traite le leader d'extrême droite de « traître à la patrie ». Même Paulo Marinho, ancienne tête de pont du candidat chez les grands patrons, lâche symboliquement le président. Ce dernier n'a jamais pardonné la disgrâce de son ami Gustavo Bebianno, débarqué du gouvernement au bout de seulement quelques semaines, victime des jalousies paranoïaques de Carlos Bolsonaro. Déboussolé, déprimé, l'avocat finit par décéder le 14 mars 2020, victime à 56 ans d'un infarctus fulgurant. L'homme de la conquête du pouvoir disparaît avec ses secrets. « La tristesse a fini par le tuer », réagit Paulo Marinho.

En cette première moitié de 2021, à un an et demi du prochain scrutin, un désagréable fumet de fin de règne se répand sur Brasília. Une atmosphère de crépuscule, accentuée par le départ d'un autre milliardaire, le plus important de tous aux yeux de Jair Bolsonaro : celui de Donald Trump, défait à la présidentielle de novembre 2020. Des semaines durant, le président du Brésil a refusé *mordicus* de croire à la défaite de son meilleur « ami » qui est aussi son unique allié. « L'espérance est la dernière à mourir », déclare-t-il le 4 novembre, sonné à l'annonce des premiers résultats. En privé comme en public, Bolsonaro n'a pas de mots assez durs contre Joe Biden, ce démocrate au discours « lamentable » qui l'a ouvertement menacé de sanctions économiques en cas d'aggravation de la déforestation en Amazonie. Dans une véritable bouffée délirante et désespérée, il ira jusqu'à défier le chef de la première armée mondiale, promettant des conséquences militaires en cas d'ingérence dans les affaires brésiliennes. « Quand on n'a plus de salive, c'est la poudre qui doit parler ! », ose-t-il le 10 novembre.

En privé, l'ambassadeur des États-Unis, le Texan Todd Chapman, s'efforce de modérer le ton du leader brésilien. « Le 20 janvier 2021, les États-Unis auront un nouveau président. Il est important de préserver les relations entre nos deux pays », explique-t-il diplomatiquement à Jair Bolsonaro. De guerre lasse, le 15 décembre, celui-ci finira par reconnaître la victoire de Joe Biden – il sera le dernier dirigeant du G20 à le faire. En sous-main, le clan présidentiel s'active pour apporter tout son soutien à Donald Trump. En ligne, le « cabinet de la haine » relaie la propagande du milliardaire soutenant que les élections auraient été « volées ». Eduardo, troisième fils du chef de l'État, flirte avec la ligne rouge. Voire, la franchit allègrement. Le 5 janvier 2021, à la veille de l'invasion du Capitole, les médias révèlent que « Zéro trois » se trouve à la

Maison Blanche en compagnie de son épouse. Le couple a été reçu par Ivanka, la fille du leader républicain, et lui a présenté sa nouvelle fille, âgée de seulement trois mois, Geórgia – nommée en l'honneur de l'État conservateur du sud des États-Unis.

Mais le plus intrigant a lieu en coulisse : selon le site américain *Proof*, Eduardo aurait vraisemblablement participé le même jour à une « réunion secrète » du « conseil de guerre » du milliardaire-président, réuni pour l'occasion dans une aile privée du Trump International Hotel de la Pennsylvania Avenue. « Zéro trois » aurait alors été le seul et unique étranger présent, au milieu d'une vingtaine de hauts dignitaires du trumpisme, parmi lesquels l'ex-conseiller à la Sécurité nationale Mike Flynn, l'avocat Rudy Giuliani et les deux fils du président étasunien, Eric et Donald Trump Jr. Certains journalistes soutiennent que l'assaut sur le Capitole aurait été planifié ce jour-là… Quoi qu'il en soit, le lien indéfectible entre le milliardaire américain et le capitaine brésilien sera donc maintenu, jusqu'à la fin et jusqu'à l'effondrement final. Jair Bolsonaro se refusera d'ailleurs à condamner l'insurrection du 6 janvier. « C'est le manque de confiance » dans les élections qui a « mené à ce qui se passe là-bas », soutient-il. Et de menacer : au Brésil aussi « la fraude existe », et il pourrait « se passer la même chose ».

Au prochain scrutin, prévu pour 2022, justement, Jair Bolsonaro aura face à lui un adversaire de taille. Ce 8 mars 2021, à la surprise générale, trois ans presque jour pour jour après avoir décidé son emprisonnement, le Tribunal suprême fédéral, par la voix du juge Edson Fachin, décide d'annuler toutes les condamnations en justice pesant sur l'ancien président Lula. Libre, et rétabli dans ses droits politiques, ce dernier peut désormais se porter candidat à l'élection présidentielle. Deux jours plus tard, au siège du syndicat des métallos ABC, là même où il se rendit à la police au milieu d'une foule en larmes, le vieux leader de gauche prononce un discours et s'adresse à cette élite, qu'il pensait avoir conquise et dont il estime qu'elle l'a trahi : « J'ai besoin de parler aux chefs d'entreprise. Je veux comprendre à quel point ils sont devenus fous. »

XVII

Pour contrer la solitude et les mauvais esprits de l'Alvorada, chaque occupant a eu sa méthode. Certains invitaient des amis pour une pizza ou des fêtes arrosées. D'autres fuyaient en fin de semaine vers la grange du Torto, résidence de villégiature officielle du chef de l'État, située sur un site champêtre au nord de la capitale. Beaucoup adoptèrent des chiens de race. Dalmatiens, labradors, fox-terriers, golden retrievers… Le « Mythe », qui ne fait rien comme tout le monde, a de son côté opté pour un vira-lata *: un pur bâtard brésilien au pelage caramel et aux traits peu gracieux, du nom de Faísca. Anti-système jusqu'au bout du museau…*

Les chiens, ce n'est pas comme les hommes. C'est fidèle. Ça ne trahit pas. Son « cabot » de compagnie, le « Mythe » l'a d'ailleurs plus d'une fois mis en scène. « La vaccination obligatoire, c'est seulement pour Faísca ! », lance-t-il en pleine pandémie. Plus tard pendant son mandat, lors de l'adoption d'une loi renforçant les sanctions contre les mauvais traitements infligés aux animaux, le président se saisit d'un autre vira-lata*, posé de force sur la table où se trouve le texte, qu'il semble vouloir* *lui faire signer de la patte... « Waf waf !! Ça signifie félicitations !! », s'enflamme alors le président.*

Mais même avec les chiens, rien ne se déroule jamais comme prévu. À mi-mandat, un fonctionnaire découvre au fond du jardin du Planalto un jeune berger de Maremme au poil blanc et qui semble perdu. Sans attendre ni réfléchir, le président et sa famille s'empressent d'adopter l'animal. Dans la minute, ils lui donnent un nom – Augusto – et lui ouvrent un compte Instagram, l'exhibant fièrement sur les réseaux sociaux. Sauf que le berger en question avait déjà un nom (Zeus) et un maître (Nagib). Accusé d'enlèvement et séquestration par les internautes, le « Mythe » doit finalement se résoudre à rendre son chien à son propriétaire.

*

Cette campagne a du chien, et le candidat montre ses crocs. Ce 1er septembre 2018, au cœur de l'Amazonie brésilienne, Cavalão reçoit un accueil triomphal. À un peu plus d'un mois du premier tour de la présidentielle, le député d'extrême droite a choisi de faire étape à Rio Branco, capitale de l'État de l'Acre. Accueilli dès sa sortie de l'aéroport comme une pop star, ou un Messie descendu du ciel, il est acclamé par une foule de milliers de supporters. Dressé sur un char, le candidat déroule son programme ultra-radical : autoritarisme, privatisations massives, libéralisation des armes à feu, abaissement de la majorité pénale, lutte contre l'avortement, exploitation sans limite de la nature, réduction des droits des minorités, alignement sur les États-Unis… « La famille va être respectée ! Ici, il y a des mâles et des femelles ! », invective le capitaine sous les vivats, avant de lancer une de ces « bombes » dont il a le secret. Emporté par l'enthousiasme, il se saisit soudain d'un trépied de caméra, qu'il ajuste et pointe vers le ciel à la manière d'une mitraillette. « On va fusiller la *petralhada*, ici dans l'Acre ! », hurle-t-il, usant d'un surnom péjoratif donné aux militants du Parti des travailleurs. Et la foule de rire grassement et d'exulter.

Mesure-t-on bien alors la « performance » de l'artiste ? Loin d'être une terre d'extrême droite, l'Acre est un bastion du PT, considéré comme imprenable. Dans cette région vaste comme la Grèce et recouverte de jungle, acquise par le Brésil en 1903 à la Bolivie voisine, le parti de Lula monopolisa tous les postes à responsabilité, du gouvernorat jusqu'aux assemblées locales, en passant par les élus au Congrès. Elle y inventa, dans les années 2000, un nouveau modèle, baptisé « gouvernement de la forêt », alliant protection de l'environnement et progrès social. Une vision, portée en son temps par un *acriano* célèbre, natif de la localité de Xapuri : Chico Mendes, moustache solaire et cheveux en bataille, leader dans les années 1980 des *seringueiros* d'Amazonie, ces ouvriers collecteurs de latex, véritables esclaves de la forêt, soumis aux lois despotiques des *patrões* du caoutchouc, dans l'« organisation du travail la plus criminelle jamais inventée par le plus révoltant des égoïsmes », selon les mots du journaliste et écrivain Euclides da Cunha. Chico, quant à lui, est considéré jusqu'à aujourd'hui comme le plus grand militant de la cause écologiste de l'histoire du Brésil. Défenseur de la forêt et de ses peuples contre les latifundiaires et les grands patrons, il paya son engagement de sa vie, fauché d'un coup de fusil, le 22 décembre 1988, à seulement 44 ans. Mais, fidèle à l'héritage de ce martyr, qui disait ne pas vouloir de fleurs à son enterrement sachant « qu'elles seront arrachées à la forêt », le pouvoir de gauche investit dans le tourisme, les industries durables et la sauvegarde de la jungle. Dans les années 2000, la déforestation chute de 65 % tandis que le PIB local triple et que l'espérance de vie bondit de 66 à 71 ans. Rio Branco se fait coquette, se couvre de jardins, de restaurants gourmets, de bibliothèques ou de musées célébrant la culture indigène. L'Acre devient un modèle pour le Brésil.

C'est pourtant ici que Cavalão est, en 2018, porté aux nues. Car la crise est passée par là. À partir de 2014, la pauvreté explose en Amazonie, de même que l'insécurité. Dans cet État frontalier de la Bolivie et du Pérou, les trafiquants se livrent à une guerre sanglante pour le contrôle des routes de la cocaïne. En quelques années, Rio Branco devient l'une des villes les plus violentes du Brésil, et même du monde. Le Parti des travailleurs local, lui, voit sa réputation salie par des accusations de détournement de fonds et de népotisme… Misère, insécurité, corruption : les trois moteurs du vote d'extrême droite fonctionnent à plein régime. Dans l'Acre, comme dans bien d'autres régions, Cavalão apparaît à beaucoup comme le candidat idéal pour remédier aux maux du Brésil. Un militaire, capable de remettre de l'ordre et de régler l'insécurité. Un capitaliste libéral, qui aidera les entrepreneurs et sortira le pays du marasme économique. Et, surtout, un « homme neuf », simple, sincère et honnête, vierge de toute accusation de corruption. Ajoutez à cela les fidèles évangéliques, voyant en lui le tenant d'une ligne moralo-conservatrice, et les authentiques fascistes brésiliens, rêvant du retour de la dictature et imaginant le capitaine en « homme fort » d'un Brésil autoritaire, et vous obtenez une candidature rassemblant très large.

Sourire enfantin et visage crispé, ton autoritaire et propos chaotique… Cavalão est un candidat protéiforme, un « gros cheval » fait caméléon sur lequel chacun projette ses idées, ses frustrations et ses fantasmes. Qu'importe si le capitaine est élu au Congrès depuis près de trente ans et fait lui-même partie de cet establishment qu'il prétend renverser. En cet hiver austral, à quelques semaines du premier tour, rien ne semble résister au candidat d'extrême droite, qui fait désormais la course en tête, avec 20 à 24 % des intentions de vote, devançant de loin ses principaux concurrents, le social-démocrate Ciro Gomes, le conservateur Geraldo Alckmin et l'écologiste Marina Silva, qui plafonnent autour de 10 %. De son côté, le Parti des travailleurs n'a pas encore désigné de remplaçant à Lula, toujours derrière les barreaux. Le probable suppléant, Fernando Hadda, est un ancien maire de São Paulo de 55 ans, beau brun d'origine libanaise, professeur de sciences politiques à l'université. Mais c'est aussi et surtout un pur membre de l'élite intellectuelle *paulista*, sans envergure nationale ni ancrage populaire. Dans les sondages, il n'obtient que 6 % des voix.

Seul en scène, le capitaine déploie son plan de bataille. Coordonnée par l'avocat Gustavo Bebianno, son armée est en ordre de marche. Les hérauts du mouvement anti-Dilma battent le pavé et les studios télé, épaulés par les fils du président tandis que dans les églises le pasteur Silas Malafaia et le chanteur de gospel Magno Malta mobilisent leurs fidèles. Les « Paulos » Guedes et Marinho font la tournée des grands patrons tandis que le général Augusto Heleno s'emploie à rallier l'élite militaire et monte pour le candidat une petite « caserne », formée de haut gradés conservateurs. Au Congrès, les « copains » du lobby de la balle s'activent. Outre son vieil ami Alberto Fraga, dit « Pancrace », Cavalão a obtenu le soutien du député Sérgio Olimpio Gomes, ancien major de la Police militaire, mais aussi et surtout celui d'Onyx Lorenzoni. « Je suis avec toi ! Du début à la fin, pour tuer ou pour mourir ! », a promis le gaucho, fin connaisseur des arcanes du pouvoir. Pour Cavalão, il organise des dîners dans son appartement de Brasília, conviant à sa table les membres les plus influents du Parlement.

Dans la dernière ligne droite, le candidat obtient deux soutiens de poids. Tout d'abord Luiz Antônio Nabhan Garcia, un fermier *paulista* de 61 ans, leader sulfureux des petits propriétaires terriens. Homme rugueux, pro-armes et anti-environnement, il est depuis des années la bête noire de la gauche, accusé d'avoir armé des milices rurales afin d'intimider les sans-terres et de mettre à feu et à sang leurs campements… il prend le parti de Cavalão, tout comme Damares Alves. À 54 ans, c'est une vieille connaissance, qu'il a fréquentée des années durant au Congrès, où celle-ci travailla comme assistante parlementaire. Mais Damares est aussi une pasteure évangélique aussi influente que médiatique. Elle est la fondatrice du mouvement Atini, une organisation missionnaire amazonienne, accusée d'enlèvements et de séquestration d'enfants indigènes, et de l'Anajure, Association nationale des juristes évangéliques, forte de 700 membres, menant la guerre devant les prétoires contre les « mouvements sociaux anti-chrétiens ». Très populaire parmi la « base » néo-pentecôtiste, elle s'engage à plein au service du candidat d'extrême droite.

Contrairement aux apparences et à la propagande de ses équipes, rien dans la campagne de Cavalão n'est réellement spontané. Tous les réseaux tissés depuis trois décennies sont activés. Et toutes les pièces du puzzle assemblées. Le candidat sait à merveille tirer parti de l'actualité brûlante du Brésil. Au mois de mai 2018, une grande grève des camionneurs contre la hausse des prix du carburant vient ainsi paralyser le pays, bloquant les routes de toutes les régions, entravant la livraison de nourriture, d'essence et de médicaments. Sans attendre, le capitaine saisit la balle au bond et affirme soutenir « à 100 % » le mouvement. Il y gagne l'admiration et l'appui des leaders *camionheiros*, ces « rois de la route », dont dépend de façon vitale un État-continent dénué de tout système ferroviaire.

Pour Cavalão l'urgence est de se trouver un parti politique – une obligation pour être candidat. En conflit avec la direction du Parti social-chrétien (PSC), il jette son dévolu sur le Parti social-libéral (PSL), petite formation de droite sans ligne claire. Son chef, Luciano Bivar, est un vieux routier de la politique issu de l'État nordestin du Pernambouc et, à 74 ans, traîne une réputation de « Don Corleone » des tropiques. Au début des années 1980, alors avocat fortuné et marié, Bivar entretient une liaison avec une masseuse de 30 ans, du nom de Claudete. Jusqu'à ce que, en 1982, celle-ci annonce être enceinte. Le corps sans vie de la jeune femme, couvert d'hématomes, sera retrouvé par la police le 3 octobre 1982 dans le rio Capiberibe de Recife. Peu de temps avant le meurtre, l'avocat aurait exigé de sa maîtresse qu'elle lui remette toutes leurs lettres d'amour. Soupçonné mais jamais condamné, faute de preuves, Luciano Bivar fonde en 1994 le PSL et est élu député quatre ans plus tard.

Fin 2017, beaucoup d'eau a coulé sous les ponts du rio Capiberibe. Une rencontre est organisée entre Cavalão et le « Don Corleone » de Recife et un accord est vite conclu. Pour la galerie, le capitaine signe une déclaration d'engagement à défendre la « pensée économique libérale » et « protéger l'État de droit ». Le 22 juillet 2018, le Parti social-libéral officialise son soutien à la candidature du capitaine, qui, deux semaines plus tard, dévoile le nom de son vice-président. Le leader d'extrême droite a dû renoncer à ses premiers choix, et notamment celui de Luiz Philippe de Orléans e Bragança, héritier de la famille impériale. Ce bel homme ultra-conservateur au nom prestigieux est alors la cible de plusieurs rumeurs, l'accusant de participer à des « partouzes gays » ou de parcourir les rues à la nuit tombée pour y passer à tabac d'innocents clochards. « Ce sera Hamilton Mourão ! », tranche Cavalão, qui opte pour ce général de droite, président de l'influent Club militaire.

« Tu es bien sûr de ton choix ? Tu sais, nous sommes un petit parti avec bien peu de ressources... », s'enquiert tout de même Luciano Bivar auprès de Cavalão. Et de fait, le PSL ne compte qu'un seul et unique député au Congrès et ne dispose ni d'argent ni de temps d'antenne – attribué en fonction des résultats obtenus aux précédents scrutins. Les clips de campagne de son candidat ne dureront que huit secondes, contre plus de cinq minutes pour Geraldo Alckmin. Le PSL ne dispose que de 9 millions de *reais* face aux 212 millions pour le PT. Qu'importe. « Nous n'avons pas de grand parti, nous n'avons pas de fonds électoraux, nous n'avons pas de temps d'antenne, mais nous avons ce que les autres n'ont pas : le peuple brésilien », lance le capitaine à ses partisans. Et surtout, il a des réseaux sociaux, où il est toujours aussi populaire, avec désormais 6,9 millions d'abonnés sur Facebook contre 689 000 pour Fernando Haddad. Autant de posts relayés en masse sur les réseaux sociaux par les disciples d'Olavo de Carvalho et les *trolls* de Carlos.

Au fur et à mesure des semaines, la campagne prend les allures d'une marche triomphale. Dans les meetings du candidat, réunissant des milliers de partisans exaltés, un rituel se met en place. La foule a son slogan (« Le Brésil au-dessus de tout. Dieu au-dessus de tous »), son signe de ralliement (les doigts en forme de pistolet), ses couleurs (le vert et or de la Seleção), son numéro (le 17, à composer sur l'urne électronique le jour de l'élection) et un héros de légende, *Mito*. Chez ses fans, ce dernier fait l'objet d'une véritable dévotion. Pour lui, des femmes inventent des chorégraphies et les hommes font des pompes en public. Des peintres amateurs le représentent aux côtés de Jésus, chevauchant un lion de Judée ou entouré de colombes. Sur le Net, des *geeks* et *gamers* vont jusqu'à lancer un jeu vidéo. Costume sombre et cravate *auriverde*, le « Mythe » y lutte contre ses adversaires de toujours : communistes, féministes, homosexuels, militants noirs... Autant de soldats de l'« armée rouge redoutée » responsable « de l'aliénation et de l'endoctrinement d'une grande partie de la nation », dit le slogan publicitaire de ce divertissement, promettant « beaucoup de coups de poing et de bonnes rigolades ».

À un mois du scrutin, le capitaine reste prudent. S'il arrive en tête au premier tour, la plupart des sondages le donnent battu au second. Lors des deux débats télévisés, organisés face aux autres candidats, il s'est montré confus et n'a offert que des prestations moyennes. Son équipe le sent : il manque à Cavalão un petit « coup de pouce » pour franchir le plafond de verre. Un acte théâtral, dramatique, shakespearien, qui viendrait parfaire la légende. Celui-ci tombe du ciel le jeudi 6 septembre. Ce jour-là, accompagné de Carlos et Bebianno, le candidat se rend à Juiz de

Fora, grosse cité du Minas Gerais de 570 000 habitants, située à trois heures au nord de Rio. Le plan est des plus classiques : visite d'un hôpital, rencontre avec des commerçants locaux suivi d'un discours dans le parc, face au conseil municipal de la ville. La sécurité est sur les dents. Des militants du mouvement LGBT menacent de jeter des œufs depuis les immeubles. Mais Cavalão n'en a cure. Aux alentours de 15 heures, vêtu d'un T-shirt *auriverde*, portant l'inscription « Mon parti est le Brésil », il décide de s'offrir un bain de foule. Sur la rue Halfeld, bordée de magasins, de cafés et de cinémas, où se rencontrent immeubles modernistes et Art déco, le candidat est submergé par l'euphorie de ses partisans, qui le soulèvent de terre et le prennent sur leurs épaules. L'enthousiasme est à son comble. Quand soudain, à l'angle de la rue Batista de Oliveira, face à un magasin de vêtements, un homme armé d'un couteau émerge de la foule. Tout va si vite. La lame surgit. Personne n'a le temps de comprendre ce qui se passe. Frappé à l'abdomen, Cavalão se tord de douleur.

*

Ce mercredi 4 août 2021, ils sont venus nombreux aux abords du Planalto. À l'ombre des piliers de marbre dessinés par Oscar Niemeyer, des dizaines de personnes font la queue, l'air réjoui, décontracté. Les hommes ont revêtu leur plus chic costume et les femmes sorti leurs plus belles robes. Tous se sont endimanchés, comme pour une cérémonie à l'église. Et de fait, au cœur de l'hiver austral, dans ce palais de verre abritant les bureaux du chef de l'exécutif brésilien, c'est bien un mariage que l'on s'apprête à célébrer. Celui scellant l'union entre Jair Bolsonaro et l'establishment.

Plus prosaïquement, il s'agit de la cérémonie d'intronisation du nouveau patron de la Casa Civil – ce poste crucial, à mi-chemin entre Premier ministre et chef du cabinet présidentiel. Debout face au public, rassemblé dans le Salon noble du palais, l'heureux élu affiche ses cheveux bien peignés, des dents blanches et une peau bronzée. Ciro Nogueira, sénateur de l'État nordestin du Piaui, président du Parti progressiste, le PP, est l'un des barons historiques du *Centrão*, ce regroupement de petites formations opportunistes et corrompues dominant le Parlement. Entré en politique dans les années 1990, ce fringant cinquantenaire a soutenu tous les gouvernements successifs, depuis Fernando Henrique Cardoso jusqu'à Michel Temer en passant par Lula et Dilma Rousseff. Et, aujourd'hui, Jair Bolsonaro.

Autour du nouveau chef de la Casa Civil, le *deep state* brésilien s'est donné rendez-vous. Dans la foule des présents, on reconnaît les principaux ministres du gouvernement, mais aussi des haut gradés, des gouverneurs, présidents des assemblées et plusieurs piliers du « grand centre », dont beaucoup ont déjà été condamnés pour corruption. Visiblement ravi d'être parmi les siens, Ciro Nogueira se livre à une vibrante défense de la démocratie : « C'est pour elle que je suis ici. C'est pour elle que nous sommes tous ici. C'est pour elle que vous, monsieur le président, vous êtes ici. Pour prendre soin d'elle, pour veiller sur elle », déclare-t-il. Masqué pour l'occasion, le chef du Brésil opine. Et, dans son propre discours, s'empresse d'ajouter : « Ce gouvernement travaille en partenariat, en accord et bonne entente avec le Parlement. Il respecte tous les autres pouvoirs. »

On dirait un rêve. Et pourtant, il s'agit bien du même Bolsonaro qui, durant toute sa vie, appelait à « fusiller » les militants de gauche et renverser le Congrès. Qui, un an plus tôt, mobilisait ses milices et menaçait d'envoyer la troupe pour fermer le Tribunal suprême. Que s'est-il passé ? Le capitaine aurait-il enfin décidé de rendre les armes ? S'est-il converti aux vertus de la démocratie ? Rien de tout cela. La cérémonie du 4 août est le fruit d'un long cheminement stratégique, qui a conduit un Jair Bolsonaro plus pragmatique qu'on ne croit à s'allier avec le « système ». Un recul tactique qui vise non pas à capituler mais à raffermir son pouvoir.

Tout commence un an plus tôt, en juin 2020. Isolé, acculé en pleine pandémie du Covid-19, le président comprend qu'il doit changer de stratégie. Le 18 du même mois, le parquet annonce l'arrestation de Fabricio Queiroz, ami intime des Bolsonaro et ancien assistant parlementaire de Flávio, proche des milices de Rio et grand orchestrateur des montages financiers du clan, en fuite depuis des mois. L'homme de 54 ans est retrouvé par la police près de la localité d'Atibaia, à l'intérieur de l'État de São Paulo, dans une propriété rurale appartenant à Frederick Wassef, avocat de la famille Bolsonaro. À ses côtés, les enquêteurs retrouvent des figurines de Tony Montana, héros mafieux de *Scarface*. Il est désormais à disposition de la justice.

Jair Bolsonaro l'a compris : pour se protéger d'une éventuelle destitution, il doit mettre d'urgence de l'eau dans sa *cachaça*, et trouver de nouveaux alliés. Ce sera donc le « grand centre », cet establishment brésilien avec lequel il avait juré de ne jamais gouverner. Rapidement, il donne des gages. Fini les menaces de coup d'État et les déclarations à l'emporte-pièce sur le coronavirus. Le président prêche désormais la « paix et l'harmonie » entre les pouvoirs et va jusqu'à rendre hommage aux victimes du Covid-19 – une première. Le 19, lendemain de l'arrestation de Queiroz, le très polémique ministre de l'Éducation, Abraham Weintraub, est remercié. Son départ est suivi par celui des tenants de la ligne « idéologique » : le général Cauchemar Eduardo Pazuello quitte le gouvernement en mars 2021, suivi le même mois de l'« antiglobaliste » Ernesto Araújo et, en juin, du ministre de la « destruction de l'environnement » Ricardo Salles. Tous sont remplacés à leur poste par des profils techniques. Ainsi de Marcelo Queiroga, président de la Société brésilienne de cardiologie, qui obtient le portefeuille de la Santé.

Sur l'Amazonie aussi, Bolsonaro décide de lisser son propos. Lors de la COP 26 de Glasgow, le Brésil s'engage à mettre fin dès 2028 à la déforestation illégale. Autant de gestes de bonne volonté salués par les partenaires occidentaux mais considérés comme du « maquillage vert » par les ONG. Car dans le même temps, le déboisement ne cesse en effet de progresser. Tout cela est fait *para os ingleses ver*, « pour satisfaire les Anglais », c'est-à-dire pour « sauver les apparences » : un adage né au XIXe siècle, lorsque le Brésil, sous pression de l'Empire britannique, adoptait des lois supposées combattre l'esclavage, sans jamais les appliquer, afin de gagner du temps.

En parallèle, Bolsonaro tient à ressouder les rangs et entame une brutale reprise en main de l'armée et de la justice. Fin mars 2021, lors d'un large remaniement, le général Fernando Azevedo e Silva, jugé trop passif, est démis de son poste au ministère de la Défense, remplacé par Walter Braga Netto, un général au profil plus ferme et plus obéissant. Ce changement provoque immédiatement le courroux des principaux chefs de l'armée qui, fait inédit, annoncent collectivement leur démission. Mais la mise en scène n'impressionne guère Bolsonaro, qui impose obéissance à la Police fédérale, le « FBI brésilien », chargée d'enquêter sur les affaires visant le pouvoir. Des fidèles sont nommés aux postes clefs, les investigations gelées, les fortes têtes poussées vers la sortie. Résultat : au premier semestre 2021 par rapport à l'année précédente, les peines de prison pour corruption s'effondrent de 55 %.

Principales cibles des enquêteurs de la *task force* de Curitiba, les barons du *Centrão* exultent, et acceptent la main tendue par Jair Bolsonaro. En échange de crédits et de postes juteux, ces élus contrôlant les deux tiers du Congrès bloqueront toute tentative d'*impeachment*. Dès juin 2020, une première « greffe » est tentée, avec l'arrivée de Fabio Faria, nommé ministre des Communications, un quarantenaire aux allures de play-boy, héritier d'une dynastie du Rio Grande do Norte, dans le Nordeste, et membre du Parti social démocratique, le PSD, l'une des formations clefs du *Centrão*. Dans son sillage, plusieurs ministres du « grand centre » investissent l'exécutif, dont le plus fameux demeure Ciro Nogueira, chef de la Casa Civil. Généreux avec ses « nouveaux alliés », Jair Bolsonaro débourse entre 2020 et 2022 plus de 100 milliards de *reais* (18 milliards d'euros) en subventions parlementaires, un record. Outre les postes au sein du cabinet présidentiel, le « grand centre » obtient la direction de quantité d'entreprises publiques ou para-étatiques, de la Fondation nationale de santé, jusqu'à la Banque du Nordeste, en passant par la Telebras, chargée des infrastructures liées à Internet…

De Faria à Nogueira, une grande partie de ces nouveaux entrants sont des Nordestins. Cela ne doit rien au hasard. Le Nordeste est une terre de conquête pour Bolsonaro. Ses neuf États, abritant le tiers de la population, sont le fief de Lula. En 2018, le Parti des travailleurs y a obtenu des scores canons : 67 % des voix, et souvent plus de 90 % dans les zones rurales. L'ex-président de gauche y a vu le jour, dans une misérable maison de torchis, à Caetés, au plus profond du Sertão, ce désert semi-aride, « polygone » de la faim et de la sécheresse, grand comme deux fois la France. Là règne la *caatinga*, rêche « forêt blanche », parsemée de broussailles cendrées et de grands cactus *mandacaru* aux allures de gibets, parcourue par les *vaqueiros*, ces bouviers de misère. Traités comme des serfs par les propriétaires terriens, victimes de sécheresses meurtrières (celle de 1979-1983 fit un million de victimes), ces *flagelados*, ces flagellés sans destin, n'eurent longtemps d'autre choix que de migrer vers les favelas des villes ou rejoindre les bandes de *cangaceiros*, ces brigands de grand chemin, attifés de tricornes de cuir ornés d'étoiles. Le plus célèbre fut Virgulino Ferreira da Silva, dit *Lampião* (« Lampion »). Cet homme éduqué au nez chaussé de lunettes rondes fit régner justice et terreur dans les campagnes du Nordeste durant deux décennies, avant d'être abattu en 1938 aux côtés de sa compagne, la belle Maria Bonita. Jusqu'à aujourd'hui, le couple est l'objet d'un culte, célébré comme un Robin des bois moderne par les livres *Cordel*, cette romantique littérature de la « ficelle », illustrée de gravures et vendue en feuillets bon marché sur les foires de la région.

C'est sur cette terre dévastée et légendaire, racontée par des écrivains aussi géniaux que João Guimarães Rosa ou Graciliano Ramos, que se joua la grande bataille de Lula contre la pauvreté. Dans les années 2000, il bombarde sa région de programmes sociaux aux noms évocateurs : « bourse famille », « ma maison ma vie », « lumière pour tous », « eau pour tous », « faim zéro », « pharmacie populaire », ou encore « Brésil souriant », ces soins dentaires gratuits à la population. La gauche crée même une journée nationale du *vaqueiro*. « Les pauvres sont devenus riches ! », plaisantent les anciens *flagelados*. En dix ans, la pauvreté chute de moitié, et Lula se constitue un inébranlable fief électoral. Pour Jair Bolsonaro, s'attaquer à la forteresse nordestine n'est donc pas chose aisée. Le leader d'extrême droite s'y est déjà essayé, posant maladroitement coiffé d'un chapeau de *cangaceiro* – sans succès. À la recherche de nouveaux alliés, le président va donc se tourner vers les *coronéis*, ces riches familles latifundiaires, conservatrices et corrompues dominant encore la politique locale. Ce sont les Magalhães à Bahia, les Faria au Rio Grande do Norte, les Coelho dans le Pernambouc, les Rocha dans le Maranhão, les Nogueira dans le Piaui… et les Lira dans l'Alagoas.

C'est ce dernier clan qui s'avère le plus décisif pour Bolsonaro. Le 1er février 2021, Arthur Lira, l'un des leaders du Parti progressiste, le PP, et député d'Alagoas, est élu président de la Chambre des députés. À 51 ans, cheveux grisonnants et sourire engageant, il est l'incarnation parfaite du vieux monde brésilien, doublé d'un cynique, soupçonné du détournement de millions de *reais* d'argent public. Mais Jair Bolsonaro a mis tout son poids dans la balance pour porter cet allié au poste de « vice-roi » du Brésil. Le président de la Chambre des députés est en effet le seul ayant le pouvoir d'ouvrir une procédure en destitution. Une mesure qu'il s'est engagé à ne jamais déclencher. Sa victoire est aussi et d'abord celle du chef de l'État. L'« anti-système » a mis le système dans sa poche et se pense désormais intouchable.

XVIII

Au sous-sol, contiguë à la salle de jeux, l'Alvorada dispose d'une petite infirmerie. Indispensable pour prendre soin de la santé d'un « Mythe » au corps usé, cassé, blessé et constamment malade. Depuis le début du mandat, le président a subi pas moins de six chirurgies, et d'innombrables prises de sang, radios, tests nasopharyngés, tomographies, et autres endoscopies… pour l'essentiel, afin de remédier aux conséquences de cet attentat au couteau, qui aurait pu lui coûter la vie. Corriger les douloureuses hernies abdominales. Débloquer des sous-occlusions formées au creux des intestins.

Mais contrairement à d'autres exemples fameux, le « Mythe » n'a jamais cherché à dissimuler ses ennuis de santé. Au contraire. Le président pose torse nu, exhibant la large cicatrice qui lui fend l'abdomen, ou en pyjama sur son lit d'hôpital, oxymètre au bout du doigt et tuyaux dans le nez. Les détails les plus intimes et les plus triviaux sont divulgués, telle la quantité de matière fécale retirée lors de ses occlusions. Parfois même, le chef de l'État va jusqu'à jouer au malade imaginaire. Un jour, il laisse entendre être atteint d'un cancer de la peau, provoquant l'émoi des Brésiliens. Avant, vingt-quatre heures plus tard, de dénoncer un « mensonge » de la presse.

Il ne cherche pas à projeter l'image d'un homme fort. Tout l'inverse. Le « Mythe » est d'abord un homme désarmé. Un martyr christique venu sur Terre se sacrifier pour le bonheur et le salut des honnêtes gens. Depuis le début de son mandat, il n'a cessé de mettre en scène son impuissance. Lui qui se réfugie aux toilettes pour « pleurer comme un fou » lors de ses nuits sans sommeil. Lui qui admet sans complexe ne « pas être né pour être président ». Lui qui lâche : « Parfois je me demande, mon Dieu, qu'ai-je fait pour mériter ça ? »

⋆

Les sourires ont cédé la place à des visages inquiets ou terrifiés. Les vivats ont été remplacés par des hurlements paniqués. Ce 6 septembre 2018, peu après 15 heures, au croisement entre les rues Halfeld et Batista de Oliveira de la ville de Juiz de Fora, dans le Minas Gerais, le candidat d'extrême droite, placé en tête des sondages pour le premier tour de la présidentielle brésilienne, vient d'être victime d'un attentat. En l'espace de quelques secondes, la campagne électorale a basculé. Et avec elle, l'histoire d'un pays-continent.

Tout s'enchaîne : porté par ses partisans et ses agents de sécurité, Cavalão est emmené en urgence à l'hôpital le plus proche, la Santa Casa de Misericórdia, établissement de santé catholique, situé à un peu plus d'un kilomètre. Il y est admis à 15 h 40, haletant, le visage rougi par la douleur, mais toujours conscient. À ce stade, le candidat ne semble alors pas avoir conscience de la gravité de sa blessure. Il se permet même un trait d'humour. « Ce type n'est pas un professionnel ! », lance-t-il au premier médecin qu'il rencontre au sujet de l'auteur de l'attentat. Mais au bout de quelques minutes, le capitaine commence à avoir froid. Il perd la sensation des jambes. Sa tension artérielle chute à 7/4. Il est immédiatement transféré en soins intensifs.

La nouvelle se diffuse comme une traînée de poudre. Cavalão « a subi un attentat, à l'instant, à Juiz de Fora », tweete à 16 h 12 son fils Flávio, dans un post repris et partagé plusieurs dizaines de milliers de fois. La vidéo de la *facada*, ou coup de couteau, filmée de très près par un smartphone, est retransmise en boucle sur les chaînes d'information en continu et les réseaux sociaux. Le Brésil entier se fige, pour voir et revoir cette scène hallucinante : celle de l'un des hommes politiques les plus populaires du pays, favori de la présidentielle, poignardé en pleine rue. Tous les regards se braquent vers la cité *mineira*, vers laquelle s'embarquent les journalistes politiques du pays, suspendus aux bulletins de santé de la Santa Casa.

À première vue, l'affaire paraît grave. L'estocade a perforé l'abdomen droit du candidat et déchiré plusieurs portions de son tube digestif du côté de l'intestin grêle et du côlon. Elle a touché la veine mésentérique supérieure, mais a heureusement évité le foie. Le tout, provoquant une hémorragie interne et un écoulement de selles à l'intérieur de la cavité abdominale. En urgence, les chirurgiens procèdent donc à une colostomie temporaire, connectant les intestins du blessé à une poche externe, afin d'éviter le déversement de matières fécales. Puis ils s'attaquent au plus périlleux : la réparation des intestins endommagés.

Ce jour-là, à Juiz de Fora, Cavalão était accompagné par trois personnes : Marcelo Álvaro Antônio, président du Parti social-libéral dans le Minas Gerais ; Gustavo Bebianno, le bras droit, directeur de la campagne ; et enfin, Carlos, son deuxième fils, « grand maître » des réseaux sociaux. Dans les couloirs de la Santa Casa, ce dernier perd pied. Les présents se souviennent de l'avoir vu près de s'évanouir et s'effondrer en larmes sur l'épaule de Bebianno, cet avocat de Rio que, pourtant, il déteste. Ce dernier est sur tous les fronts, communiquant avec les médecins, maintenant informée la famille et coordonnant les cadres de la campagne. Selon certains, il aurait alors assisté en direct, derrière une vitre transparente, à l'opération chirurgicale. Vu les médecins ouvrir « son » capitaine, pour en retirer les viscères gorgés de sang et de matières fécales.

À 19 h 40, après deux heures d'angoisse, l'opération s'achève. Et les chirurgiens se montrent rassurants : l'état du candidat est stabilisé. Le lendemain, 7 septembre, à 6 h 30 du matin, débarquent en jet privé, à Juiz de Fora, le député major Sérgio Olímpio, l'homme d'affaires Fabio Wajngarten et le leader *fazendeiro* Nabhan Garcia. Trois influents *paulistas*, proches du capitaine, qui parviennent à affréter un « avion-ambulance » afin de transférer le blessé vers l'hôpital israélite Albert Einstein de São Paulo, l'un des meilleurs (et des plus onéreux) du pays. « Emmenez-moi n'importe où, tant que ce n'est pas au syro-libanais », intime Cavalão après avoir repris connaissance. L'établissement en question a dans le passé soigné Lula et Dilma Rousseff. Il le considère comme « l'hôpital des PTistes ».

Dans les jours qui suivent, une nuée de journalistes et de fidèles fait le pied de grue dans le hall de l'Einstein. Tout le ban et l'arrière-ban de l'extrême droite brésilienne est présent. Mais rares sont ceux autorisés à monter dans les étages au chevet du capitaine. L'état de ce dernier demeure précaire. Les visites sont limitées « à l'épouse [du candidat] et à ses enfants », rappelle l'hôpital dans un communiqué. Mais tous ne l'entendent pas de cette oreille. « Je suis sénateur de la République ! Laissez-moi passer ! », intime le chanteur de gospel Magno Malta. Mais, malgré l'émotion, nul ne songe à faire une pause dans la campagne. Au contraire. Les proches du candidat ont immédiatement compris tout l'intérêt qu'ils pouvaient tirer de cet attentat. « Vous venez de faire élire le futur président ! », lance le matin du 7 septembre l'aîné de la fratrie, Flávio.

« Vous » ? Bien entendu. Pour la famille, aucun doute n'est permis : l'attentat est un assassinat politique, organisé au plus haut niveau. Au Brésil, ce serait tout sauf une première : plusieurs dizaines de responsables politiques sont abattus chaque année en moyenne dans le pays. Le cas le plus célèbre demeure celui de Marielle Franco, conseillère municipale de Rio tuée par la milice en 2018. Dans l'intérieur, employer des *capangas*, ces hommes de main faisant office de tueurs à gages, afin de « liquider » des adversaires gênants est chose courante, en particulier lors des scrutins locaux.

La politique brésilienne est finalement le reflet d'un pays sans cesse plus violent, où près de 600 000 citoyens ont été tués par homicide en une décennie, mais aussi toujours plus armé. Depuis 2005 et le rejet par référendum de l'interdiction du commerce des armes à feu, le nombre de fusils, pistolets et autres revolvers en circulation a explosé. En seulement trois ans, de 2017 à 2020, la quantité d'armes à feu possédée par des civils a doublé, de 637 000 à plus de 1,2 million, grâce à une législation de plus en plus laxiste. Des chiffres qui ne donnent à voir que la pointe extrême de l'iceberg. En 2010, une étude du ministère de la Justice évaluait à 16 millions le nombre d'armes en circulation au Brésil, dont la moitié illégalement, soit à l'époque près d'une pour 10 habitants. Des chiffres alarmants, mais eux-mêmes très au-dessous de la réalité et qui n'ont eu de cesse depuis de grimper…

Arrêté sur le fait, l'auteur de la *facada* est un illustre inconnu : Adélio Bispo de Oliveira, un employé du bâtiment, pauvre et métis, âgé de 40 ans, fils d'une balayeuse et d'un éboueur, né à Montes Claros dans l'intérieur du Minas Gerais. Ce dernier fut certes membre de 2007 à 2014 du Parti socialisme et liberté, le PSOL, l'une des formations de la gauche alternative. Confus, tourmenté, l'homme paraît souffrir de psychose. En ligne, il se répand contre les ennemis réels ou supposés du Brésil : les francs-maçons, Michel Temer et Cavalão, qualifié de « traître » méritant « la peine de mort » pour vouloir supposément « livrer l'Amazonie aux Américains »… Face aux policiers, Adélio dit avoir commis son acte à « la demande de Dieu ».

Pour l'équipe de campagne, l'occasion est trop belle. Il s'agit d'accréditer l'idée que Cavalão n'a pas été la victime d'un déséquilibré, mais bien d'un complot ourdi par la gauche « communiste » du Parti de travailleurs. « Tout ceci fut planifié. Tout ceci est un attentat politique. Adélio n'a pas agi seul ! », répètent à qui veut l'entendre les cadres de la campagne. Dès le 16 septembre, dix jours seulement après l'attentat, dans un premier « live » retransmis en direct depuis sa chambre d'hôpital, Cavalão se montre offensif. La possibilité « de fraude au second tour, et même au premier tour, est bien réelle », déclare le candidat, fondant en larmes à plusieurs reprises, suggérant que le PT souhaiterait truquer le scrutin afin de libérer un Lula emprisonné. « Ce qui est en jeu aujourd'hui, c'est votre futur à tous », conclut le blessé.

Mais, pour ses fidèles, le capitaine doit devenir bien plus que la simple victime d'un crime politique. Son équipe l'érige en martyr. En saint miraculé. Sur les réseaux sociaux, ses proches diffusent des clichés de la chirurgie du 6 septembre, montrant le candidat, torse nu et les bras écartés, tel Jésus après sa descente de croix ; ou encore, neuf jours plus tard, allongé dans la pénombre les yeux fermés, tel un gisant, avec pour tout commentaire « Dieu aux commandes ! ». Pour les rares visites, la famille donne d'ailleurs priorité aux hommes d'Église. Dès le 7 septembre, au lendemain de l'attentat, l'ami et pasteur Silas Malafaia – masqué pour l'occasion – apparaît à l'hôpital aux côtés du candidat alité et affaibli. « Dieu est spécialiste pour transformer le chaos en bénédiction ! (...) Des millions et des millions de chrétiens prient pour toi, OK ?! C'est un miracle ! Le Brésil appartient au Seigneur Jésus ! », lance ce dernier, avant de poser la main sur la tête en sueur de Cavalão, qui, d'une voix rauque, parvient à articuler : « Je suis passé à deux millimètres de la mort. »

La mise en scène est parfaite, et la vidéo visionnée près d'un million de fois sur YouTube... mais, selon beaucoup, contraste avec l'état réel du candidat. Le 6 septembre, lors de son premier tweet, Flávio n'avait-il pas déclaré que « grâce à Dieu », l'estocade subie par son père n'était qu'« à peine superficielle » ? Dans les jours suivants, l'état du patient s'améliore rapidement. Dès le 9, il ne ressent plus de douleur et parvient à effectuer quelques pas. Le 16, il passe en soins semi-intensifs. Le 19, il reprend une alimentation orale. Conséquence, un flot de questions envahit rapidement la Toile, chaque bulletin de santé est disséqué, chaque image de l'attentat passée aux filtres des internautes... Quelle est la gravité réelle de la *facada* ? Serait-elle en réalité un *fake* planifié de bout en bout ? Pourquoi Cavalão a-t-il décidé de fendre la foule, malgré les risques d'attentat ? Où étaient ses agents de sécurité ? Pourquoi, sur la vidéo, ne voit-on pas de sang couler de son abdomen ? Que faisait Carlos ce jour-là à Juiz de Fora, lui qui ne participait à aucun déplacement de campagne ?

Si certaines zones d'ombre demeurent, aucune preuve concrète n'est venue accréditer l'idée d'un complot organisé par les proches du candidat. Mais une chose est certaine : son équipe de campagne a su user à la perfection des circonstances. Depuis la *facada*, le capitaine a fait un bond spectaculaire dans les sondages. Fin septembre, il atteindra les 32 % d'intentions de vote.

*

Et le revoilà parti en « avion-ambulance ». Ce 14 juillet 2021, à 17 h 29, Jair Bolsonaro s'envole depuis la base de l'armée de l'air à Brasília. Direction, l'hôpital Vila Nova Star de São Paulo. Depuis plusieurs jours, le président du Brésil se plaint de douleurs abdominales et d'un hoquet aussi ridicule que persistant. « Intubé par précaution », le chef de l'État se voit diagnostiquer une occlusion intestinale, conséquence vraisemblable de l'attentat au couteau subi trois ans plus tôt. Antônio Luiz Macedo, chirurgien attitré du président, est convoqué en urgence. Membre de l'équipe médicale ayant pris en charge Jair Bolsonaro après la *facada*, ce gastroentérologue renommé de 71 ans a déjà opéré le président à quatre reprises. Il est devenu un visage familier des Brésiliens, d'autant plus reconnaissable que Macedo souffre depuis l'adolescence d'une paralysie faciale, résultat d'une grave chute à cheval.

À nouveau, voilà le pays suspendu aux bulletins de santé médicaux de Bolsonaro. Et à nouveau, le clan au pouvoir répand les rumeurs les plus alarmistes. Une photo du chef de l'État, alité, torse nu, ventre gonflé bardé d'électrodes, avec à ses côtés un prêtre semblant lui donner l'extrême-onction, est diffusée sur les réseaux sociaux. Débordant de selles et autres liquides, le côlon de Bolsonaro serait au bord de l'implosion et seule une chirurgie périlleuse pourrait le désobstruer. Les médias se détournent des virologues spécialistes du Covid-19 (qui a fait plus de 600 000 morts) pour interroger les experts en gastroentérologie. Certains correspondants de médias étrangers sont appelés par leur rédaction pour qu'ils commencent à rédiger une nécrologie du leader d'extrême droite… fausse alerte. Une simple sonde naso-gastrique permettra finalement de « vidanger » le côlon présidentiel. Un litre de matières fécales aurait alors été « pompé » des intestins de Jair Bolsonaro. De quoi susciter de nombreux gags en ligne, sur le thème d'« un président rempli de m… ».

Est-ce son rapprochement avec l'establishment du *Centrão* qui l'a rendu malade ? Les plus de 140 demandes en destitution, déposées au Congrès par 550 organisations et 1 550 personnes ? La chute de sa popularité auprès d'une majorité de Brésiliens qui, désormais, rejettent son action ? Ou alors, serait-ce l'inexorable avancée des enquêtes judiciaires ? Fin juin 2021, de nouvelles affaires viennent entacher la réputation de l'« honnête » capitaine. La commission d'investigation sénatoriale sur le

Covid-19 met au jour de supposés pots-de-vin réclamés par des alliés du président en échange de l'achat du vaccin indien Covaxin : 1 dollar (0,84 euro) supplémentaire par dose achetée pour un contrat portant sur 400 millions de doses. Mis au courant fin mars, le président n'a pas cru bon de réagir et est désormais accusé de prévarication. C'est-à-dire d'avoir « couvert » ses alliés.

Les sénateurs s'intéressent aussi aux activités de Jair Renan, dit « Zéro quatre », quatrième fils du président. À 23 ans, ce jeune homme turbulent fait depuis des mois la une de la presse à scandale. « Je préfère mourir en niquant qu'en toussant », déclare au début de la pandémie ce cavaleur macho qui, sur TikTok et autres réseaux sociaux, débute une « prometteuse » carrière d'influenceur digital. Le *Bolsokid* défraie la chronique en crachant de l'eau au visage de sa mère, moquant les homosexuels et dansant sur un air baptisé « J'ai troqué ma PlayStation contre un fusil »... Le gamin est si infernal que Michelle Bolsonaro aurait fini par l'expulser du palais de l'Alvorada. Il est par ailleurs ciblé par la « commission Covid » pour ses liens avec Marconny Faria, lobbyiste qui aurait trempé dans les négociations Covaxin.

Mais les menaces les plus graves proviennent du Tribunal suprême fédéral. Le 4 août, le juge Alexandre de Moraes, élégant *paulista* de 52 ans au crâne lisse, ajoute Jair Bolsonaro à la liste de ses suspects dans une enquête portant sur la diffusion de *fake news* par l'extrême droite. Une mesure inédite à ce niveau. Ces derniers mois, le Tribunal suprême fédéral, ou « Suprême », plus haute juridiction du pays, s'est érigé en principal contre-pouvoir face au président, annulant, suspendant ou censurant quantité de ses lois et décrets, en particulier sur le port ou l'acquisition d'armes à feu – un thème qui obsède le locataire du Planalto et pour lequel il a déjà signé près de 30 textes –, et menant de front plusieurs enquêtes ciblant le pouvoir exécutif. Contre les propagateurs de fausses informations et les « milices digitales » d'extrême droite, les juges n'ont pas hésité à prononcer perquisitions et peines de prison préventives chez des proches du président.

C'est l'une des principales caractéristiques du pouvoir brésilien : le judiciaire y tient une place prépondérante, voire écrasante. Siégeant sur la place des Trois Pouvoirs, le STF est un défi permanent lancé au chef de l'État. Garant de la constitutionnalité des lois, celui-ci juge également les infractions de droit commun commises par les responsables politiques et sert de juridiction en dernière instance pour les procès. Il peut même, quand un délit le vise directement, et sans avoir été sollicité, ouvrir une enquête, l'instruire, juger les coupables et les condamner en dernier ressort, le tout sans recours possible... Une prérogative très contestée. Les onze juges en toge noire, nommés par le président avec approbation du Sénat, occupent enfin une position clé dans l'organisation des élections : trois des sept magistrats siégeant au Tribunal supérieur électoral, ou TSE, chargé de veiller à la bonne tenue du scrutin, sont des juges du « Suprême ». Il appartient à l'un d'eux de présider l'institution.

Et c'est là le problème du jour : en cet hiver austral de 2021, Jair Bolsonaro réclame à cor et à cri l'instauration d'un vote papier au Brésil. Une vieille antienne pour lui… Mis en place graduellement à partir de 1996, le vote électronique n'a pourtant jamais entraîné la moindre fraude et suscite même la fierté des Brésiliens, heureux d'être la « plus grande démocratie informatisée de la planète », avec 400 000 urnes et près de 150 millions d'électeurs. Mais le président n'en a cure : il exige l'instauration immédiate d'un « vote imprimé et vérifiable », soit l'émission d'une « copie » papier du bulletin, permettant un recomptage manuel des voix. Une mesure balayée par le « Suprême » et Luis Roberto Barroso, président du Tribunal supérieur électoral, provoquant la furie du chef de l'État : « Si nous n'avons pas le vote papier en 2022, nous aurons un problème pire encore qu'aux États-Unis », prévenait-il dès janvier, avant d'ajouter en juillet : « Ou nous faisons des élections propres au Brésil, ou il n'y aura pas d'élections. »

L'objectif de la séquence est limpide : jeter par avance le discrédit sur l'élection d'octobre 2022, où un Lula de retour est donné largement vainqueur. Mais Jair Bolsonaro est déterminé à ne rien lâcher. Le 29 juillet, dans son « live » hebdomadaire, le président dévoile une succession baroque et confuse de graphiques et vidéos, anciens, amateurs ou complotistes, censés démontrer les faiblesses du système électronique. Parmi les sources citées : un astrologue farfelu, spécialisé dans l'acupuncture sur arbre… Autant d'« indices », présentés sous l'œil approbateur d'un mystérieux « analyste en renseignement », nommé par son seul prénom d'« Eduardo » – en réalité, un simple colonel de réserve de l'armée. « Spectacle d'horreur et de mensonge » d'un président « scélérat » et « pathétique », commente alors la presse, tandis que le Tribunal supérieur électoral décide à son tour d'ouvrir une enquête contre le chef de l'État pour ses attaques au sujet de la légitimité des élections.

Bolsonaro enrage. Son alliance avec l'establishment et son apaisement relatif n'auraient donc servi à rien ? Aux yeux de cette arrogante élite de Brasília, il reste ce petit bouseux de province, ce capitaine sans mérite, ce député sans alliés. Aux yeux de cet homme paranoïaque à l'ego blessé, parti de rien pour arriver au sommet du pouvoir, passé par des décennies d'humiliation et un attentat qui aurait pu lui coûter la vie, nulle offense ne saurait être plus insupportable que ce procès en illégitimité. Tant pis pour le *Centrão*. À bas les bonnes manières. Le naturel revient au galop. Bolsonaro n'a désormais plus de mots assez durs pour torpiller cette « suprémocratie » ou « dictature des toges » et ces juges, traités de « fils de pute » et accusés de « mensonge personnifié ». Le 10 août, entouré de ses généraux, dans une démonstration de force jamais vue depuis la chute de la dictature, le président va jusqu'à faire défiler des dizaines de tanks et blindés sur la place des Trois Pouvoirs. Mais pas de quoi intimider les députés, qui, le même jour, rejettent à une large majorité l'introduction du « vote imprimé ». Hors de lui, Bolsonaro décide d'abattre sa dernière carte : des manifestations « absurdement géantes » sont convoquées pour le

7 septembre 2021, journée de l'indépendance du Brésil. « Dans la vie, tout a une limite. Nous ne pouvons plus continuer à vivre ainsi », lance celui qui n'a plus que les mots « rupture » et « sortie de la Constitution » à la bouche et appelle à un « très probable et nécessaire contre-coup d'État ».

Mais cette fois, il ne s'agit plus d'une poignée d'extrémistes campant sur l'Axe monumental. En cet hiver austral, une dangereuse « machine à putsch » est enclenchée par le chef de l'État qui paraît avoir choisi la fuite en avant. Tous les réseaux patiemment tissés depuis trente ans sont activés et toute l'extrême droite est appelée à prendre la rue pour pousser « un dernier cri ». Dans les églises évangéliques, le pasteur Silas Malafaia, « corona-sceptique » et anti-masque, bat le rappel des fidèles et appelle le « peuple béni du Brésil » à marcher sur Brasília – et tant pis si cela provoque une explosion des cas de Covid-19. Son appel est relayé avec vigueur par les anciens hérauts des manifestations anti-Dilma. À Rio, le Club militaire, tête pensante du coup d'État de 1964, enjoint à ses « membres et amis » de rejoindre les cortèges, tout comme le « biker » Beto Sampa, leader de l'AME-BR, une association de 27 000 motards, et plus grave encore, quantité de membres et officiers actifs de la Police militaire. Les manifestations soulèvent l'enthousiasme des barons du soja, qui financent des groupes de camionneurs ayant pour projet de bloquer les routes et paralyser le pays. La tête de proue des « rois de la route » bolsonaristes s'appelle alors Marcos Gomes, dit « Zé Trovão » (Joe Tonnerre), grand barbu portant chapeau de cow-boy. « Si tu as peur, reste à la maison, parce que la terreur va frapper à ta porte (...). On va envahir Brasília, on va envahir le Brésil ! On va reprendre notre liberté ! », déclare-t-il alors dans une vidéo publiée en ligne. À l'époque, même Donald Trump affiche son soutien, et dépêche le 4 septembre à Brasília son fils, Donald Trump Jr., pour prononcer une allocution lors de l'édition brésilienne du CPAC, grand-messe des conservateurs. « Allez-vous suivre le chemin du socialisme ou rester fermement sur celui de la liberté ? », interroge ce dernier, dans un message vidéo, face à une foule de bolsonaristes extatiques.

Le 6 septembre, à la veille des manifestations, tout est prêt pour un putsch. Des bus ont été affrétés dans tout le pays et les hôtels de Brasília débordent de manifestants nationalistes, vert et or, prêts à en découdre. Depuis son bunker du Planalto, Jair Bolsonaro paraît plus déterminé que jamais. En témoigne un décret, adopté en fin de journée, limitant la modération des contenus sur les réseaux sociaux et ouvrant la voie à la propagation sans limite de *fake news*. Cette dernière mesure provoque un vent de panique. Au Congrès, les parlementaires intiment à leurs assistants de rester chez eux. Inquiet, le sénateur de l'État amazonien d'Amapa, Randolfe Rodrigues, s'entretient avec le président du Sénat, Rodrigo Pacheco. « Comment le bâtiment va-t-il être défendu ? », s'enquiert-il alors. « Je ne sais pas, c'est difficile : je n'ai à ma disposition que la police législative, soit quelques dizaines d'agents chargés de la protection des institutions... », soit quelques dizaines d'agents mal armés et épuisés, se relayant sans s'arrêter depuis soixante-douze heures, balbutie alors l'un des plus hauts personnages de l'État.

Aux alentours de 18 h 30, la nuit tombe sur Brasília. Et, instantanément, la capitale s'embrase. Sur l'Esplanade des ministères, fermée à la circulation par un mince cordon de policiers, des milliers de partisans du président, parés de drapeaux et épaulés par des camions prêts à charger, hurlent et klaxonnent à tout-va. L'atmosphère est insurrectionnelle. Assis à bord d'un semi-remorque, tel un maréchal sur son cheval à la tête de ses troupes, Eduardo Bolsonaro dirige les opérations. Déjà présent à Washington le jour de la prise du Capitole, il n'aurait manqué pour rien au monde celle du Congrès… Vers 21 heures, la pression s'intensifie. Un agent de sécurité sort son arme pour intimider les manifestants. En vain. Sans difficulté, les manifestants parviennent à renverser les barrières de sécurité et s'avancent vers la place des Trois Pouvoirs. « MOMENT HISTORIQUE AU BRÉSIL !!! C'EST L'INVASION DE BRASÍLIA !!! LA POLICE N'A PAS PU ARRÊTER LE PEUPLE ! », rugissent les présents. Aucun policier, aucun militaire n'oppose alors la moindre résistance. La démocratie paraît livrée à elle-même. Tel un agneau, cerné par les loups.

XIX

C'est un arc de cercle, rouge comme un soleil levant. Toujours au sous-sol, le palais de l'Aurore a son cinéma. Une trentaine de fauteuils vermeils disposés sur trois rangées, entre des murs de sombres bois tropicaux et sur une moquette sable, qui a des airs de plage souterraine. L'écran n'est pas bien grand, mais les sièges sont confortables, espacés, élégants, dignes des plus beaux meubles des années 1960. Ceux réservés au président et à sa famille disposent de petits strapontins moelleux où reposer des jambes fatiguées de courir après le pouvoir.

Dans le passé, les locataires invitaient ici leurs ministres et amis, pour des séances de films d'auteurs. D'autres, solitaires, pouvaient s'y enfermer la nuit entière à boire et repasser en boucle les mêmes pellicules. Mais à l'heure du « Mythe », le cinéma de l'Aurore est investi par des spectateurs autrement pieux. La première dame, qui y tient des séances de son ciné-club chrétien, baptisé « Cinevalores » (Cinévaleurs). Parmi les films projetés, on trouve Lettres à Dieu, *l'histoire d'un enfant atteint d'un cancer communiquant avec le Très-Haut, ou encore*

Les Croisades *de Cecil B. DeMille, récit des guerres saintes contre les musulmans...*

Mais pour le « Mythe », le vrai film est projeté là-haut. En trois dimensions et dans la vie réelle. Il en est l'acteur principal et peut jouer alternativement tous les rôles. Celui du capitaine putschiste et du politicien accommodant. Du gamin immature et du sévère père de famille. Du super-héros sans peur et sans reproche et de la victime paranoïaque et introvertie. Mais qui est-il, au fond ? Quel est son personnage de prédilection ? Dans le passé, on l'a vu se comparer à Johnny Bravo, ce personnage de cartoon, mélange d'Elvis et de James Dean. En apparence, un « beau gosse » blond, bronzé et musclé. En réalité, un pur « loser » et un crétin fini, égotique, pathétique, dont la vie est un vaste gag synonyme d'échec. Rarement le « Mythe » n'aura été aussi lucide sur lui-même.

*

Tel un acteur avant de rentrer en scène, en ce vendredi 28 septembre 2018, Cavalão poste une photo sur son compte Instagram. Après vingt-deux jours de soins, il est toujours à l'hôpital israélite Albert Einstein de São Paulo et à nouveau torse nu. Mais cette fois, debout et fringant, le teint rosi et prêt à repartir au combat. Face au miroir de ce qu'on imagine être la salle de bains de sa chambre, le candidat d'extrême droite, armé d'un petit rasoir bleu ciel, fait mine de tailler sa moustache. « Se préparant pour revenir dans l'active ! », dit le commentaire du cliché de ce véritable « Rocky » brésilien, l'abdomen traversé d'une longue cicatrice, de retour sur le ring. L'image de propagande, montée par son équipe, s'avère diablement efficace : elle reçoit près d'un million de « likes » et 90 000 commentaires.

Le lendemain, c'est le grand jour : le capitaine rentre à la maison. Le transfert depuis São Paulo vers Rio est suivi à la minute près par la presse. À 13 h 45, le patient le plus célèbre du Brésil quitte l'hôpital. Deux heures plus tard, accompagné de son fils Carlos et de son bras droit Gustavo Bebianno, il embarque pour la « ville merveilleuse ». Pour son retour « dans l'active », le candidat a refusé le jet, lui préférant un vol commercial. « Je suis très heureux ! », confie-t-il à une journaliste, cet éternel sourire de gamin ingénu aux lèvres. Ce dernier ne le quitte pas, même lors de son arrivée dans l'appareil, où il est accueilli par autant de « *Mito ! Mito ! Mito !* » enthousiastes que de sifflets et de « *Ele não !* », « Pas lui ! », slogan des grandes manifestations féministes qui ont lieu le jour même.

Sur le papier, ces dernières sont un franc succès. Dans 114 villes du pays, plusieurs centaines de milliers, voire des millions de Brésiliennes et Brésiliens descendent alors dans la rue pour dire leur refus de voir un candidat d'extrême droite, machiste et homophobe, accéder aux plus hautes fonctions de la République. Le hastag *#elenão* rencontre un écho mondial : des rassemblements sont organisés à Lisbonne, New York ou Paris et obtiennent le soutien de Madonna, des Black Eyed Peas ou de l'actrice américano-brésilienne Sônia Braga. Mais ce cri de protestation sonne comme un chant du cygne… et indiffère le capitaine. « Enfin à la maison, près de ma famille. Il n'y a pas de meilleure sensation ! Merci à tous pour les marques d'affection que j'ai pu recevoir lors de mon retour et partout au Brésil ! Je vous embrasse ! », tweete le même jour ce dernier, l'esprit serein.

À quoi bon s'agiter ? À quelques jours du premier tour, le Tout-Brésil lui mange dans la main. Fin septembre, les « grands pasteurs » sortent du bois et lui apportent leur soutien : il y a le plus riche, le milliardaire Edir Macedo, « patron » de l'Église universelle et de la chaîne TV Record, l'une des plus grandes chaînes télé du pays ; mais aussi le leader de l'Assemblée de Dieu, regroupant plus de 20 millions de fidèles, José Wellington Bezerra, qui déclare que de « tous les candidats, le seul à parler la langue des évangéliques » est Cavalão. Début octobre, c'est au tour du puissant lobby de l'agro-négoce au Congrès, le Front parlementaire de l'agriculture et de l'élevage, le FPA, réunissant un parlementaire sur deux, et mené par la députée Tereza Cristina, de se déclarer en faveur du candidat. Plus prudent, Paulo Skaf, chef de la Fédération des industries de São Paulo, indique qu'en cas de second tour contre la gauche, il votera sans hésiter pour le capitaine.

Dans le monde des affaires, il est loin d'être le seul : le 18 octobre, dans le quotidien *Folha de São Paulo*, une enquête signée Patrícia Campos Mello révélera que des chefs d'entreprise fortunés proches de l'extrême droite (dont Luciano Hang, patron des magasins Havan) auraient financé une vaste campagne de *fake news* dirigée contre le Parti des travailleurs. Concrètement : l'envoi en masse via WhatsApp de messages de propagande grâce à l'entremise d'agences publicitaires, possédant les numéros de téléphone de quantité d'électeurs du pays. Une véritable « fabrique de mensonges », édifiée dans l'ombre et assimilable à un financement illégal de campagne électorale, mais qui se révèle diablement efficace, permettant de toucher d'un seul coup les dizaines de millions de Brésiliens s'informant prioritairement via la messagerie instantanée.

De Rio à São Paulo, en passant par les pampas du Rio Grande do Sul, les forêts de l'Acre et les champs de soja du Mato Grosso, tous les candidats de droite ou conservateurs aux postes de député, sénateur, gouverneur se revendiquent désormais de Cavalão. Les stars du sport ou du showbiz ne sont pas en reste. La « petite amoureuse du Brésil » et reine de la *telenovela* Regina Duarte, le populaire présentateur Ratinho (« petit rat »), le chanteur de country *sertaneja* Zezé Di Camargo (suivi par 4 millions d'abonnés sur Instagram) prennent position en sa faveur, tout comme José Aldo, star d'arts martiaux mixtes MMA, et Robson Gracie, 83 ans, patriarche du très populaire ju-jitsu brésilien (qui ira jusqu'à lui remettre une ceinture noire). Le capitaine fait enfin carton plein dans le foot : Rivaldo, Lucas Moura, Neymar et surtout la légende de Barcelone Ronaldinho Gaúcho annoncent publiquement leur soutien. Ce dernier va jusqu'à poser vêtu d'un maillot de la Seleção frappé du numéro 17 : celui du capitaine-candidat.

Fini les fausses pudeurs. Le Brésil affiche sans complexe sa fierté d'appartenir à l'extrême droite. La haine du

Parti des travailleurs, synonyme de corruption, se marie à une fascination véritable envers le « miraculé » de Juiz de Fora. Déjà, pour beaucoup, le capitaine n'est plus tout à fait un homme. C'est un personnage de film, représenté en héros de Marvel, en Superman *auriverde* ou en Captain Brazil, défendant la nation contre les « méchants » communistes. Ou bien, lunettes de soleil, veste de cuir et fusil à l'épaule, dépeint en ersatz de Schwarzenegger ou Bruce Willis, prêt à « fusiller » voleurs et corrompus de Brasília, qui sont autant de zombies et aliens de cinéma. Chez la gauche intellectuelle, on s'essaie aussi à ce jeu des représentations. Cavalão serait la réincarnation de Simon Bacamarte, ce malfaisant docteur, héros du roman *L'Aliéniste* du grand Joaquim Maria Machado de Assis, adapté sur grand écran en 1970 par Nelson Pereira dos Santos, qui parvient peu à peu à faire interner pour folie tous les habitants de la paisible cité d'Itaguaí. D'autres le comparent au Profirio Diaz de *Terre en transe*, classique du *Cinema Novo* signé Glauber Rocha. Dictateur délirant du pays imaginaire d'Eldorado (tiens, comme la ville d'enfance de Palmito...), ce dernier prononce, le jour de son couronnement comme empereur, une tirade légendaire : « Par la force, par l'amour de la force, par l'harmonie universelle des enfers, nous atteindrons la civilisation ! » Une phrase qu'on croirait tout droit sortie de la bouche du « Capitaine de la bombe ».

À quoi bon faire campagne ? Pour le capitaine, il n'y aurait que des coups à prendre. Ce dernier annonce rapidement qu'il ne se rendra à aucun des débats télévisés, officiellement pour raisons médicales. « Nous contre-indiquons la participation aux débats ou à quelques activités qui pourraient le fatiguer ou l'obliger à parler plus de dix minutes », déclare le chirurgien Antonio Macedo. Les douze candidats restants sont priés de s'écharper entre eux. Cavalão, qui paraît bien remis de la *facada*, ne se prive pourtant ni de « lives » ni de propos incendiaires. « Je n'accepterai aucun autre résultat que celui de mon élection », a-t-il confié à la presse dès le 27 septembre. Le numéro 2 du « ticket » et candidat comme vice-président, Hamilton Mourão, va plus loin encore, évoquant la possibilité d'un « auto-coup d'État » des forces armées en cas d'« anarchie généralisée » et l'écriture d'une nouvelle Constitution par un « conseil de notables »...

À la veille du premier tour, Cavalão obtient jusqu'à 41 % des intentions de vote. Candidat du Parti des travailleurs et adoubé depuis sa prison par Lula, Fernando Haddad a certes fait un bond spectaculaire dans les sondages et est donné aux alentours de 25 %. Mais ses choix stratégiques sont contestables, sinon suicidaires. Comme vice-président, ce dernier choisit en effet Manuela d'Ávila : une *gaúcha* de Porto Alegre, leader du Parti communiste du Brésil, le PCdoB. Et un véritable repoussoir dans un pays qui a basculé à droite.

Sûr de lui, le capitaine prépare déjà le coup d'après depuis sa résidence de Vivendas da Barra, à Rio de Janeiro. Au numéro 58 de la rue C, défile chaque jour tout ce que le Brésil compte de puissants et d'ambitieux. Arrivés dans le QG, les invités remarquent vite cette « boule » au niveau de l'abdomen droit du candidat. Sans pudeur, Cavalão les reçoit muni de son sac de colostomie de couleur beige, qui pend comme une sangsue sous son T-shirt, et où s'accumulent les matières fécales de ses intestins convalescents. Régulièrement, ce dernier doit sortir aux toilettes pour vider la poche, d'où se dégage une puanteur fétide que les présents font mine de ne pas remarquer… Mais nul n'est autorisé à entrer dans la maison : les convives sont reçus dans le garage, aménagé en petite salle de réception, avec sofas, chaises et table de travail. Une exigence de Michelle, soucieuse de préserver leur intimité. La seule autorisée à pénétrer dans le « saint des saints » sera Damares Alves, l'une des très rares femmes membres du premier cercle, et pasteure influente, devenue l'amie intime de l'épouse du capitaine.

Dimanche 7 octobre 2018, c'est finalement le premier tour. L'heure de vérité. À 8 h 55 du matin, Cavalão pénètre dans le bureau de vote de l'école municipale Rosa da Fonseca, au cœur de cette *Vila Militar* de Rio, où il accéda à la célébrité comme « Capitaine de la bombe », trente ans plus tôt, presque jour pour jour. Amaigri, fatigué mais souriant, vêtu d'un blazer bleu marine et d'un blue-jean, accompagné d'un infirmier et de son fils Flávio, il se fraie un passage au milieu de la foule des supporters et des journalistes. Il lève le pouce et se dirige vers l'urne électronique, abritée derrière un volet de carton orné du blason du Brésil. Et, après avoir voté, s'adresse brièvement à la presse. « Tout se termine aujourd'hui ! », lâche-t-il, comme déjà victorieux. Le soir, les résultats lui donneront (presque) raison : le candidat d'extrême droite obtient 46,03 % des suffrages, soit plus de 49 millions d'électeurs. Il l'emporte dès le premier tour à São Paulo, Rio, Brasília, mais aussi dans le Grand Sud, le Centre-Ouest et plusieurs États d'Amazonie. Le candidat du Parti des travailleurs, Fernando Haddad, arrive loin derrière avec 29,28 % des suffrages, devançant le social-démocrate Ciro Gomes, 12,47 %, et le tenant de la droite traditionnelle Geraldo Alckmin, 4,76 %. Un temps pressentie comme favorite, la candidate écologiste Marina Silva n'obtient que 1 % et une humiliante huitième place. Ce soir d'octobre, le vieux monde est balayé. Et la nuit tombe sur le Brésil.

*

Cette nuit du lundi 6 septembre 2021, nul ne dort à Brasília. Et surtout pas le président du Tribunal suprême fédéral, Luiz Fux. Aux alentours de 22 heures, depuis sa résidence du quartier huppé de Lago Sul, au sud du lac Paranoá, ce dernier assiste en direct à la télévision à une scène hors du commun : celle de centaines de manifestants bolsonaristes qui, après être parvenus à rompre les barrières érigées par la police, fondent désormais vers la place des Trois Pouvoirs et menacent de prendre d'assaut les institutions de la République. Sans attendre, le chef de la plus haute autorité juridique du pays se décide à agir et décroche son téléphone. Mission : sauver la démocratie brésilienne.

À première vue, Luiz Fux n'a pourtant pas le profil d'un héros de la République. *Carioca* de 63 ans à la crinière grise et aux impeccables costumes sur mesure, Fux est un pur produit de l'élite, qui a successivement gravi tous les échelons de la magistrature, jusqu'à gagner son siège au Tribunal suprême fédéral – institution dont il assure la présidence depuis septembre 2020. Mais derrière cette façade de paisible notable, l'homme est en réalité un vrai « dur », considéré comme l'un des *punitivista* du STF, qui vota en faveur de la mise derrière les barreaux de la plupart des inculpés du *Lava Jato*, dont Lula lui-même. Juif pratiquant (le premier à occuper de telles fonctions), il a la rigueur du moine combattant et se lève chaque jour à 4 heures du matin pour s'entraîner au ju-jitsu sur le tatami de sa salle de sport personnelle.

Cette nuit du 6 septembre, le « combattant » du « Suprême » est donc bien décidé à chausser ses gants. Pas question de se laisser impressionner par la meute rugissante des « loups » bolsonaristes. Depuis son QG du lac Paranoá, Luiz Fux appelle en urgence le gouverneur du District fédéral de Brasília, Ibaneis Rocha : un avocat de 50 ans, qui a sous son autorité la Police militaire de la capitale, soit près de 10 000 hommes chargés du maintien de l'ordre. Mais Ibaneis est aussi un allié de Jair Bolsonaro. Et, surprise : à cette heure si cruciale pour l'histoire du Brésil, il est injoignable. « Le gouverneur a décidé de profiter du jour férié de l'indépendance nationale pour prendre des vacances en dehors de la capitale », se voit répondre Luiz Fux. Sidéré, et suspectant un complot ourdi au sommet de l'État, ce dernier décide de sortir l'artillerie lourde. Il compose le numéro de Rui Yutaka Matsuda, général de division d'origine japonaise et chef des forces militaires du Planalto, c'est-à-dire de la région de Brasília.

Au téléphone, Luiz Fux se montre intraitable : ou bien la police rétablit l'ordre sur l'Axe monumental ; ou bien il signera sur-le-champ un « GLO », soit une « Garantie de la loi et de l'ordre », disposition permettant en cas d'extrême urgence de confier la responsabilité de la sécurité publique aux militaires. Une mesure qui ne peut *in fine* être approuvée qu'avec l'aval du chef de l'État, mais qui aurait l'avantage de mettre Jair Bolsonaro au pied du mur : en cas de refus, d'invasion et de saccage du « Suprême » ou du Congrès, ou en cas d'agression de ses membres, ce dernier serait immédiatement désigné comme responsable, poursuivi pour « crime de responsabilité », voire crime pénal, destitué et peut-être même emprisonné. Au bout du fil, le général Matsuda comprend que l'heure est grave. Sans attendre, il transmet l'information au sommet de l'État. Et, en quelques minutes, comme par magie, la situation se débloque. Subitement renforcée par des troupes de choc et de cavalerie, la police expulse les envahisseurs des abords de la place des Trois Pouvoirs.

Le putsch tant attendu aurait-il échoué ? Ce ne serait guère une première dans un pays passé expert ès coups d'État, et qui, en la matière, a poussé la créativité au-delà du concevable. Dans l'ordre, il y a d'abord le *golpe* ou coup d'État, tel celui de 1889 qui renversa l'Empire ou celui de 1964 instaurant la dictature militaire. Mais sous les tropiques, on pratique aussi l'*autogolpe*, ou « auto-coup d'État », organisé par le gouvernement en place afin de renforcer son pouvoir et changer les institutions, comme en 1937, lorsque le président Getúlio Vargas mit fin à la « Vieille République » pour proclamer la dictature de l'« État Nouveau ». On peut également évoquer le *golpe preventivo* ou *contra golpe*, soit un coup d'État préventif ou « contre-coup d'État », visant à commettre un coup d'État afin de contrecarrer un autre coup d'État en préparation : ce fut le cas en 1955, lorsque l'armée dirigée par le maréchal Lotl décida de prendre le commandement afin de garantir l'investiture de Juscelino Kubitschek, à peine élu mais déjà menacé par un putsch de la droite. Complétons ce riche panorama par le *golpe dentre do golpe*, « coup d'État dans le coup d'État », de 1968, durant lequel la junte révoqua le Congrès et suspendit les libertés, ou encore le *golpe parlementar*, coup d'État parlementaire de 2016, qui procéda à destitution controversée de la présidente de gauche Dilma Rousseff… sans oublier les *golpes* « ratés » (très nombreux), les *golpes* « contestés » (auxquels on ne reconnaît pas toujours la qualité de coup d'État) mais aussi le très baroque *golpe* « par démission » : ce dernier concerne essentiellement le président Jânio Quadros, qui, en quittant ses fonctions au bout de quelques mois en 1961, espérait susciter l'émoi et provoquer un putsch… sans succès.

Quoi qu'il en soit, si les institutions ont été préservées, chacun craint des débordements pour le lendemain, mardi 7 septembre, journée fixée par le président pour des manifestations « absurdement gigantesques ». Et de fait, sous un beau soleil, la foule est au rendez-vous. Les partisans du chef de l'État sont plusieurs centaines de milliers sur la Paulista, la plage de Copacabana et l'Esplanade des ministères, parés de vert et d'or comme aux belles heures de 2018. Dans cette kermesse de l'extrême droite, on trouve pêle-mêle fidèles évangéliques, militaires, policiers, cultivateurs de soja, olavistes, youtubeurs complotistes, *gamers*, monarchistes, millénaristes, motards… nul dans l'« armée de Bolsonaro » n'a manqué à l'appel du « capitaine », hurlant leur haine d'un Congrès « communiste » et d'un Suprême « taliban ».

Le président, précisément. Entouré de ses ministres, ce dernier assiste au petit matin à une traditionnelle cérémonie de lever de drapeau. Depuis Brasília, Jair Bolsonaro, en apparence, n'est que sourire et décontraction. Mais, au fond de lui-même, le chef de l'État est tiraillé. La sortie de Luiz Fux, la nuit précédente, lui a montré la capacité de résistance des institutions. Mais maintenant que ses partisans sont dans la rue par centaines de milliers et prêts à en découdre, que faire ? Les envoyer envahir les palais d'Oscar Niemeyer ou les renvoyer à la maison ? Assumer le rôle d'indomptable chef de guerre ou celui de fade démocrate ? Mais qui est-il, au juste, ce président du Brésil ? L'héritier de la ligne dure de la dictature militaire ou le produit de trois décennies de Congrès ? « Être ou ne pas être un putschiste ? » : en cette journée qui est celle de la croisée des chemins, la question tiraille le Hamlet de l'Alvorada.

À l'heure de prendre la parole face à la foule de partisans réunis sur l'Esplanade de Brasília, le président hésite encore. « À partir d'aujourd'hui, une nouvelle histoire commence à être écrite ici au Brésil », lance-t-il sous les vivats, depuis une estrade. Mais vite, le ton change, et la charge s'embourbe. « Sur notre drapeau il est écrit "ordre et progrès" : c'est ça que nous voulons. Nous ne voulons pas de rupture ni nous battre contre aucun autre pouvoir. » Dans la foule, c'est la stupeur. Le président aurait-il flanché ? Dans le doute, celle-ci décide d'attendre l'après-midi, et un deuxième discours prévu à São Paulo. Débarqué en hélicoptère sur la Paulista, Bolsonaro prend place sur un char aux côtés de fidèles pasteurs évangéliques, dont Silas Malafaia. Mais là encore, c'est la douche froide. Certes, le juge Alexandre de Moraes est traité de « canaille » et le scrutin de 2022 de « farce ». Certes le président dit son souhait de « ne plus obéir » aux décisions du Suprême. Mais aucun appel à l'insurrection n'est lancé. « Nous respectons toutes les institutions », lance même le président.

Flopou ? « Ça a fait un flop ? » s'interroge-t-on de la Paulista à Copacabana. De part et d'autre du pays, les manifestants sont déboussolés. Alors que le soleil se couche, beaucoup errent en quête d'un imaginaire grand soir, le regard perdu, un drapeau du Brésil en main. D'autres noient leur déception à la *cachaça*. Mais à Brasília, les *hardliners* refusent de renoncer. Le président doit certainement avoir un plan et cacher son jeu, croit-on… Dans la capitale, une centaine de camions payés par l'agro-négoce occupent toujours l'Esplanade des ministères, appuyés par des milliers de militants d'extrême droite, réclamant la prison ou la mort pour les juges du « Suprême ». Le mercredi 8 septembre au matin, après une nuit sans sommeil, les esprits s'échauffent. Des journalistes sont pris à partie par la foule et trouvent refuge au ministère de la Santé, lui-même pris d'assaut. Les images de ces bolsonaristes jusqu'au-boutistes, tentant de défoncer les grilles du bâtiment, font le tour du pays et épouvantent une bonne partie des Brésiliens.

Depuis sa résidence de Lago Sul, Luiz Fux en est désormais convaincu : le sens du vent a changé. Dans la journée du 8, le président de la plus haute juridiction du pays décide de pousser son avantage et de mettre un terme définitif aux velléités putschistes du chef de l'État. Revêtu de sa toge noire, le magistrat prend la direction de la place des Trois Pouvoirs et s'assoit dans son fauteuil de cuir brun, au centre de la salle des débats du « Suprême ». Face aux caméras du pays, il prononce alors sur un ton virulent ce qui restera comme l'un des discours les plus importants de sa carrière. « Personne, personne ne fermera cette cour ! Nous allons nous maintenir debout, avec sueur et persévérance », lance Fux, attaquant frontalement Jair Bolsonaro et les siens qualifiés de « faux prophètes du patriotisme qui ignorent que les vraies démocraties ne permettent pas de soulever le peuple contre le peuple, ou le peuple contre ses institutions ». Le président du Brésil est menacé directement de destitution : son « attitude, outre le fait qu'elle représente un attentat à la démocratie, constitue un crime de responsabilité », tranche le chef du « Suprême ».

À Brasília, l'effet de *blast* est immédiat, et tout l'establishment s'engouffre dans la brèche. En privé, le vice-président Hamilton Mourão se fait le porte-voix des militaires et se dit « extrêmement contrarié » par l'attitude du chef de l'État. Le Parti de la social-démocratie brésilienne (PSDB), tenant de la droite traditionnelle, se dit favorable à l'ouverture d'un débat sur un *impeachment*. Même Arthur Lira, président de la Chambre des députés, allié du chef de l'État, change de ton et appelle publiquement à une « fin de l'escalade ». Discrètement, les milieux économiques se mobilisent : la bourse de São Paulo a ouvert ce 8 septembre en chute sévère de 3,78 %...

Depuis son bunker du Planalto, Bolsonaro est désormais au pied du mur. Il n'a d'autre choix que d'acter son retrait, voire, plutôt, sa bérézina. Le même jour, dans un message audio, il appelle ses fidèles camionneurs à cesser un blocage des routes qui, selon lui, « détériore l'économie » et « gêne tout le monde ». La déclaration provoque l'émoi et même la détresse des chauffeurs de poids lourd. « Ma vie est détruite ! », s'émeut Zé Trovão, *alias* « Joe Tonnerre », dans une vidéo enregistrée depuis le Mexique. Mais le pire est à venir : l'establishment exige désormais une reddition publique du président. Des menaces explicites sont alors transmises au plus haut niveau : Carlos Bolsonaro, « fils préféré », soupçonné de corruption à Rio, et dont le secret bancaire a été levé fin août, pourrait se retrouver sous peu derrière les barreaux. La ligne rouge, celle de la famille, est franchie. Défait sur le champ de bataille, le capitaine capitule.

Comme intermédiaire dans les négociations du « traité de paix », Bolsonaro fait appel à un vieux grognard de la politique : Michel Temer. À 80 ans passés, l'ancien président est un proche d'Alexandre de Moraes, qu'il a lui-même nommé au « Suprême », mais qui a conservé aussi des relations cordiales avec l'actuel locataire du Planalto. Le 9 septembre, un avion des forces armées est envoyé à São Paulo le « récupérer » et l'amener à Brasília pour un déjeuner en compagnie du chef de l'État, à qui il présente une ébauche de « déclaration à la nation ». Rédigée en dix points, et publiée en fin d'après-midi, c'est un camouflet. « Je n'ai jamais eu la moindre intention d'agresser quelque pouvoir que ce soit », affirme le président, qualifiant désormais Alexandre de Moraes de respectable « juriste et professeur » avec lequel il n'aurait eu que des « divergences naturelles ». Insistant sur son « respect des institutions de la République », il ajoute : « Je tiens à déclarer que mes propos, parfois cinglants, étaient le résultat de la chaleur du moment. »

Chez les troupes du capitaine, c'est la curée. « Bolsonaro traître ! », « sans couilles ! », « tout ça pour ça ? », « le système a gagné ! », pestent les internautes d'extrême droite. Sur les réseaux sociaux, un hashtag se diffuse : *#BolsonaroAcabou* : « Bolsonaro, c'est terminé ». Allan dos Santos, leader des olavistes en ligne, se fend d'un simple « *Game Over* ». La jusqu'au-boutiste Carla Zambelli admet quant à elle sa « frustration ». Même l'ami de vingt ans, le fidèle pasteur Malafaia, prend ses distances et se dit « ALLIÉ mais pas ALLIÉNÉ » (*dixit*) : « Bolsonaro peut déclarer ce qu'il veut, Alexandre de Moraes continue d'être un dictateur en toge qui a déchiré la Constitution et mis en prison des innocents. »

Du côté des adversaires du chef de l'État, on se gausse devant ce « putschiste du dimanche ». « Le lion s'est changé en souris », ricane le gouverneur de São Paulo João Doria. Face aux moqueries, le dernier carré de la « garde présidentielle » tente par tous les moyens d'accréditer l'idée que la manœuvre n'est qu'un recul tactique. « Faites confiance au capitaine ! », enjoint Flávio Bolsonaro. Le jeudi 9 septembre au soir, dans un nouveau « live » hebdomadaire, le chef de l'État, abattu, essaie lui-même de sauver la face et le peu de prestige qui lui reste. « Cette déclaration n'est rien de plus qu'une note précise, objective », lance-t-il sans y croire. Et, dans une phrase si peu commune dans sa bouche, et qui en dit long sur le sentiment d'échec et d'humiliation qui à cet instant l'habite, lâche : « *É preciso lidar com a realidade* » : « Il faut accepter la réalité. »

XX

On ne saurait sortir d'un palais que par la grande porte. Et dans le cas de l'Alvorada, quelle porte ! Le hall est de toutes les pièces la plus extravagante, la plus indéfinissable. D'ailleurs peut-on vraiment appeler cela une pièce ? Dix-huit mètres de granit, surplombés d'une mezzanine, traversés par une passerelle tapissée de rouge, encadrés par des baies vitrées. Un lieu sans début ni fin, ni tout à fait entrée, ni tout à fait sortie. Côté nord, un mur monumental, recouvert de plaques de laiton doré, vient parachever cette symbolique. Matin et soir, il brille de mille feux, sous les rayons du soleil levant et couchant ; rappelant aux présidents qu'à l'aube du pouvoir succède son crépuscule.

Et le « Mythe », sait-il que tout a une fin ? Acceptera-t-il, le moment venu, de franchir en sens inverse cette porte dorée ? Pas certain que cet insomniaque, qui jamais ne dort, fasse encore la différence entre le jour et la nuit. « J'ai hâte de rendre les clefs de cet endroit ! », a-t-il déjà lancé à ses partisans. Qui y croit ? Personne, et surtout pas lui. « Je passerai l'écharpe présidentielle à quiconque me bat proprement aux élections. Mais par la fraude, non ! », répète aussi celui qui n'a de cesse de jeter par avance le discrédit sur le prochain scrutin, quitte à mettre le Brésil sur le chemin de la guerre civile.

Les fondateurs de Brasília étaient habités d'une confiance inébranlable dans l'avenir de leur pays. Carlos Drummond de Andrade, pessimiste patenté, était de cette génération. Son sombre poème, « La nuit dissout les hommes », s'achève par une ode à cette aurore, qui toujours triomphe de l'obscurité. « Aurore, cependant je te pressens, timide encore, inexperte des clartés que tu vas allumer (...) Je te devine qui monte, rosée vaporeuse, chassant les ténèbres nocturnes (...) les mains des survivants se joignent, les corps rigides acquièrent une fluidité, une innocence, un pardon simple et caressant. » De la douceur, du silence, de l'air... Et puis ce vers, « Havemos de amanhecer *» : à nouveau, « nous ferons jour ».*

★

Alors que l'obscurité recouvre déjà les tropiques, dans les rues et dans les places, c'est comme un soleil qui monte. À la nuit tombée, une foule parée de maillots dorés envahit les rues du pays. Partout, on chante, on crie, on prie. Certains tirent au pistolet ou au feu d'artifice en direction du ciel étoilé, d'autres improvisent des chorégraphies sur des airs de rap, de funk endiablé. Aux bannières *auriverde* se mêlent des panneaux réclamant un nouveau régime militaire. Dans les rassemblements, on reconnaît ici et là des maillots de la Seleção, des treillis de l'armée, mais aussi quelques masques de Carnaval à l'effigie de Donald Trump. Beaucoup portent un T-shirt à l'effigie du *Mito*, mimant des deux mains le geste du pistolet devenu celui de la victoire.

Ce dimanche 28 octobre 2018, nul ne conserve le moindre doute sur le succès du capitaine au second tour de l'élection présidentielle. Ces derniers jours, certains sondages l'ont donné gagnant avec plus de 60 % des voix. Entre les deux tours, une ultime offensive aussi nauséeuse qu'efficace est lancée contre Fernando Haddad, accusé par Olavo de Carvalho de vouloir « faire tomber le tabou de l'inceste » afin que « les petits garçons baisent leurs mères ». L'infox est reprise en masse sur les réseaux sociaux, où les « milices digitales » s'en donnent à cœur joie, soupçonnant la gauche de vouloir distribuer dans les crèches des biberons munis de tétines en forme de pénis afin de « promouvoir » l'homosexualité… Dans le but de donner des gages de patriotisme et de moralité chrétienne, Fernando Haddad change ses couleurs de campagne, troquant le rouge pour l'*auriverde*, et prend la pose pour les photographes, paupières closes, priant lors d'une cérémonie en hommage à *Nossa Senhora Aparecida*, sainte patronne du Brésil. Mais ses appels à l'union de tous les démocrates restent lettre morte. À gauche, la rancune accumulée contre un PT longtemps hégémonique fait voler en éclats le front républicain. Le candidat social-démocrate Ciro Gomes, élu du Ceará nordestin, refuse d'appeler à voter pour le Parti des travailleurs. Il s'envole vers Paris pour des vacances « méritées ».

À l'heure du verdict des urnes, dans une dernière tentative pour sauver l'honneur, Fernando Haddad et ses partisans se rendent aux urnes, un livre à la main : une manière de répondre à ces électeurs d'extrême droite qui, au premier tour, s'en allèrent voter revolver au poing... Un geste beau mais un brin désespéré, qui n'arrête en rien la marche triomphale du capitaine vers le pouvoir. Blazer vert et pouce levé, ce dernier reprend au petit matin, sous un ciel chargé, le chemin de l'école Rosa da Fonseca. Mais l'ambiance n'est plus à la légèreté. Le champion de l'extrême droite porte un gilet pare-balles. Il est escorté par un bataillon de plusieurs dizaines de policiers et militaires en casque et treillis, armés de fusils automatiques et accompagnés d'un chien renifleur. Après avoir voté, le candidat s'échappe du bureau de vote par l'arrière, mais, depuis sa voiture, ne résiste pas à envoyer un cœur avec les doigts à ses partisans, bardés de drapeaux *auriverdes*. « Oui ! *Mito !* C'est déjà gagné ! », lui répondent avec enthousiasme ces derniers. Les journalistes, de leur côté, l'interpellent d'un sonore « Président ! ».

Le soir, aux alentours de 19 heures, les résultats tombent. Ils donnent l'extrême droite largement victorieuse. Son candidat, un ancien officier de l'armée, obscur parlementaire du Congrès, vient de l'emporter dès sa première tentative. Il est élu président de l'un des plus vastes et plus peuplés pays du monde, avec 55,13 % des voix, soit plus de 57,7 millions d'électeurs. Fernando Haddad termine la course avec un score honorable mais largement insuffisant de 44,87 %.

Alors qu'une partie du pays est en liesse, chacun craint pour l'avenir de la démocratie du plus grand pays d'Amérique latine. Inconnu au bataillon, le nouveau maître de Brasília est qualifié à la va-vite de « Trump des tropiques », de « Le Pen brésilien » ou même d'« Hitler do Brasil » par quantité de journalistes. Dans les semaines précédant le second tour, Cavalão a certes tout fait pour renforcer sa caricature. Il a obtenu le soutien public de Steve Bannon mais aussi de l'Américain David Duke, figure de proue du Ku Klux Klan. « Nous allons rayer ces bandits rouges de la carte du Brésil ! (...) Si ce groupe veut rester ici, il devra se soumettre à nos lois ! Sinon, il devra quitter le pays ou aller en prison ! », a lancé le capitaine le 21 octobre, via une retransmission filmée par portable, à ses partisans euphoriques réunis sur l'Avenida Paulista. Un peu partout dans le pays, des agressions physiques commises par des militants d'extrême droite contre des opposants ou des membres des minorités sont rapportées par la presse. Le 28 octobre au soir, *cachaça* aidant, les esprits s'échauffent. À São Carlos, dans l'intérieur de l'État de São Paulo, des fêtards mettent le feu à un cercueil aux couleurs du Parti des travailleurs. À Niteroi, de l'autre côté de la baie de Rio, un convoi de l'armée est applaudi à tout rompre par la foule. Gagnés par l'enthousiasme, les soldats répondent par des signes de victoire, levant le poing et désignant du doigt le petit drapeau brésilien cousu à leur uniforme.

Mais curieusement, tout cet enthousiasme laisse de marbre l'heureux élu. Une vidéo, tournée par son équipe de campagne, montre le candidat d'extrême droite au moment précis où il apprend sa victoire. Dans sa maison du condominium de Vivendas Barra, Cavalão est alors entouré de ses plus fidèles soutiens : Onyx Lorenzoni, Hélio Lopes, Paulo Marinho, Paulo Guedes, Magno Malta, Julian Lemos, le major Olimpio, Nabhan Garcia, le général Heleno, son fils Flávio... tous hurlent alors leur joie, d'un long cri tonitruant. Le « carré » du capitaine est comme sidéré par son propre exploit : celui d'avoir propulsé un illustre inconnu à la tête du pays. Et pourtant, Cavalão paraît mal à l'aise. Les sourcils froncés, il esquisse un demi-sourire, lève mécaniquement le pouce, prend quelques proches dans ses bras... aucune effusion, aucune euphorie, aucune joie véritable ne vient alors illuminer son visage. « Ça n'est pas fini ! On va continuer, on va continuer ! », se contente-t-il de répéter.

« Continuer ? » Mais « continuer » quoi au juste ? Est-ce la fin d'une vie et le début d'une autre qui alors le paralyse ? Le capitaine est-il atteint de *saudade*, ce vague à l'âme national dans lequel aiment tant se noyer les Brésiliens, cette nostalgie heureuse, « trou dans le cœur » et « ombre de rien », selon les formules de l'écrivaine Ana Miranda ? Ou bien est-ce un sentiment d'imposture qui alors l'étreint ? Celui de ne pas être la hauteur du rôle qui l'attend ? Gamin des champs, cadet sportif, capitaine turbulent, terroriste en puissance, parlementaire marginal et polémique, chrétien dévot sur le tard, légende des réseaux sociaux, candidat d'extrême droite érigé en héros de cinéma. Jair, « Messie », « Palmito », « Cavalão », « Fred », « Capitaine de la bombe », « Député de la haine », devenu un « miraculé », un « saint » et un « mythe » vivant… en cette heure de gloire, tous les personnages d'une vie tumultueuse se font face, s'entrechoquent, s'affrontent et s'annihilent.

Peu de temps après l'annonce du résultat, à 19 h 36 exactement, le président élu prononce un premier discours. Le moment est historique et le capitaine décide de s'adresser à la nation via un « live », diffusé sur les réseaux sociaux. Décravaté, il se présente assis en compagnie de son épouse Michelle et d'une traductrice en langue des signes. Sur la simple table blanche, en évidence, on a posé quatre livres : la Constitution, la Bible, les *Mémoires de guerre* de Churchill et un gros pavé à couverture noir et rouge, *Le Minimum que vous devez savoir pour ne pas être un idiot* d'Olavo de Carvalho. Mais le capitaine apparaît tendu, grognon, mal à l'aise. Les mains jointes et les sourcils froncés, il remercie d'un ton martial Dieu, les médecins qui lui ont sauvé la vie et « les internautes », qui « ont tant cru en [lui] ». Le ton fait davantage penser à une oraison funèbre qu'à la naissance d'une nouvelle ère. L'aube du règne est triste et sinistre comme un crépuscule…

Quelques minutes plus tard, depuis le porche de la maison, le capitaine prononce une nouvelle allocution, cette fois face aux caméras du pays et entouré de ses partisans. Celle-ci est précédée d'une prière, menée par le chanteur de gospel Magno Malta. « Dieu ! La victoire est concrétisée ! », s'enflamme celui-ci, tenant par la main le président élu, paupières closes et tête baissée. La bénédiction achevée, le capitaine prend la parole… mais là encore, douche tous les enthousiasmes. Lunettes sur le nez, le capitaine lit mot à mot une déclaration plate et creuse, trébuchant sur les consonnes, articulant péniblement les voyelles, le tout sur un ton marqué par un zozotement plus prononcé qu'à l'accoutumée. Pas un sourire ne vient traverser son visage, depuis l'entame « Vous connaîtrez la vérité, et la vérité vous affranchira », empruntée à l'Évangile selon Jean, jusqu'à la conclusion « Le Brésil au-dessus de tout. Dieu au-dessus de tous »... Vite, le discours terminé, aussitôt le papier est plié, rangé. Sous les vivats de ses partisans, le « Mythe » tourne les talons et rentre chez lui. Pour lui, il s'agit de trouver un peu de sommeil. La nuit au pouvoir promet d'être longue.

*

À quoi reconnaît-t-on que la fin est proche ? Aux trahisons ? Aux renoncements ? Aux mots que plus personne n'écoute ? À ces amis qui s'en vont sans retour ? À la mort qui rôde ? Pour Jair Bolsonaro, ces derniers mois sous les lumières dorées du pouvoir ont pris des allures de triste demi-jour, voire de glauque crépuscule. Alors que doit se tenir en octobre 2022 le premier tour de l'élection présidentielle, le contraste est saisissant avec la campagne victorieuse d'il y a cinq ans. Après la frénésie des foules, voici venu le temps des petits arrangements. À la marche triomphale succède une procession funèbre. Après l'ascension du « Mythe », serait-il venu l'enterrement du « traître » ?

Depuis sa « reculade » du 7 septembre, le président est inaudible. À défaut, il a décidé d'acter son alliance avec l'establishment. Le 30 novembre 2021, dans une cérémonie organisée discrètement, sans tambour ni trompette, c'est dans la modeste salle de conférence d'un hôtel international de Brasília que Jair Bolsonaro signe son adhésion au Parti libéral, le PL. « Un événement simple, mais de grande importance », bredouille le capitaine, qui mesure bien l'étendue de son renoncement : le PL est certes la troisième force politique à la Chambre des députés, mais c'est d'abord et surtout l'une des formations les plus « pourries » du Brésil, impliquée dans de multiples scandales de détournement de fonds publics. Son propre président, Valdemar Costa Neto, passa près de trois années en prison pour corruption passive et blanchiment d'argent. Mais le chef de l'État n'avait ici guère le choix : en trois ans, il s'est montré incapable de réunir les 500 000 signatures nécessaires à la création de son propre parti, l'« Alliance pour le Brésil ». Il n'aurait recueilli qu'à peine 25 % du total exigé…

Certes, Bolsonaro obtient mi-décembre une victoire symbolique, parvenant à imposer le nom d'André Mendonça, un juriste et pasteur, comme nouveau juge au Tribunal suprême fédéral. Mais malgré ce geste fort en direction des pentecôtistes, le président demeure à la peine dans les sondages, qui donnent parfois Lula vainqueur dès le premier tour de la présidentielle. Délivré de ses poursuites judiciaires, le métallo fait un retour sans faute dans l'arène politique. En novembre 2021, il s'offre une tournée triomphale en Europe, accueilli comme un chef d'État par le futur chancelier allemand, Olaf Scholz, le chef du gouvernement espagnol, Pedro Sanchez et, bien entendu, Emmanuel Macron. Lula est alors reçu avec tous les honneurs à l'Élysée par un président français enjoué, qui convoque pour l'occasion la garde républicaine et descend les sept marches du perron pour accueillir son invité. Une gifle, adressée en plein visage à Jair Bolsonaro.

Aux yeux du monde, ce dernier est désormais un infréquentable paria, accusé de « crime contre l'humanité » pour sa gestion de l'épidémie de Covid-19 par la commission d'enquête sénatoriale, qui a rendu, en octobre 2021, son rapport final, le désignant comme le « principal responsable » d'un drame qui aura coûté la vie à plus de 650 000 Brésiliens. Le même mois, lors du sommet du G20, organisé à Rome, le leader d'extrême droite se retrouve plus isolé que jamais. Dans la gigantesque salle de réception du quartier de l'EUR, édifié par Mussolini, nul ne vient lui serrer la main. Personne ne semble s'intéresser à son avis. En mal de conversation, le président brésilien traverse la salle vers le buffet et engage un échange avec les serveurs. « Tout le monde est italien ici ? », interroge Bolsonaro. Hochement de tête poli des intéressés. Le chef de l'État ne se décourage pas et tente une blague de foot. Chou blanc : les garçons restent de marbre.

Après de multiples efforts de ses conseillers, Recep Tayyip Erdogan accorde finalement à Bolsonaro quelques minutes d'échange. « J'ai moi aussi un très grand appui populaire ! J'ai une bonne équipe de ministres (...).

Un tiers sont des militaires professionnels ! », tente le Brésilien face à un Turc interdit. Présent lors de l'échange, Olaf Scholz tourne discrètement les talons… Le soir venu, Jair Bolsonaro se retrouve assis à côté d'Angela Merkel. « Je ne suis pas aussi méchant que ce que disent les médias », confie alors le leader brésilien… écrasant au passage sans le vouloir le pied de la chancelière. « Ça ne pouvait être que toi ! », aurait lancé cette dernière, accablée. Ostracisé comme président, Bolsonaro finit par se faire touriste et parcourt les ruelles autour du Vatican et du Panthéon. Mais la promenade est gâchée par des opposants, qui l'accueillent aux cris de « Génocide ! ». Plusieurs journalistes qui essayent de l'approcher sont alors violentés par les forces de sécurité. L'un d'eux reçoit un coup de poing dans le ventre. Un autre se voit confisquer son portable. « Fiasco à Rome », titrera la *Folha de São Paulo*.

On a les alliés qu'on mérite. L'un des derniers à accepter de recevoir Jair Bolsonaro est d'ailleurs un autre paria, du nom de Vladimir Poutine. Le 16 février 2022, accompagné de son fils Carlos, le président du Brésil est accueilli par le maître du Kremlin autour d'un petit guéridon, qui contraste avec les longues tables réservées aux Occidentaux. À la veille de la guerre en Ukraine, le capitaine se fait tout miel, déclare être « solidaire de la Russie » et vante un homologue « qui cherche la paix ». Un instant, Bolsonaro s'imagine même en grand conciliateur mondial, et voit dans l'éphémère retrait de quelques divisions russes le signe d'un apaisement dont il serait l'auteur.

Immédiatement, des hashtags, *#BolsonaroAévitélaGuerre* et *#BolsonaroNobeldelaPaix*, sont lancés. « Le président est venu, il a envoyé un message de paix au président Poutine et, grâce à Dieu, les troupes ont déjà été retirées et on ne parle plus de guerre ! », ose le ministre du Tourisme Gilson Machado Neto. Une semaine plus tard, les chars russes pénètrent en Ukraine.

Qui croit encore en lui ? Au Brésil, les rituels présidentiels n'intéressent plus grand monde. Certains matins, le *cercadinho* est vide et les « lives » du jeudi soir ne dépassent parfois pas les 200 000 vues, contre plus d'un million au sommet de sa gloire. Aucune de ses vieilles recettes ne semble désormais fonctionner, à commencer par celle du « président populo ». Fin janvier 2022, Bolsonaro se laisse filmer au bord d'une route, mangeant salement avec les doigts, répandant au sol et sur son pantalon des bouts de viande et de farine de manioc, la *farofa*. Mais la mise en scène fait un flop retentissant : « Immonde ! », « gaspillage », « gamin mal élevé », s'offusquent les internautes. Trois semaines plus tard, le 22 février, alors qu'il est en visite sur un stand de tir, le chef de l'État décide de lancer quelques coups de pistolet. Mais, oubliant d'engager son arme, il se montre incapable de faire feu. « Le capitaine crétin ne sait même pas tirer ! », s'amuse en ligne le youtubeur Cauê Moura. « Si la cible était un petit gros de ta taille, ce ne serait pas difficile de l'atteindre », répond un Bolsonaro visiblement irrité.

La vulgarité du chef de l'État a lassé. Ses grosses ficelles ne prennent plus. Tout est matière à ridicule, comme lorsqu'il revêt une cravate rose pour célébrer la Journée de la femme, ou une énorme coiffe à plumes bleues pour recevoir la « médaille indigéniste », célébrant des prétendus « services rendus » aux peuples autochtones… Le président n'attire ni l'enthousiasme, ni la sympathie, ni même la compassion. Le 3 janvier 2022, il s'est pourtant essayé une dernière fois à jouer la « victime » ou le « miraculé ». Hospitalisé en urgence à l'hôpital Nova Star de São Paulo, on lui diagnostique une nouvelle occlusion intestinale. L'enjeu est dramatisé à l'extrême : « Je suis en train de mourir ! Ça va mal ! », aurait alors confié le président à son chirurgien Antônio Luiz Macedo, qui interrompt ses vacances aux Bahamas pour venir au chevet du président. Mais le « mal » se révèle finalement bénin : Bolsonaro se voit prescrire un petit régime et des marches dans le jardin… La cause de l'occlusion, des « crevettes non mâchées », fait au passage hurler de rire les Brésiliens. Le crustacé devient un héros anti-fasciste, représenté en de multiples photomontages hilarants. « Si une crevette a causé l'hospitalisation de Bolsanaro, imaginez avec un calamar », titre le journal satirique *Sensacionalista*. En portugais, « calamar » se dit *lula*.

Pour le capitaine du Brésil, la météo est mauvaise. Pour 2022, les experts tablent sur une croissance du PIB de 0,42 %, et ce alors que l'inflation des produits de base atteint des sommets. Le président peut répéter que la reprise est au bout du tunnel, personne ne l'écoute. Plus de 8 Brésiliens sur 10 disent ne plus croire aux déclarations de leur président. En ligne aussi, le bolsonarisme est en crise. Le nombre d'abonnés du président sur les réseaux sociaux stagne, voire diminue, tandis que les grandes plates-formes sévissent désormais contre les *fake news* d'extrême droite. Attaqué en justice, le site conspirationniste *Terça Livre* a mis la clef sous la porte en octobre 2021. Le même mois, après avoir affirmé que les personnes vaccinées contre le Covid-19 développeraient le sida « beaucoup plus rapidement », Bolsonaro voit sa chaîne YouTube temporairement suspendue. Quelques jours plus tard, un groupe de sénateurs va jusqu'à exiger la suspension des comptes du président, menaçant de le priver de son outil de communication favori…

Une odeur de mort flotte sur ce qui ressemble de plus en plus à une fin de règne. Au mois de janvier, Bolsonaro perd en l'espace de quelques jours sa mère biologique et son père spirituel. Le 21 janvier, c'est la mort de *Dona* Olinda Bonturi. À 94 ans, cette petite femme au visage rond rend l'âme dans sa ville d'Eldorado, où résident la plupart des frères et sœurs du chef de l'État. Atteinte de la maladie d'Alzheimer, cette dernière vivait recluse, ne reconnaissant même plus le visage de son fils, devenu président. Trois jours plus tard, le 24 janvier, c'est au tour d'Olavo de Carvalho de passer l'arme à gauche. Le « père de l'extrême droite brésilienne » s'en est allé à 74 ans, vraisemblablement emporté par ce Covid-19 dont il a nié jusqu'au bout l'existence et la gravité. Sur Instagram, le président Jair Bolsonaro salue l'« un des plus grands penseurs de l'histoire de notre pays » et décrète un deuil national.

Et lui, qui viendra pleurer son départ ? Au-delà des scandales et des propos d'estrade, le bilan législatif du président Bolsonaro est des plus maigres. Ses alliés citent la réforme des retraites, adoptée en début de mandat… Mais pour l'essentiel, tel un chef de chantier courroucé dressé sur son bulldozer, le leader d'extrême droite s'est dédié tout entier à sa grande entreprise de terrassement du Brésil. Durant quatre années, en taillant à vif dans les budgets ou en remplaçant sans vergogne les chefs des institutions étatiques, il a affaibli ou anéanti la justice du travail, les enquêtes pour corruption des responsables publics, les politiques de protection des minorités, des femmes et de l'environnement, les restrictions sur le port d'arme à feu, les contrôles sur les violences policières et, enfin et surtout, le très populaire Système unique de santé (SUS) et le programme national de vaccination… soit la destruction de tout ce qui, au final, constitue les fondements d'un pays et d'une société. Ironie de l'histoire : c'est Jair Bolsonaro et nul autre qui présidera le 7 septembre 2022 aux commémorations du bicentenaire de l'indépendance du Brésil. Un mois avant un scrutin où il est donné perdant, l'anniversaire pourrait avoir des allures d'enterrement…

Pour échapper à cette ambiance macabre, le président multiplie escapades et congés. Pour le réveillon, il passe cinq jours sur le littoral de Santa Catarina, entre bains de soleil, parties de pêche et virées en jet-ski avec sa fille Laura, 11 ans, fruit de son union avec Michelle et seule descendante « femelle » du clan (le fruit d'une *fraquejada*, un « moment de faiblesse », rigole-t-il). Problème : au même moment, de terribles inondations ravagent Bahia, faisant 20 morts et des milliers de délogés. Mais pour Bolsonaro, pas question de mettre un terme à ses vacances (qui ont coûté aux finances publiques 170 000 euros…) : il ne quittera sa plage que contraint et forcé, après l'incident des « crevettes non mâchées ». « Si vous trouvez que je ne devrais pas prendre de vacances, alors ne votez pas pour moi quand je serai candidat à ma réélection ! », rétorque le chef de l'État, début mars, lors d'un nouveau break sur le littoral *paulista*.

Sera-t-il seulement sur la ligne de départ ? Des mois durant, Jair Bolsonaro a laissé planer le doute sur sa candidature à la présidentielle. Après quatre ans de cavalcade furieuse, beaucoup estiment que le capitaine a déjà perdu la partie, et serait en bonne voie pour une sortie sans gloire de l'histoire du Brésil et de l'Amérique latine. Certains le comparent même au Simón Bolívar de Gabriel García Márquez, vivant ses derniers jours de vie et de pouvoir dans *Le Général dans son labyrinthe*. « Je suis condamné à un destin de théâtre », lance un Libertador, abandonné par ses alliés et défait par les politiciens, agonisant dans son hamac entouré de fantômes et de goyaves fraîches. « Nous allons mourir », lui lance soudain son majordome, José Palacios. « Nous sommes déjà morts », renchérit le général.

Mais gare à ceux qui souhaiteraient l'enterrer trop vite. Le 27 mars 2022, lors d'une rencontre nationale organisée à Brasília, Jair Bolsonaro s'est finalement positionné pour une nouvelle candidature à la présidentielle. Entouré de son épouse et du dernier carré de fidèles, le capitaine a repris le micro face à ses supporters. Dans un discours grave, il a rappelé sa trajectoire de miraculé, énuméré ses réalisations au pouvoir et annoncé une campagne plus violente et sombre que jamais. « Ce n'est pas la lutte de la gauche contre la droite, mais du bien contre le mal ! » Un instant, les présents ont cru voir renaître sous leurs yeux le candidat victorieux d'il y a quatre ans. Et à nouveau, ils l'acclamèrent en chœur d'un « *MITO ! MITO !* » tonitruant.

ÉPILOGUE

Les 2 et 30 octobre 2022 auront lieu les deux tours de l'élection présidentielle brésilienne.

À l'heure d'écrire ces lignes, Jair Bolsonaro est donné largement perdant.

Il a d'ores et déjà annoncé qu'il rejetterait les résultats du scrutin en cas de défaite.

« Pour mon futur, j'ai le choix entre trois alternatives : la prison, la mort ou la victoire », dit-il, précisant que « la première alternative est exclue ».

Il reste donc « la victoire » ou « la mort ».

La fin de cette histoire reste à écrire.

BIBLIOGRAPHIE

Littérature :

En français

Sérgio BUARQUE DE HOLANDA, *Racines du brésil*, Gallimard.

Blaise CENDRARS, *Brésil, des hommes sont venus*, Gallimard.

Joseph CONRAD, *Nostromo*, Gallimard.

Euclides DA CUNHA, *Hautes terres*, Métaillé.

Carlos DRUMMOND DE ANDRADE, *Sentiments du monde & autres poèmes*, Chandeigne.

Gilberto FREYRE, *Maîtres et esclaves*, Gallimard.

Gabriel GARCÍA MÁRQUEZ, *L'Automne du patriarche*, Grasset.

—, *Le Général dans son labyrinthe*, Grasset.

—, *L'Automne du patriarche*, Grasset.

—, *Cent ans de solitude*, Seuil.

Olivier GUEZ, *Éloge de l'esquive*, Grasset.

Claude LÉVI-STRAUSS, *Tristes Tropiques*, Plon.

Joaquim Maria MACHADO DE ASSIS, *L'Aliéniste*, Métaillé.

Graciliano RAMOS, *Sécheresse*, Gallimard.

João GUIMARÃES ROSA, *Diadorim*, Métaillé.

Charles VANHECKE, *Brésil*, Seuil.

Mario VARGAS LLOSA, *La Fête au bouc*, Gallimard.

Stefan ZWEIG, *Le Brésil, terre d'avenir*, Livre de Poche.

En portugais

Flávio Bolsonaro, *Mito ou Verdade*, Altadena.

Carlos Alberto Brilhante Ustra, *A verdade sufocada*, Brilhante Ustra.

O. Caldeira Neto et L. Pereira Gonçalves, *O fascismo em camisas verdes*, FGV.

Patrícia Campos Mello, *A máquina do ódio*, Companha das Letras.*um idiota*, Record.

—, *O imbecil coletivo*, Record.

Luiz Maklouf Carvalho, *O cadete e o capitão*, Todavia.

Olavo de Carvalho, *O mínimo que você precisa saber para não ser*.

Rubens R.R. Casara, *Bolsonaro, o mito e o sintoma*, Contra Corrent – IREE.

Collectif, *Democracia em risco ?*, Companhia das Letras.

Collectif, *Governo Bolsonaro*, Authêntica.

Giuliano da Empoli, *Os engenheiros do caos*, Vestígio.

Luiz Henrique Mandetta, *Um paciente chamado Brasil*, Objetiva.

Lilia Moritz Schwarcz, *Sobre o autoritarismo brasileiro*, Companhia das Letras.

Maurício Moura et Juliano Corbellini, *A eleição disruptiva*, Record.

José Murillo de Carvalho, *Forças armadas e autoritarismo no Brasil*, Todavia.

Marcos Napolitano, *1964 : história do regime militar brasileiro*, Contexto.

Jairo Nicolau, *O Brasil dobrou à direita*, Zahar.
Thaís Oyama, *Tormenta*, Companhia das Letras.
Bruno Paes Manso, *A república as milícias*, Todavia.
Luiz Antonio Simas, *Almanaque Brasilidades*, Bazar do Tempo.
Clóvis Saint-Clair, *Bolsonaro*, Máquina de livros.

Articles de presse

Thais Bilensky, « A viagem do vagão », *Piauí*, 2020.
Consuelo Dieguez, « Direita, volver », *Piauí*, 2016.
—, « O chanceler do regresso », *Piauí*, 2019.
Ingrid Fagundez, « Bolsonaro : a infância do presidente entre quilombolas », BBC Brasil.
Ary Filgueira, Mirelle Pinheiro, « Michelle Bolsonaro os dois extremos de um brasil », *Metrópoles*, 2019.
Malu Gaspar, « O fiador », *Piauí*, 2018.
—, « O pit bull do papai », *Piauí*, 2019.
Roberto Kaz, « O patriota », *Piauí*, 2020.
Juliana dal Piva, « De miss a peça-chave da rachadinha : a vida da 2ª mulher de Bolsonaro », UOL, 2021.

Podcasts

Carol Pires, *Retrato Narrado*, Radio Novelo, 2020.

Remerciements

Dans le cadre de cette longue enquête, j'ai pu rencontrer une soixantaine de témoins de la vie de Jair Bolsonaro. À Rio, São Paulo, Brasília, Resende, Nioaque ou Juiz de Fora, ils sont ou furent ses amis, familiers, camarades, partisans, collègues, observateurs, ennemis, opposants ou victimes. Tous m'ont raconté leur histoire et leur vision du « Mythe ». Qu'ils en soient remerciés pour leur temps et leur confiance. J'aimerais ici avoir un mot particulier pour Claudio Soares Rocha, ancien grand responsable des palais présidentiels, qui m'a transmis la passion de ce lieu hors du commun qu'est l'Alvorada.

Raconter un pays aussi explosif et tourmenté demeure par ailleurs un immense défi. Afin de remonter le fil de l'histoire de Jair Bolsonaro, j'ai reçu l'aide de certains des plus grands noms du journalisme brésilien, qui m'ont prodigué quantité de conseils et ouvert leurs carnets d'adresses. Merci à Fabio Zanini, Patricia Campos Mello, Thais Oyama, Jusssa Soares, Guilherme Amado et Malu Gaspar.

J'ai une dette envers la ville d'Ouro Preto, ses sombres collines, ses églises baroques et ses *vira-latas* caramel. C'est ici, au cœur du Minas Gerais, dans cet État qui est aussi celui de ma famille maternelle, que je me suis retiré pour écrire l'essentiel de ce livre. On ne saurait rêver plus beau cadre pour une retraite. Ma gratitude infinie va à tous les *ouropretanas* et *ouropretanos* qui ont veillé sur moi durant ces longs mois d'écriture. Ils se reconnaîtront.

J'ai aussi une pensée pour tous ceux qui m'ont accompagné et soutenu durant ces années au Brésil. Ensemble, nous avons traversé des années électriques et parfois tragiques, marquées par les violences, les incendies, les menaces de coup d'État et, bien sûr, la pandémie. Tout cela a tissé entre nous des liens indéfectibles. Merci à Sarah, Morgane, Tommaso, Avener, Luciana, Anne, Sylvia, Laura, Paula, Vincent, Thomas, Aline, Juliana, Joao Pedro, Tadeu, Marcia, Sonia et tous les autres. Ici, un *carinho especial* pour Anaëlle, ma si vieille amie, de Rio à Paris.

Un mot, également, pour tous ceux qui, dans mes premiers pas comme journaliste, m'ont guidé et inspiré. À Philippe Reltien, avec qui tout a commencé. À Serge Michel, qui m'a mis le pied à l'étrier. Et, surtout, à Raphaëlle Bacqué, qui m'a transmis (comme à tant d'autres) la passion de l'écriture et de ce formidable métier. Ma reconnaissance va aussi aux équipes du journal *Le Monde*, en particulier du service international, qui, depuis plus de trois ans, m'ont permis de couvrir l'actualité brésilienne.

Un mot enfin pour mes parents. Leur passion, leur générosité, leur engagement, leur fantaisie. Ce que j'ai de meilleur en moi, c'est vous qui me l'avez transmis.

Composition et mise en pages
Nord Compo à Villeneuve-d'Ascq

Cet ouvrage a été imprimé
par CPI Brodard & Taupin
pour le compte des éditions Grasset
à La Flèche (Sarthe)
en août 2022

PAPIER À BASE DE FIBRES CERTIFIÉES

Grasset s'engage pour l'environnement en réduisant l'empreinte carbone de ses livres. Celle de cet exemplaire est de :
650 g éq. CO_2
Rendez-vous sur www.grasset-durable.fr

N° d'édition : 22539 – N° d'impression : 3049159
Dépôt légal : septembre 2022
Imprimé en France